Geest-Verlag
Verlag für engagierte Literatur

Die Deutsche Bibliothek – CIP Einheitsaufnahme

Vom Wachsen und Werden!?
Jugendliche aus dem Ruhrgebiet
melden sich zu Wort
Artur Nickel (Hg.)
Mit einem Geleitwort von Gemma Russo-Bierke
(Geschäftsführerin Kulturzentrum Grend Essen)
Vechta: Geest-Verlag, 2022
2. Auflage, Januar 2023

Verlag: Geest-Verlag, Lange Straße 41a,
49377 Vechta-Langförden

Herausgeber: Artur Nickel
Redaktion/ Lektorat: Artur Nickel
Druck: Geest-Verlag

ISBN 978-3-86685-906-7
Printed in Germany

Vom Wachsen und Werden!?

Wie wäre eine Welt, in der wir radikal wertschätzend wären? Hierarchien würden zusammenbrechen. Familien würden auf den Kopf gestellt und das Alter in Lebensjahren würde nichts mehr zählen. Diese Welt würde wohliger werden und wir alle würden über uns hinauswachsen. Auch diese Anthologie ist, wie alle, die ihr vorangegangen sind, ein Moment dieser radikalen Wertschätzung. Das gesamte Farbspektrum der Hoffnungen, Ängste, Sorgen und Erkenntnisse wird hier gebündelt und in die Welt hinausgeworfen. Im Namen des Kulturzentrums GREND darf ich dieses Projekt nun seit zwei Jahren begleiten. In den Texten werden Gefühle ausgedrückt, die uns allen vertraut sind. Sie bestimmen ein Leben lang unsere Handlungen. Werde ich angenommen? Was wird von mir erwartet? Wem muss ich gerecht werden? Auf wen hören, wem folgen und gegen wen muss ich mich zur Wehr setzen? Wann bin ich fertig?

Ein Satz aus dieser Anthologie hat mich direkt berührt. Ich habe ihn, seitdem ich Kinder habe, selbst schon oft gesagt, aber er war im Grunde immer falsch. Genau in diesem Moment, als ich ihn las, wusste ich warum:

„Du verstehst das erst, wenn du erwachsen bist.“

Ich schaue mich um. Betrachte mich und mein Umfeld kritisch und weiß überhaupt nicht, was „das“ sein soll, das erst verstanden werden kann, wenn man erwachsen ist.

Wir haben nur eine Erde und sollten sie pfleglich behandeln. Gewalt provoziert Gegengewalt. Wen ich liebe, wie ich mich fühle und definiere, bestimme ich selbst. Wer mehr materielle Macht hat, hat auch mehr Verantwortung.

Das sind die Themen, bei denen mir meine Kinder täglich den Spiegel vorhalten. Sie sind es, die mich erden, mich erinnern und mich zwingen, aus meiner Komfortzone, meinem Egoismus herauszutreten. Was soll es also sein, was sie erst verstehen können, wenn sie erwachsen sind? Quantenphysik ist bei diesem Satz in den seltensten Fällen gemeint.

Ich werde diesen Satz ab jetzt nicht mehr benutzen und ermuntere alle, ihn direkt infrage zu stellen. Seid und bleibt mutig, diejenigen, die ihn euch entgegenhalten, aufzufordern, sich was Besseres zu überlegen. Am besten verschiedene Antworten auf die Fragen, die ihr habt. Es gibt nur sehr selten die eine richtige. Aber nie keine.

Gemma Russo-Bierke
Geschäftsführerin
Kulturzentrum Grend e.V.

Vom Wachsen und Werden!?

Jugendliche aus dem Ruhrgebiet melden sich zu Wort

Artur Nickel (Hg.)

Einführung

Was wohl junge Menschen zu sagen haben, wenn es um die Frage geht, wie sie aufwachsen und erwachsen werden? Und das angesichts der noch immer andauernden Corona-Pandemie und eines neuen Kriegs in Europa? Eines Krieges, der von einem Land angezettelt wurde, das massiv unter den Nazis im Zweiten Weltkrieg zu leiden hatte und jetzt trotzdem die Unverletzbarkeit von Grenzen nicht akzeptiert? Wie denken darüber gerade junge Menschen, wenn sie im Ruhrgebiet leben, dem europäischen Schmelztiegel schlechthin? Mit seinen Brüchen und Umbrüchen, den sozialen, wirtschaftlichen, kulturellen, religiösen und … und … und ...?
Das Thema der neuen Essener Anthologie jedenfalls sprach viele Jugendliche an. Hunderte von ihnen haben sich zu Wort gemeldet und Texte eingereicht, wo auch immer sie im Revier zu Hause sind. Die einen mit, die anderen ohne migrantischem Hintergrund. Geschrieben haben sie zumeist auf Deutsch, manchmal aber auch auf Englisch oder Türkisch. Sie durften ja in der Sprache schreiben, in der sie wollten. Gleichwohl gab es auch in diesem neuen Band etwas Neues. Zum ersten Mal hat sich nämlich eine Jugendliche in ihm auch in der Weltsprache Kölsch geäußert, ein Zeichen dafür, dass auch sie im Ruhrgebiet zu Hause ist, schlappe 70 Kilometer von Köln entfernt. Wer hätte das gedacht!
Fast 120 Texte konnten in den neuen Sammelband aufgenommen werden, so viele wie noch nie. Ein buntes Kaleidoskop an Beiträgen, das Auskunft darüber gibt, wie junge Menschen in dieser Umbruchszeit so ticken. Das, was sie zu sagen haben, hat es jedenfalls in sich, geht es doch um ihre Entwicklungschancen auf dem Weg in ihre Zukunft. Welche Spuren hat Corona bei ihnen hinterlassen? Wie erleben sie den Ukraine-Krieg? Welche Ziele haben sie? Was treibt sie um? Kommen sie

vorwärts? Ja, was stört, was behindert sie? Fragen über Fragen. So manches hat sich in den vergangenen Jahren verschoben, das ist wohl so. Deutlich ist: Die aktuellen Krisen haben bei den Jugendlichen ihre Spuren hinterlassen. Das zeigen auch die Einblicke, die sie in ihre Gefühlswelt geben. Auffallend ist allerdings, wie zukunftszugewandt und kämpferisch viele von ihnen sind. Sie blicken nach vorn, sie wollen sich nicht die Butter vom Brot nehmen lassen. Das ist hoffnungsvoll und macht neugierig. Schon die Kapitelüberschriften deuten es an: „Worüber wir sprechen", „Ich wachse", „Stufe um Stufe", „Meine Zeit", „Wer ich bin ...", „... und sein werde" und so weiter und so fort. Sie sind aus dem erwachsen, was die jungen Beiträgerinnen und Beiträger geschrieben und sich erschrieben haben. Kurz und knapp: Ein Sammelband, der es in sich hat. Wieder einmal. Der den Jugendlichen im Revier eine Stimme gibt. Ihre Stimme. Und eine Einladung an Sie, liebe Leserinnen und Leser, einzutauchen in die Welten, in denen die jungen Schreiberinnen und Schreiber zu Hause sind und von denen aus sie sich literarisierend und literarisch einbringen!

artur nickel
(Herausgeber)

Inhalt

Nachwort

I
Worüber wir sprechen

Was es für mich bedeutet

Worte. Worte können vieles in uns auslösen, nicht nur ein
Kribbeln im Bauch oder eine Gänsehaut, welche uns leicht
frösteln lässt.
Sie können eine gesamte Geschichte schreiben. Meine Ge-
schichte wird durch die Wörter:
erhofft, erträumt, aber auch
mit Widerstand und Enttäuschung geschrieben.
Sie lösen etwas in mir aus.
So viel und doch so wenig.
Ein kleines bisschen gelogen und
ein kleines bisschen Wahrheit.
Während ich mir die Zeit nehme zu schreiben, dreht sich die
Welt weiter.
Das erste Date im Park,
während einen die Sonne blendet,
der Abschied von geliebten Verwandten und
eine neue Reise beginnen.

Sowohl Gutes als auch Schlechtes geschieht.
Eine Wiedergutmachung oder
das Beharren auf etwas.
Mich ziehen meine Gedanken in die Schule
unter meinen Lieblingsbaum
auf dem Schulhof, umgeben von Gras.
Es ist warm und doch ein wenig windig.
Ich schreibe und höre all die Menschen
um mich herum reden,
während ich im Gras sitze:
Ein lautes Lachen, ein kleiner Streit;
manche Freunde, die zusammenstehen,
aber auch allein.

In meinem Kopf formt sich
die Stimme des Nachrichtensprechers:
die Ukraine, der Klimawandel, aber auch
die Gleichberechtigung für alle Lebewesen.
Es lastet wie Blei auf meiner Brust, während ich mir versuche
auszureden,
ich sei nur ein kleiner dunkler Punkt ...

Und dennoch.

Für mich stehen wir
zwischen Hoffnung und Schrecken;
der Hoffnung, dass man Gutes leisten
und dies auch geschehen kann.

Des Schreckens, dass dies
dennoch nicht genug ist.
Dass die Zeit abgelaufen ist.

Inmitten all diesem Chaos bewältige ich
meine eigenen Probleme wie
meine Klassenarbeiten oder wie ich
auf die Frage „Was möchte ich denn
mal werden?" antworten soll.
Doch ... solange ich und andere
nicht blind für die Probleme
unserer Mitmenschen werden,
haben wir alle gemeinsam noch eine Chance.
Daran glaube ich fest,
ich kann und darf nicht anders.

Jana van der Horst (15 Jahre)

Ein Wunder

Die meisten Menschen wissen nicht, was sie für ein Wunder sind. Ich glaube, es wird einem erst bewusst, wenn man selbst ein Kind hat.
Ich meine, es ist bei der Geburt ja nicht so, als hättest du deinen Bus verpasst, obwohl es auf den richtigen Moment ankommt, denn du bekommst es nicht mit, wenn du nicht zum „richtigen" Zeitpunkt geboren wirst, weil du noch nicht existierst – und dann hast du andere Eigenschaften als vor 10 Sekunden.
Wenn du älter wirst, verändert sich dein Äußeres und dein Inneres. Zum Beispiel: Du mochtest früher „Malen" und jetzt magst du lieber Computerspiele wie „CoD".
Es gibt aber auch viele Probleme, wenn du alt bist – zum Beispiel Rücken- und Gelenkschmerzen.
In der Pubertät gibt es zum Beispiel das Problem, dass du zu deinen Mitmenschen sehr grummelig bist und erst im Nachhinein bemerkst: „Oh, das war scheiße von mir."
Aber es gibt auch wieder Vorteile, zum Beispiel dass man viel selbstbewusster und robuster wird. Aber trotzdem gibt es wahrscheinlich mehr Probleme beim Wachstum.
Ich finde, es ist wichtig, dass man groß und erwachsen wird. Mit ein bisschen mehr Zusammenhalt und Selbstbewusstsein könnte man die Welt verbessern ... okay ... wir brauchen alle auch noch mehr Mut, allein nur um jemandem nach dem Weg oder generell nach Hilfe zu fragen oder was Neues auszuprobieren.
Ich finde auch, je älter man wird, desto ernster wird man. Ich weiß, es klingt, als wäre ich der größte Alman, aber auch Jugendworte sind bescheuert, weil niemand mehr seinen eigenen Wortschatz hat. Ein Beispiel ist mein Bruder, der – gefühlt – nur fünf Sätze sagen kann und er ist fünfzehn Jahre alt! Aber mein Bruder sagt auch zu allem: „Das ist scheiße (mit)!" und

ist oft aggressiv. Aber trotzdem: Oft lachen wir auch über den wundervollen Humor meines Bruders.
Wenn man groß ist, will man wieder in die Grundschule oder in den Kindergarten. Und wenn man klein ist, will man groß sein.
Ein Wunder ist nicht etwas, was man hat, sondern man selbst.

Vito Sylvester Zenker (11 Jahre)

Ein bestimmter Zeitpunkt

Ich finde immer wieder besondere Punkte im Leben. Zum Beispiel den Schulabschluss, das Abitur oder auch den Uni-Abschluss. Wir sprechen immer wieder gerne über das Älterwerden, über das Studieren oder darüber, eine Familie zu gründen. Wir wissen ja nicht, ob wir das überhaupt schaffen werden. Vielleicht wird es einen Augenblick geben, wo wir alle aufgeben. Unsere Träume und Erwartungen fliegen dann alle weg. Alles, was wir je wollten, fängt so von Neuem an. Neue Träume, Ziele und Erwartungen.

Aber wieso reden wir uns immer wieder ein, dieser oder jener Punkt würde für uns gut ausgehen? Immerhin könnte es sein, dass man nicht an die gewünschte Schule kommt, an die bestimmte Uni, um zu studieren, oder den gewünschten Arbeitsplatz bekommt? Wenn man es aus der Sicht anderer betrachtet, ist es vielleicht zu viel Nachdenken. Aber wenn es einem selbst auffällt, ist es anders. Der Mensch denkt zu viel darüber nach, wie seine Zukunft sein sollte, aber zu wenig an die Dinge, die es ihm schwerer machen.

Man redet sich ein, es sei einfach. Aber wenn es hart auf hart kommt, sind wir schnell am Ende. Wenn wir nicht das bekommen, was wir wollen, beschweren wir uns. Es ist nicht immer die Zukunft oder das Erwachsenwerden. Wir sind es, die es sich leicht einreden ohne jegliche Erfahrung. Es ist wichtig, seine jungen Jahre zu genießen, seine Probleme zu überwinden, reif zu werden. Träume bestimmen nicht deine Zukunft. Wir sind es, diejenigen, die uns auf dem Weg in die Zukunft verändern, verbessern, reifer werden.

Der Mensch hat Träume, aber nicht alle gehen in Erfüllung. Anstatt es uns schönzureden, sollten wir uns auf die schlechten Dinge vorbereiten, um in solchen Momenten handeln zu können. Erwachsen werden heißt nicht immer, dass alles in der Zukunft besser wird. Wir sollten anfangen zu realisieren und aufhören, so viel zu träumen. Das ist Erwachsenwerden, nicht die Träume, die wir haben.

Lidya Abdulsalam (14 Jahre)

Mein Ziel

Ich wachse und wachse. Ich wachse von klein zu groß. Ich werde älter. Ich fange an vom Kindergarten bis zur Grundschule. Dann von der Grundschule bis zur weiterführenden Schule. Anschließend von der weiterführenden Schule zur Oberstufe.
Was kommt danach? Geplant ist für mich auf jeden Fall der folgende ‚Wachstumsplan': Es geht weiter von der Oberstufe zur Universität. Zum Schluss von dort zum Berufsleben. So würde ich gerne wachsen, oder?
Ich bin jetzt in der Oberstufe und arbeite mich noch drei Jahre hoch, um dann zur Universität zu gehen. Ich werde dann meinen Bachelor machen, anschließend meinen Master und dann meinen Doktortitel. Und dann vielleicht noch meinen Professorentitel, falls ich noch weiterwachsen möchte. Aber ich werde auf jeden Fall meine Doktorarbeit schreiben.
Auf diesem Weg des Wachstums hat man einige Hürden zu bewältigen. Manche Hürden sind sehr groß. Man muss sie trotzdem überwinden, um zu wachsen und zu werden. Ich versuche alle meine Hürden zu überwinden, um an die Ziele zu kommen, die ich mir setze. Ich wachse so schnell, wie ich kann. Wenn ich nicht „gerade" wachsen kann, dann wachse ich halt etwas „schräger", um trotzdem zu werden.
Ich wachse, wie ich es möchte, und nicht, wie es die anderen möchten. Man muss Fehler machen, um zu werden. Man ist nicht perfekt beim Wachsen. Jeder wächst unterschiedlich schnell, unterschiedlich schräg. Das ist in Ordnung. Solange man wächst, ist es egal für das, was man sich als Ziel gesetzt hat, ob man ein Jahr oder mehrere Jahre braucht. Es ist mein Ziel, und ich entscheide, wann ich dieses Ziel erreiche. Es ist EGAL, wenn man sein Werden erreicht hat, wenn man bis dahin gewachsen ist, wohin man wachsen möchte. Das ist

vollkommen in Ordnung. Am Ende ist man geworden, was man sein wollte.

Zheng-Hong Chin (16 Jahre)

Von unseren Interessen

Die Weiterentwicklung der Menschen hört nie auf. Was sich bei den Menschen auch verändert, sind ihre Interessen. Diese ändern sich, wenn sich zum Beispiel mit der Zeit die Kultur ändert. Die Interessen haben einen großen Einfluss auf die Persönlichkeitsbildung, insbesondere bei Jugendlichen, die ja in einer Phase sind, in der sie sich selbst finden.
Jugendliche entwickeln ihre eigenen Denkweisen. Sie teilen sie auch mit anderen, zum Beispiel in sozialen Medien. Mit diesem Vorgehen erregen sie das Interesse von anderen Jugendlichen, die vielleicht dieselbe Denkrichtung vertreten oder eine ähnliche oder aber auch eine ganz andere. Die Interessen sind für Jugendliche sehr wichtig, weil sie so auch Freundschaften schließen können. Der Begriff „Interesse“ spielt daher bei der Entwicklung von Jugendlichen eine große Rolle.

Medinegül Karkar (16 Jahre)

Was bedeutet es zu wachsen?

Viele verstehen unter Wachsen, dass man von der Größe oder vom Alter her wächst. Aber wächst man nicht auch seelisch? Beim Erwachsenwerden wächst nicht nur der Körper, es wachsen auch die Gefühle. Man lernt Schritt für Schritt etwas Neues im Leben. Das kann Trauer, aber auch Glück im Leben sein. Nicht alles läuft im Leben so, wie man es gerne hätte, und so kann es zu traurigen Emotionen kommen.
Wachsen tut man aber auch im Kopf, da man vieles beispielsweise in der Schule lernt und so sich das Gehirn von Tag zu Tag erweitert. Viele Menschen haben eine erschütternde Vergangenheit. Das kann dazu führen, dass sich ein Mensch auch in dieser Trauer verfängt.
Es gibt ganz unterschiedliche Arten, wie der Mensch das Wachsen versteht. Die Menschheit wächst ja auch von Tag zu Tag.

Esila Geldi (13 Jahre)

Büyümek ve Olmak

Adım adım yürüyoruz hayat yolunu. Azar azar biriktiriyoruz anılarımızı. Bazen yanılıyoruz, bazen ise şaşırıyoruz. En büyük amacımız olmak, ama ne olmak? Bir yetişkin mi? Meslek sahibi mi? Yoksa bir prens veya prenses mi? Bebeklikten başlar bu durmak bilmeyen, şelale benzeri hayat yolu.

Önce hayata tutunmak istedik, doymak, uyumak ve sevilmek. İlk annemiz koşmuştu yardımımıza ve hayata ilk adımımızı atmıştık. Sonra fark ettik ki, konuşmak istiyorduk, derdimizi anlatıp, anlaşılabilmek. Bizimle konuşacak yeni insanlar ile tanıştık. Var ise kardeşlerimizle ve arkadaşlarımızla. Hayal kurmayı öğrendik, kimimiz kendini bir prenses olarak, kimimiz ise bir astronot olarak hayal etti. Sonra düştük ve canımız acıdı, sanki dünyamız yıkılmış, canımız koparılmışçasına. En büyük heyecanımız okullu olmaktı, çünkü okullu olmak büyümek demekti. Lakin yuvadaki arkadaşlarımız ne olacaktı? Evet, ilk defa ayrılmayı öğrenmiştik, özlem boğazımızda düğüm olmuştu. Demek ki sevmek diye bir şey varmış büyümenin temelinde. Aldığımız ilk kötü notlar ağlattı bizi, iyi notlar ise gururlandırdı. Demek ki gurur diye bir şey varmış, yaşam enerjimizi besleyip, hep daha fazla büyümeyi istettiren, çünkü olmamız gerekiyordu. Olmaya giden yolda fark ettik ki, arkadaş kazanır iken, arkadaş kaybetmişiz. Bir zamanlar annemizin yardımına muhtaç iken, biz ona yardım etmeye başlamışız. Bir prenses veya astronot olmayı hedeflerken, bambaşka yerlere götürmüş hayat bizi. Yani olmak diye bir şey yokmuş aslında, çünkü olmayı hedeflerken kaybettik, kazandık ve de öğrendik. Katmak diye bir şey varmış, olmak diye bir şey yokmuş, çünkü olmak ulaşabileceğimiz bir şey değilmiş. Olmak akan bir şelale, zamansız ve yetişilemez. Çok acımıştı canımız yere düşüp, dizlerimiz kanadığında, bilmiyorduk ki ölüm var, hastalık var, başaramamak ve çaresizlik de var. Şimdi düşünüyorum da, negatiflik bir talihsizlik değil, çünkü aksi taktirde öğrenmek diye bir şey olmazdı, ibret diye bir şey olmazdı, yani büyümek diye bir şey de olmazdı.

Büyümek olmak demek değilmiş, büyümek olmamak demekmiş, çünkü olmak demek durmak demekmiş, durmak da ölüm!

Esra Ali (19 Jahre)

Wachsen und Sein
(deutsche Übertragung)

Schritt für Schritt gehen wir den Weg des Lebens. Tag für Tag sammeln wir Erfahrungen. Manchmal werden wir müde und manchmal sind wir erstaunt. Unser größtes Ziel ist es zu werden, aber was? Ein Erwachsener? Ein Berufstätiger? Oder eine Prinzessin? Schon als Baby befinden wir uns im Wasserfall des Lebens. Immer fließt etwas, ohne zu stoppen. Unsere Bedürfnisse, unsere Ängste ... sie hören nie auf!
Zuerst wollten wir im Leben existieren, gefüttert werden, schlafen und dann geliebt werden. Wenn wir Hilfe brauchten, waren meistens unsere Mütter für uns da, doch das änderte sich mit der Zeit. Als uns bewusst war, dass wir im Leben sicher waren, hatten wir das Bedürfnis zu erzählen und verstanden zu werden. Nur durch Weinen und Jammern könnten wir das Leben nicht so einfach führen. Also lernten wir neue Menschen kennen, die mit uns redeten. Meistens waren diese Personen unsere Geschwister oder unsere Freunde. Wir lernten vieles, zum Beispiel zu träumen. Einige stellten sich vor, eine Prinzessin zu sein, andere ein Astronaut. Dann fielen wir auf den Boden und spürten einen heftigen Schmerz, als gäbe es gar keinen dolleren. Die Vorstellung, eines Tages Schüler/in zu sein, trieb uns an, denn Schüler/in zu sein bedeutete für uns wachsen. Doch was würde mit unseren Freunden passieren? Wie sollten wir uns von einigen trennen? Ja, zum ersten Mal lernten wir, jemandem Tschüss zu sagen und jemanden zu vermissen. Anscheinend gab es etwas wie Liebe, die man gegenüber Menschen spürte. Unsere ersten schlechten Noten brachten uns zum Weinen und die guten machten uns stolz. Anscheinend gab es auch den Stolz, der den Menschen antrieb. Wir wollten immer mehr wachsen, denn wir mussten irgendwie werden. Dabei haben wir bemerkt, dass wir Freunde verloren haben. Während wir früher auf unsere Mütter

angewiesen waren, brauchten sie jetzt so langsam unsere Hilfen. Vielleicht wurden nicht alle von uns Astronauten oder Prinzessinnen, doch wir haben bemerkt, dass es das Werden so gar nicht gibt. Es ist weder ein Ort, den man erreichen kann, noch ein Ende. Es ist wie ein Wasserfall, der nie stoppt. Während wir auf das Werden zielten, haben wir verloren, gewonnen und gelernt. Man fügt immer etwas dazu und lernt. Als kleines Kind tat es besonders viel weh, wenn wir mal auf den Boden fielen und blutende Knie hatten. Wir dachten, dass das der größte Schmerz wäre, den ein Mensch überhaupt spüren könnte, denn von schlimmen Krankheiten, Misserfolgen, und vom Tod wussten wir erst einmal nichts. Jetzt denke ich nach und gelange zu dem Schluss, dass auch negative Ereignisse wichtig sind. Denn ohne sie könnten wir nicht lernen und somit auch keine Lektionen erhalten, also auch nicht wachsen. Wachsen bedeutet für mich nicht zu werden! Wachsen bedeutet für mich Nichtwerden! Denn andernfalls würde man das Ende erreichen und stoppen. Doch stoppen bedeutet Tod!

Esra Ali (19 Jahre)

Verstehen = Erwachsen sein?

„Du verstehst das, wenn du erwachsen bist." Das ist ein Satz, den fast jedes Kind und jeder Teenager schon mindestens einmal gehört hat. Doch was wir uns immer fragen ist: Warum denn erst dann? Warum erst, wenn ich erwachsen bin? Wann bin ich überhaupt erwachsen? Mit achtzehn?
Kinder und Teenager hassen meistens diesen Satz. Warum können wir es erst dann verstehen? Gibt es so viele Unterschiede zwischen Kind-, Teenager- und Erwachsensein?
Na ja, vielleicht verstehen wir das ja, wenn wir erwachsen sind.

Yagmur Göcen (13 Jahre)

2
Ich wachse

Erwachsen werden

Als Kind stellt man sich die Zukunft und das Erwachsenwerden einfach und ohne Probleme vor. Als Kind war die Welt noch gut und schön. Erwachsen zu werden, kam einem so leicht vor. Die Zukunft wurde mit Freude geplant, man dachte, man kann alles werden. Nun ja, schließlich sagten die Erwachsenen einem immer: „Du kannst alles werden, was du möchtest."

Dass die Zukunft und das Erwachsenwerden ganz anders aussehen, ist mir jetzt bewusst. Wie gern wäre ich nochmal ein Kind, um die Welt mit ganz anderen Augen zu sehen und keine Sorgen zu haben. Meine einzigen Probleme waren, wer im Sommer mit mir ins Freibad geht und ob es am Kiosk wohl noch Eis gibt.

Ich wäre so gerne noch mal ein Kind. Keine schlechten Erfahrungen, keine Verantwortung und vor allem keine langen Nächte, in denen man wach liegt und weint.

Als Kind hab ich geweint, weil ich meinen Willen nicht durchsetzen konnte. Nun weine ich, weil andere Menschen ihren Willen durchgesetzt haben. Andere Menschen entscheiden über dich. Manche meinen es nur gut, anderen ist es egal, wie es dir damit geht. Ihnen geht es nur darum, ihren Willen durchzusetzen, egal, wie sie dich zurücklassen. Dass du danach ein Wrack bist und Nächte lang weinst, weil für dich entschieden wurde, ist diesen Menschen egal.

Wie gerne wäre ich wieder ein Kind, nur um all den Schmerz und das Leid, welche Erwachsenwerden mit sich bringt, zu vergessen. Nur einmal noch behütet bei den Eltern aufwachen, nur einmal noch sich sicher und geborgen fühlen.

Als Kind scheint die Welt so einfach und klein zu sein. Beim Erwachsenwerden merkt man jedoch, die Welt ist nicht mehr so, wie man sie als Kind gesehen hat. Die Welt kann dir deinen Weg sehr schwer machen. Andersherum jedoch kann die Welt

auch wunderschön sein. Einerseits gibt es die Menschen, welche Entscheidungen für dich treffen, und andererseits gibt es Menschen, die Entscheidungen mit dir treffen. Diese Menschen machen das Leben lebenswert. Sie helfen dir, mit den für dich getroffenen Entscheidungen zurechtzukommen. Sie sorgen dafür, dass kein Mensch mehr Entscheidungen für oder über dich trifft.
Diese Menschen trifft man nicht oft im Leben, jedoch bereichern sie es von Minute zu Minute mehr, sie werden ein von dir ausgesuchter Teil deines Lebens. Bei diesen Menschen kannst du wieder ein Kind sein, sie holen das für lange Zeit verloren geglaubte Kind aus dir hervor. Bei ihnen fühlst du dich wieder wohl und geborgen, genauso wie damals, als die Welt noch gut war.
Vom Wachsen und Werden erwachsen zu werden, ist nicht einfach, es wird auch niemals einfach sein. Jedoch gibt es Menschen, die einem das Erwachsenwerden vereinfachen, indem sie das Kind in dir zum Vorschein bringen. Das Wichtigste am Erwachsenwerden:
Niemand darf Entscheidungen über dich und dein Leben treffen. Nur du selbst bestimmst. Lass niemals jemand anderes über dich bestimmen.

Lena Ehle (20 Jahre)

Wachsen ohne Boden. Ein Interview

Kann man ohne Boden wachsen? Wir widmen uns den Barrieren und Chancen anderer Nationalitäten in Deutschland und befragen hierzu mehrere Altersklassen von Kleinkindern bis zu Senioren. Dieses Langzeitprojekt soll einen Einblick in das bunte Deutschland ermöglichen und herausfinden, ob wir wirklich schon so weit sind, wie wir glauben. Heute liegt der Fokus auf der türkischen Nationalität, den uns als Erstes die achtjährige Ayla näherbringen wird.

Interviewer: „Hallo Ayla, danke, dass du heute an der Umfrage teilnimmst."

Ayla: „Gerne!"

Interviewer: „Ich würde dich gerne fragen, ob du in der Schule von deinen Klassenkameraden anders behandelt wirst als andere Mädchen"

Ayla: „Ich glaube nicht. Doch. Manchmal versuchen die Jungs mir mein Kopftuch herunterzureißen, das ist nicht nett. Andere Mädchen haben gar kein Kopftuch. Ich bin die Einzige."

Interviewer: „Ich bin schockiert. Wieso glaubst du, machen die Jungs das?"

Ayla: „Keine Ahnung, ich glaube, sie verstehen nicht, warum ich es trage."

Auch Gamze (14) berichtet von ähnlichem Rassismus. Als ich sie frage, ob sie sich selbst eher als deutsch oder als türkisch empfindet, antwortet sie:

„Um ehrlich zu sein, weiß ich es nicht ganz genau. In Deutschland bin ich überall, wo ich hingehe, bloß die Türkin. Man könnte meinen, in der Türkei ist es besser, aber nein! Auf einmal werde ich dort als die Deutsche wahrgenommen."

Interviewer: „Siehst du denn deine beiden Nationalitäten als Nachteil an?"

Gamze: „Nein, das zu behaupten, wäre mir selbst gegenüber einfach unfair. Das Deutsch-Türkische hat auch seine Vorteile. Ich kann beide Sprachen fließend sprechen und meiner Familie helfen, indem ich ihr zum Beispiel Dokumente übersetze oder Arzttermine vereinbare. Außerdem wachse ich in verschiedenen Kulturen auf und sehe deshalb viel von beiden Seiten. Es ist schön, ein Zuhause an beiden Orten zu finden."

Die Positivität, die uns Gamze in dem Interview gezeigt hat, sollte der Weckruf für Deutschland sein. Die Schönheit beider Kulturen anzuerkennen, neue Freundschaften zu schließen und dazuzulernen.

Auch Cahit (18) sieht das ähnlich: „Meine Familie kommt immer zuerst. Aber für mich ist die Familie nicht nur an meinem Blut zu messen. Ich hab' auch deutsche Freunde, die für mich wie Familie sind! Wir treffen uns, reden, haben Spaß und vergessen manchmal, dass unsere Nationalitäten so verschieden sind!"

In dem Seniorenheim treffen wir Enes (78) an, dessen Aussage uns glücklicherweise von seiner Enkelin übersetzt wurde.

Interviewer: „Enes, wieso sind Sie nach Deutschland gekommen?"

Enes: „Um zu arbeiten. Wir brauchten das Geld und Deutschland erschien mir als eine gute Möglichkeit für den Anfang eines neuen Lebens."

Interviewer: „Sind Sie glücklich über Ihre Entscheidung?"

Enes: „Ja, zweifellos. Ich habe mir zwar viele dumme Sprüche anhören müssen, dass ich doch zurück in mein Land gehen soll und ich die Sprache ja gar nicht kann, aber ich habe auch viele nette Menschen kennengelernt. Gute Menschen, die mir in den ersten Monaten geholfen haben. Sie brachten mir und meiner Familie oft Obst und Gemüse vorbei. Heute kann ich ihnen das zurückgeben!"

Interviewer: „Vielen Dank für Ihre Aussage, Enes! Haben Sie vielleicht einen Rat an zukünftige deutsch-türkische Generationen?"

Enes: „Ich würde sagen: Habt keine Angst. Die meisten Deutschen sind nett und bloß noch unerfahren mit Türken. Und wir Türken sind loyale Menschen, die nichts mehr schätzen als eine gute Freundschaft. Lernt euch kennen! Nehmt die Einladung zum Tee an und überwindet den Sprung über die Hürde: Hand in Hand."

Aylin Cerik (17 Jahre)

Schlaf

Als Kind hat man es gehasst zu schlafen. Wenn man langsam erwachsen wird, lernt man den Schlaf zu schätzen. Als Kind wollte man nicht schlafen, weil man nichts verpassen oder noch seine Lieblingsserie schauen wollte. Als Erwachsener freut man sich auf den Schlaf, weil man Ruhe hat und man sich ausruhen kann von einem harten Tag.
Wenn man schläft, kann man träumen. Und manche Träume passieren dann auch *in Echt*. Manche Träume sind da, falls man Ratschläge braucht. Dann taucht meistens ein Mann auf. Dieser Mann wurde schon von vielen Leuten in diesen Träumen gesehen als jemand, der Ratschläge gibt. Wenn man erwachsen wird, braucht man auch mehr Ratschläge fürs Leben. Den Schlaf richtig zu schätzen lernt man, wenn man die Nacht davor zu wenig geschlafen hat.
Von dem Moment an, bei dem man sich freut, schlafen zu gehen, weiß man, dass man älter geworden ist.

Taha Üstünel (13 Jahre)

Der Mensch und sein Konsum

Heute schreibe ich über den Prozess, wie ein Kind erwachsen wird. Wie wir wissen, verändert sich in dieser Zeit nicht nur das Äußere eines Menschen, sondern das, was ihn interessiert. Auch der Konsum. Der Mensch an sich konsumiert sehr viel und kann auch ziemlich egoistisch sein, wenn es um ihn selbst geht. Jeder denkt an erster Stelle an sich und seine Versorgung. Sobald es die Möglichkeit gibt, mehr von etwas zu haben, wird keine Rücksicht gezeigt. Es ist, als hätte man keine Mitmenschen, welche so etwas nötig haben.

Es gibt auch eine Differenz zwischen dem, was Jugendliche und Erwachsene konsumieren. Bei den Jugendlichen gibt es einen ziemlich großen Einfluss der Gesellschaft. Die neuesten Schuhe, Markenklamotten, das neueste Smartphone und vieles mehr. Bei den Erwachsenen ist es meist eher das Nötigste. Oft wird das meiste in das Auto, den Haushalt und die Kinder investiert. Für sie kommen andere Sachen zuerst und erst im Nachhinein die eigenen Interessen. Dafür bleibt dann aber oft nicht mehr so viel übrig. Außerdem haben sich Erwachsene besser unter Kontrolle. Sie wissen besser, mit ihren Gefühlen umzugehen, da sie erfahrener sind und wissen, was wirklich wichtig und nötig ist.

Es ist also ein Prozess, bei man sich im Laufe der Zeit einlebt und lernt, was wirklich wichtig ist und was man weglässt. Das heißt aber trotzdem nicht, dass sich der Konsum verringert, sondern einfach, dass es nicht mehr das Übliche ist. Zum Beispiel das neueste Smartphone. Stattdessen vielleicht ein Buch oder ein Spiel. Ebenso auch etwas für einen Verein oder anderes mehr. Aus dem Grund ist es ziemlich interessant, ein Gespräch mit etwas älteren Menschen über den Konsum zu führen. Sie werden an einem anderen Standpunkt sein und die Interessen eines Jugendlichen nicht nachvollziehen können, da sie etwas anderes vor Augen oder als Priorität haben. Es kommt aber auch auf die Zeit an. Jugendliche heutzutage sind doch ganz anders als früher. Das ist kein Vergleich. Also hat es auch etwas mit den Erfahrungen jenes Menschen zu tun.

Aras Özge (17 Jahre)

So viel mehr als der Garten

Die Welt erschien mir so groß, während ich so klein war. Meine damals so kleinen Hände versuchten die so große Teetasse zu umfassen. Ich war so begeistert, dass es meine gesamte Sicht einnahm, weil die Tasse, aus der ich trank, fast so groß war wie mein Gesicht. Ich grinste vor Begeisterung in die Tasse hinein. Alles schien für meine kleinen Kinderaugen und meinen Kinderkörper so groß, unerreichbar und mächtig.
Die Küchenschränke waren zu hoch, um sie ohne einen Stuhl zu Hilfe zu nehmen, zu erreichen. Sogar die neu eingepflanzten Obstbäume im Garten erschienen mir bereits so mächtig trotz ihrer geringen Anzahl an kleinen und noch dünnen Ästen. Abgesehen von der imposanten Erscheinung des Kirschbaums selbst gab es allein am Kirschbaum noch scheinbar unendlich viele Dinge zu entdecken. Auch das geringste und kleinste Scheinbare, welches von so vielen großen Menschen um mich herum übersehen wurde, war meinem kleinem Kinderkörper nah genug, um erkannt zu werden.
Die kräftigen Ameisen, die auf ihrem Rücken meist Dinge trugen, die größer waren als sie selbst, und die Art, wie sie trotz menschengemachter Hindernisse wie dem eines Leimrings, durch den sie sich kämpfen mussten, den Baumstamm emporkletterten, faszinierten mich. Immer wieder hatte ich das Lächeln der Begeisterung auf meinen Lippen.
Auch alle anderen meiner Sinne halfen mir, noch viel mehr zu entdecken und noch mehr Begeisterung zu verspüren. Meine kleine Nase sog und sog den Duft der frisch blühenden Kirschblüten, ausgehend von dem noch dünnen Ast, den meine Mutter zu mir hinunterzog, mit einem Zug ein. Ich war begeistert.
Sogar die Wörter der Geschichten, die mir vorgelesen wurden oder die ich gar bereits allein lesen konnte, schienen, wie auch mein Körper selbst, klein zu sein. Sie wurden mit Bedacht und

Liebe vorgelesen, sodass sie ihre individuelle, perfekt geschliffene Kontur einnehmen konnten. Jene Kontur, die es ihnen erleichterte, in meinen Kopf einzutreten, indem sie das Tor dahin geschwinder passieren konnten. Dort angekommen, schwirrten sie zunächst kurz umeinander, als würden sie lachend miteinander tanzen. Doch dann bildeten die Wörter eine rhythmische Kontur der Bilder der Geschichte, die durch das Eintreten der Worte immer weiter ausgebaut wurde.
Die Zeit schritt fort. Je älter ich wurde, desto mehr hatte ich das Gefühl, dass sich mit der Zeit das Tor für das Eintreten der Wörter ganz langsam schließt. Ich las weniger, nahm mir weniger Zeit, Geschichten zuzuhören, seien es erzählte oder geschriebene. Wenn ich doch las, dann unbedacht und erschöpft vom drängenden Alltag. Die Worte blieben grobe, ungeschliffene Klumpen. Es dauerte länger, dass sie das Tor passieren konnten, um gemeinsam mit den anderen Worten eine Kontur des Gelesenen bilden zu können. Die langsam zuklappenden Flügel der Tore bildeten einen immer kleiner werdenden Durchgang der Wörter, sodass während des Tanzes der Worte nur noch eine lückenhafte Kontur der Bilder entstand. Dies sorgte dafür, dass meine damals so starke Fantasiefähigkeit sowie das Vorstellungsvermögen, das meine Kindheit auszeichnete, immer lückenhafter wurden. Immer weniger konnte ich mir ausmalen, was versucht wurde zu erzählen. Immer weniger hatte ich die Möglichkeit und die Kraft dazu, mich in die Situation des Erlebenden der Geschichte hineinzuversetzen. Immer weniger interessierte es mich. Und dann ... prallten die gelesenen Worte am schweren Holz des geschlossenen Tors ab.
Während sich meine Vorstellungskraft verkleinerte, wurde ich größer. Ich wuchs schnell, wurde größer und blieb auch immer größer als die anderen meiner Altersgruppe. Während ich immer größer wurde und in die Höhe schoss, wurden die Details der Dinge für meine Augen immer kleiner. Mein Blick

vermochte immer weniger, die sich mehr und mehr von meiner Wahrnehmung entfernenden Details des Lebens zu erfassen. Die Fähigkeit, für all jene Dinge und die damit zusammenhängende Leichtigkeit begeistert zu werden, fehlten mir nun! Wo war sie geblieben?! Hatte sich die Welt wirklich so sehr verändert, dass ich all jene Dinge, die mich zuvor begeistern konnten, nicht mehr wiederfinden konnte, weil es sie nicht mehr gab?

Es stimmte mich traurig. Ich war enttäuscht von der Welt. Jedoch wollte ich meine Zeit nicht damit verschwenden, mich auf die Suche nach Dingen, die mich begeistern könnten, zu begeben. Es gab Wichtigeres, das dringlicher meiner Zeit bedurfte. Zeit war zu einem kostbaren Gut geworden. Sie schien mir schneller zu vergehen als noch in meiner Kindheit. Nun rannte ich mit dem, was ich noch zu tun hatte und zu erreichen gedachte, der Zeit hinterher, um sie einzuholen. Ich war ein funktionierendes Element des Radwerks. Wenn ich nicht funktionieren würde, würde man mich ohne Bedenken ersetzen. Der Stress im Alltag zog mich in die Mitte seines Strudels. Egal, wie viel Kraft ich aufwendete, um aus dem Strudel herauszukommen, es bewirkte doch eher das Gegenteil, sodass ich immer mehr das Gefühl hatte, dass mir die Luft knapper wurde. Obwohl ich wusste, dass die Verschwendung meiner Zeit durch einen viel zu langen Schlaf, von dem ich dachte, ihn zu benötigen, um mich von dem Alltagsstress zu erholen, sich ins Maximum strapazieren würde, legte ich eben jene Erholungseinheiten immer öfter ein oder zog sie gar in die Länge.

Als ich nun nach einem erneut stressigen Tag dabei war, die Haustür aufzuschließen und mich nebenbei ungeduldig und oberflächlich umzusehen, stellte ich fest, dass das ungewöhnlich sonnige Wetter mich irgendwie in unseren von strahlendem Sonnenschein erleuchteten Garten zog. Zunächst erachtete ich es als unnötig, dem Drang zu folgen, ich hatte genug Wichtigeres um die Ohren und noch zu tun. Doch tatsächlich hatten meine Schritte einen eigenen Willen. Sie führten mich in den Garten. Nichts Bestimmtes suchend und nur spazierend und bewundernd ging ich durch den Garten. Der Garten, der jeden Tag, jede Nacht seinen Platz nicht verließ, jedem Wetter, jeder Jahreszeit, jeder Veränderung standhielt. Immer da war. Und doch war ich immer seltener darin, um nach einem Tag in der stickigen Stadt dort einmal aufzuatmen. Ich erkannte, dass nicht nur ich über die vergangene Zeit gewachsen war, sondern auch der Kirschbaum. Anstelle meiner Mutter, die mir als Kind den Zweig zu mir heruntergezogen hatte, tat ich es diesmal selbst und schnupperte an den weißen Blüten. Als ich dabei die Augen schloss, erinnerte ich mich daran, dass ich als kleines Kind überwältigt von dem Duft gewesen war und ihn immer mehr in mich hineingesogen hatte. Immer noch die Augen geschlossen und mit der Nase an den Blüten, sah ich mich als kleines Kind, welches sich für alles, was es entdeckte, begeistern konnte. Immer war es auf der Suche gewesen, etwas Neues zu entdecken, um sich auch dafür begeistern zu können. Ich ließ den Zweig los und öffnete die Augen. Das sich langsam auf meinen Lippen bildende Lächeln genoss ich.

Irgendwann bückte ich mich, um ein Gänseblümchen zu pflücken. Indem ich mich hinunterbückte, kam mir die Welt immer näher und näher. Und ich stellte fest, dass all jenes, dem ich mit meinem kleinen Kinderkörper so nah gewesen war und was mich begeistert hatte, über die Zeit nicht verschwunden ist. Sie waren immer noch da. Noch da, um entdeckt und erkundet zu werden. Und noch gab es so viel mehr, das mich begeistern konnte. Trotz aller Abgabefristen, die anstanden, beschloss ich, den Rest des Tages im Garten zu verbringen.

Während ich im Laufe des Tages hinter den Rosensträuchern, auf dem gepflasterten Weg saß und die Wärme des Sonnenuntergangs auf meiner Haut genoss, während ich in einem Buch las und gleichzeitig Tee trank, machte sich etwas in meinem

Augenwinkel bemerkbar. Weil bereits vorher ähnliche Bewegungen meine Aufmerksamkeit erregt hatten und ich meinen Blick in die entsprechende Richtung wandte und „bloß“ ein trockenes Blatt zu sehen bekam, dachte ich zunächst, es wäre erneut „nicht Besonderes“. Als aber das Objekt schließlich etwas näher kam, stieg meine Neugier. Das, was ich erblickte, sorgte dafür, dass ich mit dem Buch in der Hand erstarrte. Ich wollte, dass das kastanienbraune buschige Eichhörnchen näher kam. Tatsächlich tat es das. Ich merkte, dass ich in langsamer Bewegung lächelte, damit diese Bewegung auch ja nicht das Eichhörnchen erschrecken oder gar verscheuchen würde. Nun war das Eichhörnchen so nah, dass ich das Funkeln seiner Knopfaugen, durch das Sonnenlicht verursacht, erkennen konnte. Es schien, als würden die Augen mich mit ihrem Funkeln anlächeln. Kurz grub es, scheinbar etwas suchend, in der Erde der Rosensträucher und flitzte wieder weg.
Mein durch die Begegnung aufmerksam gewordener Blick strich nun sanft über das Bild, welches sich mir eigentlich bereits die ganze Zeit über schon bot und sich nicht verändert hatte. Doch obwohl es lediglich mein Blick war, der sich bewegte, entdeckte ich dabei mehr, als wenn ich mich bewegt hätte, weggegangen wäre. Sogar konnte ich die, eigentlich für das menschliche Auge nur selten sichtbaren, seidenen Spinnenfäden sehen, die im Sonnenlicht glänzten. Wenn ich mich bewegt hätte, wäre ich durch sie hindurchgelaufen, was dem Ende dieses zarten Kunstwerks gleichgekommen wäre.
Nach einer ganzen Weile, in der ich den Blick des erleuchteten Gartens aufgesogen hatte, blickte ich wieder runter auf das Buch, welches auf meinem Schoß lag, und trank einen kurzen Schluck meines Tees. Dabei stellte ich bei mir eine Verwirrung fest. Mir fiel auf, dass ich das vor mir liegende Buch durch das gefüllte Teeglas, welches ich nah vor meinem Gesicht gehalten hatte, hindurch lesen konnte. Klar und deutlich war die Schrift zu lesen und gleichzeitig war das Teeglas mit seinen Konturen

deutlich zu erkennen. Als ich weiterlas, kniff ich ein Auge zusammen. Zu sehen war nur noch das Teeglas. Es versperrte mir vollkommen die Sicht auf das Buch. Verschloss ich stattdessen mein anderes Auge, so konnte ich nicht mehr sehen, wohin ich das Teeglas führte. Ich öffnete beide. Nun konnte ich weiterlesen und gleichzeitig meinen Tee weitertrinken. Ich grinste in mein Teeglas hinein. Ich war begeistert.
Auch saß ich noch im Garten, als der Mond aufging. Seinem machtvollen Streben um die Vorherrschaft als hellster Himmelskörper am nächtlichen Firmament, begleitet von den Sternen, grinste ich glücklich entgegen. Während ich die Zeit des Mondaufgangs genoss und seine Wanderung weiter beobachtete, stellte ich fest, dass ich trotz des Nichtstuns jeden einzelnen Augenblick, für sich, (er-)leben konnte. Indem ich bewusst den Moment genoss, ohne mir Sorgen über morgen zu machen, spürte ich, dass die Zeit und ich nebeneinanderher schritten, ohne dass einer von uns sich hätte beeilen müssen. Genau so, wie ich die Zeit auch in meiner Kindheit erlebt hatte. Endlich war mir bewusst geworden, dass all die Harmonie und die Ruhe, nach der ich stressig gesucht hatte, jeden Tag, jeden Moment auf unterschiedlichste Art in meiner unmittelbaren Nähe vertreten gewesen war. Bloß war ich von dem Licht des Bildschirms geblendet und blind für das Licht des Mondes und des Sternenhimmels gewesen. Viele dieser faszinierenden Dinge, obwohl sie zunächst so unscheinbar oder klein schienen, hatte ich mit der Zeit immer mehr als Selbstverständlichkeit betrachtet und aus diesem Grund schien mir es die Mühe nicht wert gewesen zu sein, mich für sie zu begeistern.
Auch stellte ich fest, dass ich angefangen hatte, immer mehr Dinge als Selbstverständlichkeit zu betrachten, sodass meine Suche nach innerem Frieden und Zufriedenheit eben aufgrund dieser Tatsache immer wieder scheitern und in Sackgassen hineinführen musste. Mit größtem Entsetzen wurde mir be-

wusst, dass ich auch die immer mehr werdenden Ungerechtigkeiten, die auf der Welt geschehen, als Selbstverständlichkeit zu betrachten begonnen und sie somit in meinem Bewusstsein beiseitegeschoben hatte. Immer größer werdende Ungerechtigkeiten übersah ich. Immer blinder und kranker war ich geworden. Und nun fällt mir in der Stille des Sternenhimmels auf, dass dies keine Selbstverständlichkeit sein sollte. Denn ich wusste doch, wie schrecklich es ist, selbst ungerecht behandelt zu werden. Jedes Mal hatte ich mich dabei gefesselt gefühlt, daran gehindert, Recht zu tun, gehindert Recht zu sprechen. Mittlerweile war ich es selbst geworden, die zuließ, dass mir die Hände gefesselt werden. Wo war meine kindliche Moral geblieben zu sagen, dass etwas unfair ist? Einzuschreiten und sich dem Unrecht-Tuenden in den Weg zu stellen? Egal, wie zerbrechlich und klein ich mich gefühlt hatte. Ich hatte immer in Kauf genommen, dass man mich wahrscheinlich nicht ernst nehmen würde, und dennoch hatte ich mich jedes Mal in den Weg gestellt. Und meine aufmerksamen Kinderaugen hatten jedes Mal festgestellt, dass der Unrecht-Tuende für einen kurzen Moment innehielt, weil er durch mein Handeln zum Nachdenken angeregt wurde.
Als Kind schon hatte ich nie verstanden, warum es so viel Unrecht auf der Welt gibt. Alle anderen Menschen, die zur selben Zeit wie ich atmeten, lebten, waren doch auch nur Menschen. Jeder von uns kam auf die Welt und jeder von uns wird irgendwann unweigerlich einmal sterben müssen. Jeder Mensch tut es. Auch hatten wir doch die Gemeinsamkeit, dass trotz unterschiedlicher Erziehung und Kultur jeder von uns es ein Lächeln zu deuten und von einem grimmigen Gesichtsausdruck zu unterscheiden vermochte. Es waren Tatsachen, die alle Menschen auf dieser Welt, die gelebt haben, leben und leben werden miteinander verbindet. Dicke, Dünne, Große, Kleine, Arme, Reiche, Schwarze, Weiße, Radikale, Gläubige, Atheisten, Politiker, Künstler ... Menschen, die laut auf einem

Basar versuchen zu feilschen, Menschen, die mit dem Bus zur Schule fahren, Menschen, die einander an der Wall Street bedrängen, Menschen, die Netflix gucken, Menschen, die putzen. All diese blicken letzten Endes mit mir gemeinsam in denselben Himmel. Wenn es gerade bei mir der Sternenhimmel mit seiner Mondwanderung ist, dann ist es woanders vielleicht der Himmel mit dem rötlichen Schimmer – sei es des Sonnenuntergangs oder -aufgangs.

Und während ich hier, im vom Nachthimmel erleuchteten Garten, so sitze und über all das nachdenke, blicke ich noch einmal zu den Sternen hoch und bemerkte, wie sehr sie funkeln. Jeder Einzelne von ihnen. Die Welt ist doch eigentlich so wunderbar. Während sich ein kleines Lächeln auf meinen Lippen breitmacht, macht sich ein größeres in meiner Brust weit. Ich bin begeistert.

Jedes einzelne Wesen, Ding auf dieser Welt, egal, wie klein es sich auf dieser großen Welt vorkommt, ist es wert, wertgeschätzt zu werden. Denn nichts davon und keiner von uns ist zu klein, um zu begeistern und begeistert werden zu können. Denn wir alle sind es, die sich den Himmel über dem Kopf teilen. Wir haben nur uns. Und nicht viel mehr. Aber es reicht schon. Hoffentlich.

Mevize Meryem Candan (19 Jahre)

Wir. Wir?

Geboren werden wir.
Leben tun wir hier.
Aus Lachen wird Machen.
Aus Machen wird Lachen.

Nach der Zeit
Verschwinden wir ganz weit.
Unsere Gedanken –
Für die wir uns bedanken?

Das Arbeiten auf dem Feld
Nur für das Geld.
Das Verschwenden von Dingen,
Die wir Menschen fingen.

Mehr und immer mehr,
Ich fühle mich ganz leer.
Älter werden wir.
Doch was macht es aus mir?

Eine Veränderung reicht,
Welche ist nicht ganz leicht.
Weiter und immer weiter,
Ich steige auf und ab wie auf einer Leiter.

Geschenkt wird uns das Leben.
Was kann ich zurückgeben?
Wachsen werden wir.
Du findest zu dir.

Wichtig ist das Denken
Und wie wir es lenken.
Macht es Sinn?
Besteht ein Gewinn?

Sieh nach oben,
und sie werden dich loben.

Rojin Karakaya (17 Jahre)

İncirin hikayesi

Diktiler ağacını ve büyümeye başladı.
Sabırsızca bekledim ağacı.
Olur ya, İlk çiçeği açar
Ve benden kaçar.

İlk bahar göz kırparak geldi,
Sıcaklar da koşu verdi.
İlk defa dünyaya gözünü açtı,
Arılara davetiye çıkardı.

Beklediğim olmadı,
Çiçek yerine meyve oldu.
Çok geçmeden yaz oldu,
Bebekler yürür oldu.

Dedim, hani ya çiçekleri?
Kimse beni dinlemedi.
Herkes büyüyor,
Kendisi ile ilgileniyor.

Yaklaştı son bahar,
Bizi az daha yakalar.
Beklerim daha incirleri,
Kıyamam yemeye.

Ben çiçek beklerken,
Oluvermiş meyve.
Ben daha beklersem,
Çürür gider bu meyve.

Artık zamanı gelmiş ve geçiyor.
Ebedi değilim diyor.
Artık vaktim geldi diyor,
Hadi elveda diyor vegidiyor.

Her şey bir anda,
Bir de okadar uzun zamanda.

Rumeysa Çelik (16 Jahre)

Die Geschichte der Feige
(Übertragung)

Sie pflanzten den Baum und warteten ab.
Ganz aufgeregt waren sie.
Falls die erste Blühte blüht
Und ich sie verpassen könnte.

Der Frühling blinzelte uns entgegen,
Die Wärme kam angerannt.
Er öffnete zum ersten Mal die Augen
Und reichte den Bienen eine Einladung.

Ist nicht so geworden wie ich‘s wollt‘,
Wurd eine Frucht statt einer Blume.
Schnell kam der Sommer herbei,
Und die Kinder machten die ersten Schritte.

Die Frage war, wo sind die Blumen?
Doch wer achtete auf die Blumen?
Alle wachsen,
Jeder kümmert sich um sich selbst.

Nah ist der Herbst,
Fast hat er uns, der Herbst.
Doch warte ich noch auf die Feigen
Und traue mich nicht sie zu erreichen.

Erwartet war eine Blüte,
Doch wurde es eine Frucht,
Wenn ich noch weiter warte,
Verfault die Frucht.

Mittlerweile kam und verging die Zeit,
Ich bin nicht für immer da, sagt sie,
Meine Aufgabe ist vollendet,
Auf Nimmerwiedersehen.

Alles auf einmal,
Und doch in einer langen Zeit.

Rumeysa Çelik (16 Jahre)

Die goldene Orchidee

Mein Name ist Shin-Nan Chin und ich bin 19 Jahre alt. Du fragst dich bestimmt, wieso ich meine Geschichte „Goldene Orchidee“ nenne. Lass mich dir etwas über mich erzählen und dir wird ein Licht aufgehen.
Mein Name stammt von meinem Onkel. Er durfte meinen Namen aussuchen, da man sehr gute chinesische Kenntnisse sowohl in Schrift und Laut kennen muss. Die erste Silbe von meinem Namen bedeutet „Gold“. Diese Silbe habe ich von meiner Schwester erhalten. An unserer ersten Silbe kann man erkennen, dass wir Geschwister sind. Zu der Zeit, als sie geboren wurde, gab es nicht viel Gold. Deshalb tragen wir das Wort Gold in unserem Namen. Die zweite Silbe eines Vornamens beschreibt eine Charaktereigenschaft des Kindes. Die zweite Silbe meines Vornamens bedeutet „Orchidee“. In der chinesischen Kultur steht die Orchidee für die Königin der Blume und das Symbol für Liebe, Einheit und Schönheit. Zusammengesetzt bedeutet mein Name daher „goldene Orchidee“.
Wieso erzähle ich dir das? Eine Orchidee zeichnet sich aus, dass sie einen angenehmen Duft versprüht und eine ausdauernde Pflanze ist. Theoretisch kann eine Orchidee unbegrenzt wachsen. Wie mein Name sagt, wachse ich ständig wie eine Orchidee. Weiter im Leben erlebte ich viele Hoch-, Tief- und Wendepunkte im Leben, die dazu führten und noch führen werden, dass ich mich weiterentwickle und über meine Grenzen hinauswachse.

Manchmal erleidet man Rückschläge und man hat das Gefühl, nicht aus Situationen herauswachsen zu können. Jeder kennt diese Down-Phase im Leben. Doch dort, wo eine Down-Phase ist, ist ein Hochpunkt oder ein Anstieg nicht weit. Auch wenn es nicht den Anschein hat, dass man nicht wachsen

würde, wachsen wir Menschen weiter. Auch wenn es minimal ist.
In unserer heutigen Zeit haben wir das Gefühl, nicht mehr wachsen zu können. Sei es die Corona-Krise, der Klimawandel oder die Angst vor der Zukunft. Doch Probleme und Ereignisse führen dazu, dass wir versuchen das Beste aus der Situation zu machen und an Problemen beziehungsweise Geschehnissen zu wachsen. Uns fällt gar nicht mehr wirklich auf, dass wir aus den Krisen, Erfolgen aber auch durch neue Erkenntnisse wachsen. Es ist für uns selbstverständlich, dass wir erwachsener werden und wir das Gefühl haben, dass das Erwachsenwerden von ganz alleine kommt.
Doch da muss ich dich leider enttäuschen, denn von alleine werden wir nicht erwachsen. Vielleicht sagt uns das Alter das, aber unsere Reife und Persönlichkeitsentfaltung werden durch Krisen, Erfolge und Probleme verursacht. Dies möchte ich dir vor Augen führen, dass du zu dem geworden ist, was dir deine Umwelt geboten hat. Mit deinem Handeln beeinflusst du andere, so beeinflusst das Handeln anderer dich. So sagte Konfuzius: „Wenn wir mit einem guten Menschen zusammenleben, merken wir bald gar nicht mehr, wie er uns zum Besseren verändert. Es ist, als befänden wir uns in einem Raum voller Orchideen. Nach einer Weile nehmen wir ihren Duft nicht mehr wahr."
Vielleicht merkst du, worauf ich hinausmöchte, oder auch nicht. Ich bin zu der Erkenntnis gekommen, dass wir alle Orchideen sind. Denn wir Menschen sind es, die an Krisen, Erfolgen und neuen Erkenntnissen wachsen. Wir sind das, was wir sind, durch die Interaktion mit anderen Menschen, der Umwelt und der Modernisierung. Wir sind die Orchideen, die unsere Welt vorantreiben, sei es ein Problem verursachen, die Menschheit fördern oder auch Krisen bewältigen. Jeder Mensch nimmt einen Teil in dieser Gesellschaft ein und leistet seinen Beitrag. Unsere Welt kann durch uns wachsen. Mal

mehr, mal weniger, aber das ist genau so, wie bei einer Orchidee. Mal zeigen wir uns von der besten Seite und strahlen wie eine goldene Orchidee. Mal haben wir das Gefühl, alles geht den Berg hinunter, das Strahlen der Orchidee verblasst und wir lassen den Kopf hängen.
Wir haben viele Probleme zu bewältigen, doch auch Probleme eröffnen uns neue Chancen. So möchte ich noch gerne einen weiteren Spruch von Konfuzius zitieren. „Es spielt keine Rolle, wie langsam wir gehen, solange Sie nicht aufhören.“ Das sind wir! Wir wachsen weiter und werden zu dem, was wir mal sein wollen. Wir sind es: Die goldenen Orchideen.

Shin-Nan Chin (19 Jahre)

3
Stufe um Stufe

Wer werde ich einmal sein?

Wer werde ich einmal sein?
Diese Frage stelle ich mir häufig.
Ist es beeinflussbar?
Wer bin ich?
Wer war ich vorher?
vor dem Stress
vor dem Wachsen
bevor sich alles änderte,
Aussehen, Meinung, Wahrnehmung.
Meine eigene Wahrnehmung:
wer bin ich?
wer soll ich sein?
wer will ich werden?
wer war ich
oder bin ich doch noch?
Vielleicht nicht gänzlich,
nur noch ein Stück,
aber vielleicht
kehrt ein Teil nicht mehr zurück zu mir.
Bin ich vollkommen verändert?
eine andere Person geworden?
eine bessere Version meiner Selbst?
meines vorherigen Ichs?
Wieso genau?
War ich nicht gut genug?
Bin ich nicht gut genug?
Nicht gut genug so, wie ich bin?
Wie ich war?
Wie ich sein werde?
Werde ich je gut genug sein können?
Für andere, für mich?
Sollte eines nicht wichtiger für mich sein?

Alle paar Jahre
ein neuer Titel,
Kind, Jugend, Erwachsener,
genau genommen
gewachsen,
bin ich seit Jahren nicht mehr,
zumindest meinen Schuhen nach.
Aber heißt dies, ich wachse nicht mehr?
Bin ich seit dem nicht gewachsen?
Wachsen.
Ist dieser Prozess irgendwie vorbei?
Einfach fertig von jetzt auf gleich?
Wie kann ich auf diese Weise
werden?

Wer werden?
Das weiß keiner so genau,
eine Mischung aus Alt und Neu?
Neue Erfahrungen,
Neuer Stress,
Weiteres Wachsen.
Wachsen hört nie auf,
damit ich werden kann,
Wer ich werden soll.
Wer ich werden will.

Laura Ochler (19 Jahre)

growing up

i was always afraid of growing up.
afraid of the unknown.

i was forced to grow up fast.
there was no time to be a child.
when i was 16,
it already felt as if i had lived ...

it made my fears even bigger.

i wish i could tell my younger self to
not let herself be dragged down by them.

you have no idea what will
actually happen in the future.

but that isn't so bad after all, is it?

when i was younger,
i would have never expected to graduate
two years later
than initially planned.
i would have never expected
to start university in october
or to lose the friends
of whom i thought they would be my side forever
growing up can be hard and painful,
but it makes you to the person
who you are today.

and for me that means being a person
who finally decided to start living.
no more mourning the past or people
who no longer talk or even think about me.

no longer hiding who i am or
what i‘m interested in.

no longer being held back by fears.

this is my time.

going out.

making decisions.

following my dreams.

growing up was never something
to be afraid of.

it was the necessary step
to find your own freedom.

Mareen Brockmeyer (20 Jahre)

erwachsen werden

ich hatte immer angst davor, erwachsen
zu werden. hatte angst vor dem unbekannten.

ich musste schnell erwachsen werden. es gab
keine zeit, ein kind zu sein.
als ich 16 war, hatte ich schon das gefühl, 10 verschiedene
leben gelebt zu haben.

meine ängste wurden noch größer.

ich wünschte, ich könnte meinem jüngeren ich
sagen, dass es sich von ihnen
nicht runterziehen lassen soll.

du hast keine ahnung, was wirklich in der zukunft passieren
wird.

aber das ist doch überhaupt nicht so schlimm, oder?

als ich jünger war, hätte ich nie damit gerechnet, zwei jahre
später abi zu machen als ursprünglich geplant. ich hätte nie
damit gerechnet, im oktober mit dem studium zu beginnen
oder die freunde zu verlieren, von denen ich dachte, dass sie
für immer an meiner seite sein würden.

erwachsen werden kann schwer und schmerzhaft sein,
aber es macht dich zu der person,
die du heute bist.

und für mich bedeutet das, eine person zu sein, die sich
endlich dazu entschieden hat zu leben.

ich trauere nicht mehr um die vergangenheit oder um menschen, die nicht mehr über mich reden oder gar an mich denken.

ich verstecke nicht länger, wer ich bin oder was meine interessen sind.

ich lass mich nicht mehr von ängsten
zurückhalten.

jetzt ist meine zeit.

ausgehen.

entscheidungen treffen.

meine träume verfolgen.

erwachsen werden war nie etwas
wovor man sich fürchten musste.

es war der notwendige schritt
um die eigene freiheit zu finden.

Mareen Brockmeyer (20 Jahre)

Die Welt ist laut

Was für ein Dasein man doch führt, mit dreizehn! Kein Kind, aber auch noch nicht richtig jugendlich, und neben den wichtigen Fragen im Leben wie: „Was ziehe ich heute an? Bin ich cool? Und warum heißt es eigentlich Zahnpasta anstatt Zahnpaste?“ gibt es noch diese trivialen Fragen im Leben, die einen martern und nicht in Frieden lassen. „Wer bin ich? Und wer möchte ich sein?“ Nein, diese Fragen nach der eigenen Identität lassen einen nicht in Ruh. Sie verlangen Antwort, die ich aber nicht zu geben weiß. Wer bin ich schon, habe ich überhaupt eine Persönlichkeit oder entstand das, was ich mich nenne, aus dem, was ich gerne wäre? Schließlich frage ich mich bei jedem kleinen Schritt, den ich tue: „Sah das komisch aus? Was denken die anderen nur von mir?“
Wer sind eigentlich diese Anderen, vor denen ich mich so fürchte? Die Leute aus meiner Klasse? Nein, warum sollte ich mich um deren Meinung scheren, ich rede schließlich kaum außerhalb der Schule mit ihnen. Die Älteren aus meiner Schule, die doch so viel mehr Lebenserfahrung haben als ich und alles besser zu können scheinen? Nein, auch mit denen bin ich nicht sonderlich vertraut, ich sehe sie ja nur aus der Ferne, so groß und weiter als ich, wie sie sind. Warum sollte ich ihnen also auffallen? Da bleiben nur meine Freunde, aber die sind zu herzlich, zu gut zu mir, als dass sie mich richten und hinter meinem Rücken reden würden.
Wer oder was also bildet diese Bedrohung? Was hemmt mich? Was hemmt mich daran, einfach hinauszugehen und mich nicht darum zu kümmern, was die Anderen denken? Schon wieder, wer sind diese ominösen Anderen, die mir nicht aus dem Kopf zu gehen scheinen, und warum sind sie mir so wichtig? Ist das normal oder bin ich ein seltsamer Einzelfall, man spricht ja nicht wirklich darüber. Und normal fühle ich mich auch nicht so richtig. Das reizt, kann man es mir also verdenken, dass ich

genervt reagiere, wenn meine Mutter an meine Zimmertür klopft, nachdem ich drei Stunden in Einsamkeit verbracht habe, lediglich um mich zu fragen, ob es mir denn gut ginge? Selbstverständlich geht es mir nicht gut, schließlich muss ich die wichtigen Dinge des Lebens hinterfragen: Autorität, Werte, Identität, Freundschaft, Familie und noch so vieles mehr, was ich mit meinen jungen Jahren nicht zu begreifen weiß, und sie, wie sie so wirkt, als hätten sie alles klar vor Augen, ist nicht gerade hilfreich.
Aber als wäre das ohnehin schon bestehende Chaos in meinem Kopf nicht genug, muss man sich auch noch wohl oder übel mit politischen Fragen auseinandersetzen. Wie zum Beispiel der Klimawandel voranschreiten wird, betrachtet man, wie die Klimapolitik versagt? Wie der Krieg in der Ukraine ausgeht? Und ob uns der Dritte Weltkrieg bevorsteht? Auch sorge ich mich um die Spaltungen, die durch Themen wie gendergerechte Sprache, Klimamaßnahmen oder nur irgendwelche Celebrity-Dramen passieren.
Eine unfassbare Welle an Nachrichten erfasst einen jeden und bringt die Welt ins Schwanken. Sodass man gar nicht anders kann als hinzuschauen. Wenn ich nur zehn Minuten durch meinen Instagram-feed scrolle, begebe ich mich schon auf eine Achterbahnfahrt der Gefühle. Denn neben lustigen Katzenfotos erreichen mich genauso Schocknachrichten aus der ganzen Welt und hetzerische Kommentarsektionen. Ich brauche eine Pause, entschließe mich also, aus meiner Höhle zu kriechen und mich zurück ins Leben zu stürzen. Bei meiner Mutter ist abgesehen von Diskussionen rund um Gott und die Welt nicht viel zu erleben.
Nach einem kurzen Spaziergang durch Bochum-Mitte lande ich also bei meinem Vater. Hier geht es sehr viel chaotischer zu. Dies ist nicht weiter verwunderlich, schließlich hat er mittlerweile eine neue Frau und mit dieser zwei Kinder, welche sechs und fünf Jahre alt sind. Ablenkung ja, aber Entspannung?

Wohl kaum. Ergo mache ich mich wieder auf meinen Weg. Ziehe vorbei an mit Graffiti besprühten Hausfassaden, Industriebauten, Menschen jeder Kultur, Ethnie und jedes Typs. „Trautes Heim, Glück allein" – denn egal wie unschön viele Aspekte des Ruhrgebiets sind, ist es dennoch mein Zuhause. Der Ort, wo ich aufgewachsen bin und wohl noch ein paar Jahre meines Lebens verbringen werde, und so komme ich doch zu meiner heiß ersehnten Ruhe. Ich weiß vielleicht nicht um die Gründe meiner Existenz, kann aber doch eine gewisse Zugehörigkeit finden und darin inneren Frieden.

Rania Asif (13 Jahre)

Zu jung für mein Alter

Es ist 2017 und wir liegen im Westpark mit den Beinen in der Sonne, kurzen Hosen und weiten T-Shirts, die wir auf der Taille knoten. Wir haben Himbeeren und Blaubeeren und wir haben Freistunde. Unseren geheimen Ort nennen wir das Dach. Es gibt keinen Schatten, kein Entkommen vor der Hitze, nur Geschmiere auf Beton. Die Namen meiner Freunde stehen da hingeschmiert und vor der Graffitiwand machen wir Fotos. In meiner Jeans sind Löcher am Knie und ich stütze meinen Ellbogen auf, lehne den Kopf darauf und schließe die Augen. Die Fotos machen wir mit Selbstauslöser. Meine Haare sind im Zopf. Wir balancieren am Geländer und schauen weit in die Tiefe, unter uns Skater und Industriekultur. Nicht viel los. Sobald wir hier weg sind, werden sie alles zukleistern mit Bürogebäuden, Parkplätzen und Hotels.

Es ist Pause und meine ganz coolen Freunde verlassen unerlaubt das Schulgelände, sitzen gegenüber im Park und schauen auf den Hof. Ist schon aufregend, so die Straße zu überqueren. Dann lachen wir uns die Seele aus dem Leib unter dem Kirschbaum. Es ist Winter und die erste Doppelstunde fällt aus, also liegen wir auf den ranzigen Sofas im Oberstufenraum und hören meine Lieblingsband. Dabei schlafen wir. Der Tag ist noch dunkel und er ist lang. Die letzten Stunden haben wir Sport und ich sitze im Schatten vor der Turnhalle. Ich vergesse meine Turnschuhe im Klassenraum und laufe zurück durch die leeren Gänge.

Es ist 2018 und ich trinke jetzt Vodka pur, kauf mir ein kurzes weißes Top und sehe endlich aus wie alle anderen Mädchen im Club. Ich laufe allein nach Hause, es ist mitten in der Nacht und die Straßenlaternen leuchten nicht, aber ich habe keine Angst.

Es ist 2019 und wir sind viel zu cool für die Schule, sitzen im Unterricht, mal betrunken, mal bekifft und mal zu Hause allein. Weil die Decke der Welt mir auf den Kopf fällt. Weil ich am Küchentisch sitze und weiß, ich schaff es nicht mehr, die fünf Minuten rüber zur Schule zu gehen. Weil ich zu wenig Kraft in meinem Körper habe, um aufzustehen. Weil ich keine Hausaufgaben mehr machen kann. Weil ich, selbst wenn ich hingehe, nach den ersten zwei Stunden aufgebe. Weil alle meine Freunde nicht genug sind, um mich zu halten.

Es ist Lockdown und die Schule ist vorbei. Keinem geht es gut, aber wir spielen Werwolf im Videocall. Wenn ich den Laptop zuklappe, muss ich weinen. Weil ich weiß, dass ich meine Freunde im Arm halten und nicht nur in ihr Gesicht auf dem Bildschirm glotzen will. Das Leben geht weiter und kurz bevor der Sommer kommt, denke ich, ich packe es nicht mehr. Langsam breitet das Leben seine Arme aus und verschlägt uns alle irgendwohin. Nicht so weit weg, wie wir es dachten. Das echte Leben ist nicht so wild, wie wir es dachten. So viele Gesichter sehe ich wieder und dann erzählen sie mir, wie ihre Pläne nicht aufgegangen sind. Gerade mal zwanzig sind wir und ein Jahr später denke ich, ich kann nie die Wege gehen, die ich gehen wollte. Ich kann nicht der Mensch werden, der ich sein wollte. Aber jetzt ist erst 2017 und wir atmen die Sonne im Westpark.

Rebecca Bednarzyk (20 Jahre)

Was ich will

Ich bin jetzt sechzehn. Erst sechzehn. Und trotzdem wird von mir so viel erwartet. Ich muss eine gute Tochter sein, eine gute, vorbildliche Schwester, eine gute Freundin, und muss gute Noten haben. Ich muss es jedem recht machen, damit sie nicht alle enttäuscht von mir sind. Ich darf nicht einfach tun, was ich will. Ich muss erst mal gucken, ob es auch für jeden passt. Jeder muss doch glücklich und zufrieden mit mir sein.
Aber bin ich überhaupt zufrieden mit mir selbst? Heute beim Arzt wurde ich genau das gefragt. Ich musste kurz überlegen und meinte nur ja. Dabei erklärte ich das nur, damit man mich nicht fragt, was mich an mir stört. Wenn das jetzt schon so ist, wie wird es sein, wenn ich erwachsen bin? Werde ich jemals stark genug sein, um überhaupt erwachsen zu sein? Werde ich überhaupt Kraft haben, um alle Bedürfnisse zu erfüllen? Von jedem?
Als Kind war alles so einfach. Niemand hat irgendwas von dir erwartet. Alle wollten nur, dass du ein Kind bist.
Ich will wieder ein Kind sein. Ohne Erwartung. Ohne Angst. Ohne Stress.

Eslem Cicibaş (16 Jahre)

Zu leben beginnen

Ich, eine 18-Jährige, die in diesem Jahr ihr Abitur gemacht hat, stehe wie vor einer Klippe. Denn das, was bald kommt, ist der Sprung mitten ins Leben. Jahrelang hat man das behütete Lernen in der Schule genossen und auch zu Hause bekam man von seinen Eltern immer Unterstützung. Nun wird sich das Leben um 180° drehen, mindestens! Zuerst einmal möchte ich auf meine Vergangenheit eingehen, damit man meine daraus resultierenden Sorgen, Hoffnungen und Gedanken für jetzt und die Zukunft verstehen kann.

Mein Leben fing ganz gelassen in der schönen Stadt Moers im Kreis Wesel an. Dort krabbelte ich, besuchte Spielgruppen und traf mich oft mit Gleichaltrigen. Der Ernst des Lebens, wie man so schön sagt, ging dann mit meiner Einschulung los. Da merkte man schon eine Veränderung: Ich lernte neue Kinder kennen und traf mich fast jeden Tag nach der Schule mit meiner besten Freundin. Klassenarbeiten und Tests waren für mich nie wirklich dramatisch zu dem Zeitpunkt und so weit war auch alles in Ordnung. Nur irgendwie war da immer etwas: Ich hatte Bauchschmerzen und ständig war mir übel. Die Ärzte meinten immer wieder, dass das psychisch bedingt wäre – Einschulung halt. In der dritten Klasse stellte ein Arzt dann doch eine Diagnose: Ich habe Zöliakie.

Das war ein weiterer großer Einschnitt in meinem Leben. Es war vorbei mit der noch sehr unbesorgten Zeit, denn nun hieß es Zutatenlisten lesen, schwierige Situationen meistern und immer auf sich achten zu müssen. Zöliakie ist eine Autoimmunerkrankung, bei der man das Klebereiweiß Gluten, das in vielen Mehlen steckt, nicht vertragen kann. Es gibt inzwischen zwar immer mehr alternative Lebensmittel, aber man kann nicht wirklich spontan sein. Und ich muss sagen, dass ich seit der Diagnose viel vorsichtiger geworden bin und ohne Pläne nicht mehr ich selbst wäre.

Alles muss geplant werden, denn sonst steht man gerne mal in einer fremden Stadt und sucht hungrig stundenlang ein Restaurant, in dem man als sogenannter Zöli essen kann. Glaubt mir, das ist nicht immer einfach. Na ja, inzwischen habe ich das sehr gut im Griff und einige Freunde und Verwandte gucken auch, dass sie etwas für mich im Haus haben. Das sind wahre Freunde! Vor zwei Jahren wurden bei mir allerdings noch eine Laktose- und eine Fruktoseintoleranz diagnostiziert. Es stellt einen alles ganz schön vor Herausforderungen. Aber ich kann stolz von mir behaupten: Ich weiß, was ich esse, und ich kenne meinen Körper bis in die kleinste Ecke. Das ist viel wert, denn ich spüre immer, was gerade in mir vorgeht. Dadurch bin ich sehr reflektiert geworden.
Mir wurde von vielen Menschen immer wieder zu Yoga geraten, und nachdem nun einige Jahre vergangen sind, habe ich es endlich mal ausprobiert und ich bin total begeistert. In der Zeit bis zum Studium möchte ich regelmäßig Yoga machen. Das ist auch ganz gut, da ich in der nächsten Zeit zwei Ferienjobs habe, die mir einiges abverlangen werden. Das nimmt nicht jeder so freiwillig auf sich. Aber ich genieße auch das Leben, und ein Urlaub nach dem Abitur wird einem für immer in Erinnerung bleiben. Wie man sich an dieser Stelle bereits denken kann, verreise ich mit einer Freundin. Darauf freue ich mich total: Sonne, Strand, Meer, chillen, essen, Pool, Cocktails, Party, ... Da gibt es echt einiges.
Momentan bewerbe ich mich an Universitäten, um einen Studienplatz zu bekommen. Auf der einen Seite merke ich, dass ich der Zukunft einen Schritt näherkomme, allerdings plagt mich auf der anderen Seite die Ungewissheit, wo ich studieren und ob ich eine gute Unterkunft finden werde. Es ist wie eine große Wundertüte. Was zur Einschulung die Schultüte mit dem Überraschungsinhalt war, ist nun die Überraschungstüte mit der Zukunft. Man fühlt sich aber bereit für das Leben, ich fühle mich bereit. Ich stehe wie „Der Wanderer über dem

Nebelmeer“ (das Gemälde von Caspar David Friedrich) auf einem Berg. Hochgekommen bin ich schon, da ich einiges geschafft habe. Nun stehe ich auf dem Berg, ich habe ihn erklommen und das Abitur gemeistert. Stolz stehe ich nun da und vor mir ist die Zukunft noch vom Nebel bedeckt. Sie ist schon in greifbarer Nähe, aber noch nicht sichtbar. Aber bald wird sich alles lichten und der Blick wird frei für die Weite. Grobe Umrisse lassen sich erahnen: Ich werde studieren, aber wo genau und wann – das steht noch in den Sternen.
Wenn ich in die Moerser Innenstadt fahre, ist es ein komisches Gefühl, wenn ich das Gebäude meiner alten Schule sehe. Vor Kurzem war ich da noch und nun habe ich sie hinter mir gelassen mitsamt den Menschen, denen ich in der ganzen Zeit begegnet bin. Der Abiball war sehr schön und auch die Zeugnisvergabe war ein würdiger Abschied. Bei einer Lehrerin habe ich nach diesen Festlichkeiten noch im Unterricht hospitiert und dort auch meine erste eigene Unterrichtsstunde geplant und gehalten. Es war ein tolles Gefühl, vor der Klasse zu stehen. Auch wenn ich am Anfang erst eine gewisse Zeit brauche, um mich in einer Umgebung wohlzufühlen, so trat ich sehr selbstbewusst auf und konnte mich durchsetzen. Von dem schüchternen Mädchen in der 5. Klasse bis hin zu der jungen Frau, die nun selbst die neuen SchülerInnen unterrichtet, ist doch einiges passiert. Man entwickelt sich und ich muss sagen, dass ich stolz darauf sein kann, wie ich jetzt bin. Ich habe viel gemeistert und einiges über das Leben und mich selbst gelernt. Mit meinem über die Jahre gesammelten Werkzeug mache ich mich nun auf den Weg. Ressourcen, Kreativität, Kraft, Energie, Mut, Zuversicht, Mitgefühl, Offenheit – das sind nur einige von vielen Sachen, die ich in mir mitnehme für den großen Weg.
Momentan sammle ich noch Erfahrungen bei einem Nebenjob in einer Ferienbetreuung für Kinder. Es ist ziemlich anstrengend, aber auch schön. Zum Ausgleich zu der Lautstärke habe

ich mir einen Ruhepol im Yoga gesucht und gefunden. Man muss sich allerdings darauf einlassen können und ich kann das auch nicht jeden Tag. Besonders schön an der Einrichtung ist, dass wir jedes Kind integrieren. Dabei ist es egal, ob ein Kind eine andere Hautfarbe hat, anders aussieht, sich anders verhält, Autismus hat, Allergien, Unverträglichkeiten, besondere Bedürfnisse usw. All das spielt keine Rolle, denn wir alle sind Menschen und jeder ist nun mal etwas anders und somit individuell. Das macht uns Menschen aus: unsere Individualität und Vielfältigkeit. Besonders schön finde ich, dass meine Kindheit in einem integrativen Kindergarten anfing und nun von einer Ferienbetreuung, die um Integration bemüht ist, abgerundet wird. Es ist einfach schön zu sehen, dass Integration noch immer einen hohen und vielleicht sogar einen noch höheren Stellenwert als vor 12 Jahren hat. Vielfältig, bunt, wunderbar – das ist das Leben!

Lisanne Geeven (18 Jahre)

Ich werde stärker

Diese Welt ist schwer und kompliziert. Zuerst ist man ein Baby, dann lernt man die Welt kennen. Die Schule fängt an, und man wird älter und reifer. Manche werden allerdings nicht reifer. Vielleicht ist es ja gut, die Welt nicht zu viel zu kennen, weil es sonst noch schwerer wird!
Die ersten Jahre in der Schule sind leicht und lustig. Man lernt neue Freunde kennen, man lernt sich selbst kennen und ist glücklich über diese Welt. Doch von einem bestimmten Zeitpunkt an, wenn du älter wirst und mehr verstehst, sorgst du dich mehr und hast Angst, neue Sachen kennenzulernen. Ich bin eher die Person, die alles ernst nimmt und sich sehr viele Sorgen macht. Um alles, und damit sind die Schule und die Familie gemeint!
Es gibt so viele Fragen, die geklärt werden müssen. Doch woher sollen die Antworten kommen? Ich glaube, es kommt alles mit der Zeit. Doch bis diese Zeit gekommen ist, muss man mit diesen Sorgen und Ängsten leben. Vielleicht ist diese Welt ja nur ein Test, wie man mit allem klarkommt. Aber es ist sehr schwer, alles zu verstehen und locker dabei zu bleiben.
Die Schule zum Beispiel ist auch ein sehr großer Stress für viele. Andere wiederum nehmen sie ganz locker, als ob sie nichts wäre. Doch was ist, wenn sie deine Zukunft bestimmt? ICH WEISS ES NICHT! Viele können auch ohne Schule eine gute und schöne Zukunft haben, und das hoffe ich für jeden.
Ich hoffe, jeder findet seinen eigenen Weg ohne Stress und mit Selbstbewusstsein. Man kann Angst haben, das ist etwas Normales. Aber man sollte es nicht übertreiben, sondern das Leben genießen. Denn irgendwann wird sich alles gelohnt haben und man lebt normal ohne Stress und Trauer.
Die Phase, in der wir jetzt sind, ist kompliziert und schwer zu verstehen. Aber egal! Ich ziehe es trotzdem durch und werde somit stärker. Irgendwann will ich das erreichen, was ich

schon immer machen und sein wollte. Ich hoffe es! Außerdem hoffe ich, dass jeder eine Lösung für alles findet und nicht aufgibt. Auch wenn er wirklich nicht mehr kann.
Genieße die Zeit mit deinen Freunden und entferne dich von denen, die dir Leid antun! Deine Familie ist auch wichtig. Also, kläre es, wenn es Probleme gibt, und genieße die schöne Zeit! Behalte die schönen Momente, weil man die Zeit nicht anhalten kann! Viel Glück an alle und alles Gute!

Lavinia Petror (15 Jahre)

Das Kindermenü

Ein Mann ging an einem sonnigen Tag zu McDonalds und bestellte ein Kindermenü: „Hallo, guten Tag! Ich würde gerne ein Kindermenü bestellen." Die Frau, die an der Kasse stand, sah sich um und fragte: „Und wo ist das Kind?" Der Mann antwortete: „Nein, nein! Ich möchte das Kindermenü." Die Frau dagegen war frustriert und sagte: „Ein KINDER-MENÜ!" Der Mann regte sich auf: „Warum kann ich kein Kindermenü bestellen?" Die Frau nur: „Hören Sie mal! Das Kindermenü ist nur für Kinder! Ja?" Der Mann guckte der Frau tief in die Augen und sagte: „Wenn Sie mich nicht haben wollen, dann sagen Sie es doch einfach!"
Der Mann ging, ohne etwas zu bestellen. Sein letzter Satz war: „Das Leben ist unfair."

Ioana Natalie Ispas (11 Jahre)

4
Meine Zeit

Die Verletzung

Eine Verletzung ist meistens sehr schmerzvoll
und auch sehr beständig
Sie verheilt zwar irgendwann
doch hinterlässt sie ihre Narben und Spuren
Und jedes Mal wenn du auf sie zurückblickst
erinnerst du dich daran
wie unvorsichtig du warst
wie dumm du warst
und wie naiv du warst
Wie du dachtest
du würdest dich tatsächlich nicht verletzen
wenn du diesen Schritt jetzt wagst
wenn du dich auf diesen Weg einlässt
und wenn du Risiken eingehst
und genauso lernst du auch
diesen Schritt nicht wieder zu gehen
diesen Weg und diese Risiken
nicht erneut zu begehen
Und du merkst dass du
mit jeder Verletzung weiter dazulernst
dass diese Wunde die du bekamst
eine Erfahrung fürs Leben war.
Und mit der Zeit heilt diese Verletzung
sie wird zu einer großen Wunde
Einer Wunde die mit der Zeit sich
in deinen Augen immer weiter verkleinern wird
Eine Wunde die dir mit der Zeit
beibringt mit ihr umzugehen
diese Wunde wird irgendwann so klein dass du
dich fragen wirst
was das eigentlich genau war
Und ab diesem Moment merkst du dass du

endlich keine Schmerzen mehr hast dass du
diese Wunde überwunden hast uns jetzt
nach vorne gucken kannst
Denn mit der Zeit heilt jede Wunde schön
zwar hinterlässt sie kleine Spuren
doch bringt sie Erfahrung mit sich die
dich immer weiterbringen werden im Leben.

Tutku Kuşçu (17 Jahre)

Es gehört dazu

Diskussionen und Argumente.
Der Alltag eines Jugendlichen.
Eines Kindes.
Eines Erwachsenen.
Darf ich das?
Muss ich das?
Soll ich das?
Ist das richtig?
Falsch?
Lob oder Strafe?
Ist das Leben eines jüngeren Menschen
leichter als das eines älteren?
Streit. Stress. Probleme.
Es hört nicht auf.
Immer wieder.

Yağmur Çiltaş (16 Jahre)

Übersättigt

War Wissbegierde nicht mal was Gutes?

Alles sehen, hören, spüren, schmecken, riechen und verstehen:

Von oberflächlichen Klima-Plädoyers zu nachvollziehbaren Spongebob-Memes zur täglichen Erinnerung, dass wir irgendwo alle kollektiv individuell sind, zu Edits, deiner Lieblingsserie, die gefühlt jeder im Lockdown mit solcher Passivität geschaut hat, dass das eigene aktive Leben zur sonderbaren Märchenwelt geworden ist. Zur Kritik an dem Kapitalismus, gefolgt von Shein Hauls.

Eine Pause von dieser stillen Dopamin-Glasur wär gerade nicht verkehrt.

Mal das Zimmer wechseln und 'ne Prise Schleichwerbung schnüffeln, draußen vom Anblick pedikürter Gärten kosten, mal mit Kopfhörern spazieren gehen, um den Kopf frei zu kriegen. Oder doch lieber 'ne Torte backen?

Alles. Bloß keine zeitverschwenderische Langeweile.

Olivia Toaca (16 Jahre)

Großstadtgefühle

Das Fiepen der Ratten im Gebüsch, das gleichmäßige Rauschen der nur ein paar Kilometer entfernten Autobahn, das ein oder andere Auto auf der Straße unter dem Fenster. Ein paar vereinzelte, verlorene Seelen auf den Gehwegen. Weit entferntes Lkw-Hupen, Blaulicht reflektiert auf dem Straßenschild gegenüber. Erst nur die Reflexion, tausendfach gebrochen, dann ein lauter und wieder leiser werdendes Rauschen. Ein paar hell erleuchtete Fenster. Viele überwiegend dunkle Öffnungen in den Häuserfassaden. Wieder ein Rauschen, begleitet von Lichtkegel – weiße vorn, rote hinten. Das leise Klicken der Straßenlaterne, sie hat einen Wackelkontakt und flackert leicht. Die Ampeln sind aus, nur die der Seitenstraßen werfen orangefarbenes Licht auf die grauen Hauswände. An. Aus. An. Aus. Hinter einem hell erleuchteten Fenster ist die schwarze Silhouette eines Mannes zu erkennen. Er läuft auf und ab, verschwindet, bei seinem Gang durchs Zimmer, immer mal wieder für ein paar Sekunden. Er scheint zu telefonieren. Wild gestikulierend setzt er seine Wanderung fort. Er scheint zu schreien. Laut, aggressiv, aber doch tonlos. Er lässt die Hand mit dem Handy sinken, lässt sich auf einen Stuhl fallen und reibt sich über sein Gesicht. Wirkt traurig, verloren in dem großen hellen Raum, fehl am Platz. Nach ein paar Minuten steht er auf, verschwindet, und kurz darauf erlischt das Licht.

Ein Mädchen, es sieht recht jung aus, 16 vielleicht, überquert hastig und ohne zu schauen die Straße. Sie wirkt zu zerbrechlich für die Welt der Großstadt. Während sie zügig voranschreitet, dreht sie sich hin und wieder um, blickt des Weges, den sie gerade gekommen, verhuscht und ängstlich. Ein Auto fährt langsam an ihr vorbei. Dann ist sie verschwunden, in Dunkelheit gehüllt, wie der Mann der Trauer. Zwei Fledermäuse fliegen zwischen den Häuserfronten umher. Lautlos

und schnell, wie Einbrecher, ein klares Ziel, ein klarer Weg, wie jede Nacht. Der Himmel ist von grauen Wolken verhangen. An einer Stelle lässt sich das Licht des Mondes erahnen. Das Fiepen der Ratten im Gebüsch, das Rauschen der Autobahn. Keine Stille, bei genauerem Lauschen findet sich immer ein Geräusch. Ein Fenster nach dem anderen erlischt. Die Laternen werden noch eine Zeit lang brennen, vor sich hin flackern. An, aus, an, aus. Die Straßen leerer, die Augen müde. Doch die Stille fehlt. Bei geschlossenem Fenster, die Autobahn zu weit weg, die Ratten ausgesperrt. Dann ist es still. Der Raum erfüllt von unnatürlicher Stille, durchbrochen von vorbeifahrenden Autos, oder dem Wind, der sich in den Bäumen vor dem Fenster einnistet.
So sind Großstadtnächte.

Leni Lohkamp (16 Jahre)

Ein Kind

Ich bin noch ein Kind. Das sagt mir jeder, ein Kind, das noch gar nichts von der Welt weiß, die Welt nicht versteht, und dennoch ist es die Welt, in der ich meine Zukunft verbringen werde, welche darunter leidet.
An jeder Ecke schreit es, brennt es, „rettet die Welt“, „der Klimawandel“, „CO_2-Emissionen“, „deine Zukunft steht auf dem Spiel“. Doch was für einen Beitrag kann ich denn leisten außer dem Versuch, nachhaltig zu leben, wenn Privilegierte mehr Emissionen an einem Tag produzieren als ich in einem Jahr? Wenn Politiker versprechen, Grün zu werden, aber Milliarden an Euros ins Militär stecken?
Als Mensch steht man dann doch wohl wieder allein vor einem Problem, das einer nicht allein lösen kann. Also wie sollen die einfachen Leute etwas für die Umwelt tun, wenn es zum Überleben schon schwer genug ist? Wieso sollte ein einfacher Bürger überhaupt etwas tun, wenn doch mehr als 70 % der Emissionen Kooperationen zuzuschreiben sind? Denn durch Inflation und Co. ist es schon anstrengend genug.
Ich bin ein Kind, es geht um meine, um unsere Zukunft, dennoch habe ich das Gefühl, nicht gehört zu werden, warum denn auch. Ich bin doch nur ein Kind.
Das zumindest sagt mir jeder. Denn da ich nur ein Kind bin, werden Aktionen, ja Demonstrationen nicht ernst genommen. Fridays for Future: ein Weg, um Schule zu schwänzen, ohne schlechtes Gewissen. Eine Ausrede, um unsere Stimmen nicht zu hören. Doch wenn wir jetzt nichts machen, wann dann? Wann sorgen wir für Gerechtigkeit? Wann hören wir auf, die Verantwortung, sogar die Schuld auf andere zu schieben?
Denn eins steht fest: Ich bin zwar nur ein Kind, aber es ist meine Zukunft, um die es hier geht.

Melike Demirtaş (17 Jahre)

Kirschblütenblatt

Die Sonne spiegelt sich auf dem gefrorenen See,
Osterglocken ragen aus dem Schnee.
Am Ufer sitze ich
ganz nachdenklich.
Denke an eine andere Zeit,
bald ist es ja so weit.
Sehe den Kirschbaum,
schaffe mir Freiraum.
Ich muss hier raus,
bin schon ganz krank,
muss endlich raus
aus dem engen Schrank.
Sehe nur noch die Sonne über die Felder gleiten,
mache mir keine Sorgen aus den Einzelheiten,
lass mich einfach leiten.

Sitze mit meiner Frau auf der Bank,
die Situation ist mir bekannt.
Der Junge stützt seinen Kopf aufs Knie,
mit der Natur in einer Harmonie.
Lässt die Ruhr an sich vorbeizieh'n,
versucht der Zeit zu entflieh'n.
Der Himmel ist getränkt in einem Azurblau,
an den Kirschblüten befindet sich noch der Tau.
Dann steht er auf und läuft auf uns zu,
er rennt nicht, läuft entspannt, ganz in Ruh.
Ich öffne die Hand, er legt was hinein.
Erkenne dort ein Kirschblütenblatt
und denke zurück an mein' Uferrand.

René Pascal Maxim (18 Jahre)

Die Lehren des Lebens

Heute Morgen stand ich auf und wusste schon, dass es der schlimmste Tag wird. Wie jeden Morgen ging ich zur Schule und durfte das Schulleben genießen. Leider bin ich heute so schlecht gelaunt aufgestanden, dass ich die ganze Zeit furchtbare Stimmung hatte. Nur den Grund meiner Laune kannte ich nicht, und dies machte mich irgendwie wütend. An dem ganzen Schultag machte ich sehr wenig am Unterricht mit und nichts konnte mich aufheitern. Wirklich gar nichts!? Als die letzte Stunde vorüber war, war ich richtig glücklich. Ich glaube, das war die beste Emotion, die ich heute gehabt habe.
Nun fuhr ich mit dem Bus nach Hause. Die Busfahrt hat für mich immer eine beruhigende Atmosphäre, die mich total entspannt. Als ich aus dem Bus stieg, erlosch meine Ruhe und meine schlechte Laune ergriff mich wieder. Plötzlich hatte ich das Gefühl zu rennen. Ich fühlte, wie meine Beine anfingen sich schneller zu bewegen. Es erfüllte mich mit Sorge, dass ich mich nicht mehr unter Kontrolle hatte, aber gleichzeitig hatte ich die Emotion, mich frei zu fühlen. Auf einmal ließ ich das Gefühl der Freiheit zu und rannte so schnell ich konnte. Es war atemberaubend.
Als ich an meinem Haus ankam, war ich total geschafft vom Sprinten. Ich machte meine Schultasche auf und suchte die Schlüssel. Dann fielen plötzlich meine Schlüssel aus der Schultasche. Meine schlechte Laune begrüßte mich schon wieder. In diesem Moment wollte ich mein ganz normales Ich sein. Deswegen schloss ich schnell die Tür auf und ging in meine Wohnung. Irgendwie schaffte ich es, die schlechte Laune zu verstecken. Nach dem Essen ging ich in mein Zimmer und setzte mich an meinen Schreibtisch. Oft nannte ich meinen Schreibtisch auch Gedankentisch, denn viele Male, wenn ich dort saß, verschwand ich in meiner Gedankenwelt. Dieses Mal wollte ich in meinen Gedanken verschwinden, denn ich musste her-

ausfinden, warum ich so schlecht gelaunt war. Ich fühlte mich wie so ein geheimer Detektiv. Als Erstes überlegte ich, was mich wütend machen könnte. Plötzlich sah ich nach draußen und sah den Hund meiner Nachbarin. Schon stieg meine Wut in mir auf. Jetzt wusste ich den Grund meiner schlechten Laune. Es regte mich so auf, dass meine Nachbarn sich sofort nach ihrem verstorbenen Hund einen neuen Hund gekauft hatten. Das ist so egoistisch und gemein. Der verstorbene Hund war ein treuer und gefühlvoller Hund. Ich kannte ihn sehr lange und liebte ihn. Jedoch wie es jeder tut, starb er. Für mich war es eine psychische Herausforderung. Lange weinte ich. Leider kennt jeder diese Trauer oder wird sie noch erleben. Doch jeder Verstorbene, den man geliebt hat, bleibt immer in seinem Herzen.

Den neuen Hund muss ich akzeptieren, doch wie jeder weiß, ist es schwer, Neues zu akzeptieren. Trauer, Wut und Angst sind Hürden des Lebens und müssen gemeistert werden. Doch man sollte aufpassen, dass man nicht in Selbstmitleid und Schuld verfällt. Dies sind Untergänge deines Selbstbewusstseins. Durch die Hürden wird man stärker und selbstbewusster. Nun wurde mir klar, dass ich mich gleiten gelassen habe und nicht aufgepasst habe, was meine nächsten Ziele sind. Ich verfiel in Trauer. Die Trauer habe ich im Nachhinein durch Wut ersetzt. Ebenfalls bildete ich eine Schutzmauer, um nicht wieder in Trauer zu verfallen. Als mir das alles klar wurde, beschloss ich, dass ich meine Schutzmauer zerstöre. Dies tat ich heute als Erstes, indem ich meine Trauer noch einmal zuließ. Danach boxte ich in mein Kissen und schrie Schimpfwörter in mein Kissen, welche an meine Nachbarn gingen. Als Letztes machte ich laut Musik an und tanzte und sang dabei. Alles heiterte mich auf. Meine schlechte Laune verschwand. Auf einmal fühlte ich mich nach Tagen endlich wieder befreit. Ebenfalls war ich stolz auf mich, denn ich habe eine Hürde meines Lebens geschafft. Dies machte mich stärker und ich bin viel bereiter für die Zukunft als jemals zuvor.

Chantal Lehnen (14 Jahre)

Die Zeit vergeht

Es war 2019. Die Zeit ist schnell vergangen. Die Zeit damals, als wir so gut wie nichts außer mit Freunden auf dem Spielplatz gespielt haben und immer draußen waren. So war 2019 für mich. Kurz danach, Anfang 2020 im Februar, fing die Krankheit namens Corona an, und die Welt war auf den Kopf gestellt. Wir hatten Online-Unterricht und diese Zeit war voller Stress. Aber sie ging schnell herum.

In den Sommerferien des Jahres 2020 waren alle sehr eingeschränkt, und Menschen ohne Impfung konnten eine Zeit lang nicht viel machen. 2020 ging allgemein sehr komisch vorbei und auch sehr streng mit den Corona-Regeln.

Im Gegensatz zu 2020 war 2021 etwas lockerer mit den Regeln, aber sehr im Wechsel, manchmal sehr streng und manchmal sehr locker. Die Sommerferien waren besser als davor das Jahr und die Zeit ging halbwegs schnell vorüber. Das Jahr war schnell zu Ende.

Im Jahr 2022 wurde Corona so gut wie vergessen, und es verschwand langsam. Dann begann der Krieg zwischen Russland und der Ukraine, der ein bis zwei Monate ein sehr wichtiges Gesprächsthema in der Gesellschaft war. Und in der jetzigen Zeit wurde eine neue Krankheit entdeckt, die Affenpocken, die sich aber noch nicht in Deutschland richtig ausgebreitet hat.

Die Zeit zwischen 2019 und 2022 ging schnell herum, es war sehr anders. In diesen drei Jahren merkte man auch, dass man selbst deutlich gewachsen und reifer geworden ist. Aber wer weiß schon, was noch in der Zukunft auf uns zukommen wird!

Nazlı Özdemir (13 Jahre)

Geständnisse

Zeit, ein Begriff, der für Alter, Erinnerungen und Vergänglichkeit steht.

Die Zeit bringt uns unsere immer wiederkehrenden Fehler.

Die Erde zerbricht und ein Schauer erfüllt den Raum.

Denn wenn der Vorhang fällt, dann wird es offenbart.

Wenn der Vorhang fällt, dann erkennen sie es.

Wenn der Vorhang fällt, dann gestehen sie ihre Fehler ein.

Wenn der Vorhang fällt, dann gibt es nichts mehr zu verstecken.

Und wenn es nichts mehr zu verstecken gibt, dann folgt die Einsicht.

Wenn die Einsicht bei allen Zuflucht gefunden hat, dann geschehen Wunder.

Anna Sophia Mostersteg (17 Jahre)

5
Wer ich bin …

Ich …

Wer bin ich und wer war ich noch vor ein paar Jahren? Welche Situationen, Momente oder Umstände haben mich zu meinem jetzigen Dasein gebracht? Geht es mir gut oder ist es nur der Schein, der jeden glauben lässt, mir ginge es gut? Wie bewältige ich meinen Alltag und bringe Familie, Freunde, Arbeit und mich selbst unter einen Hut, damit alles gut miteinander harmoniert? Das sind die Fragen, die mir tagtäglich den Schlaf rauben!
Ich habe Angst! Angst zu scheitern, Angst, anderen nicht gerecht zu werden. Doch warum lasse ich mich von meinen eigenen Gedanken so unter Druck setzen? Ich bin doch mit mir zufrieden. Oder nicht? Es quält mich. Es raubt mir die Kraft, die Kraft, die ich eigentlich brauche, um mich frei zu fühlen.
Ich gehe raus auf die Straße und sehe die Leute an mir vorbeirennen. Geht es ihnen gut? Kann ich ihnen, auch wenn ich „nur“ einer von vielen bin, irgendwie helfen? Ich würde ihnen so gerne helfen! Doch wie, wenn sich keiner mehr traut, überhaupt nach Hilfe zu fragen? Und das nur, weil man bei der kleinsten Hilfe-frage direkt verspottet wird. Jeder achtet nur noch auf sich, keiner schaut sich mal um und fragt, ob jemand behilflich sein kann. Und da frage ich mich wieder: „Warum setze ich mich selbst so unter Druck, jedem gerecht zu werden, wenn all die anderen nur Augen für sich haben?“ …

Celina-Joy Boecker (19 Jahre)

Die Selbsterkenntnis und ihr Verlust

Rot leuchtet das Haar und er bildet sich ein, er selbst zu sein, dabei wird blau gemalt. Schaut er sich an oder jemand anderes?
Selbst die eigenen zwei Persönlichkeiten reproduzieren sich, und so unterschiedlich sie auch sein mögen, sind sie dennoch klar erkennbar wie eine Ameise vom Berggipfel. Ein Portrait nur für ihn, damit der Blick nicht mehr zum Spiegel wandern muss, denn niemand möchte sehen, wie halb geschlossene Augen sich abends dem Koma entgegensehnen.
Ein Foto diffus wie gemalt, damit der Moment Bedeutung verliert und Erinnerung gewinnt, bis er sich streckt hinters Endliche. Noch liegt im Portrait ein Teil vom ihm.
Er sitzt still, damit seine Kontur klarer wird, aber im Kopfe ist jede Struktur im Lichtschein zerstoben. Aufgefangen im Bild, als hätt' er Flügel bekommen für einen Moment, damit er, jedes Mal aufs Neue, sich an sich selbst erinnert. Wird er noch oder ist das zu Ende?

Franziska Jürgens (20 Jahre)

Wunder

Siehst Du es auch?
Ja, genau das!
Deine Ausstrahlung. Deine Stärke.
Deine positive Art.
Nebel verblasst, ist jedoch nicht vorüber.
Regen wird weniger, fast wie verdunstet.
Sonnenstrahlen lassen Dich weiterkämpfen.

Ein Tag, der Dein Leben auf den Kopf stellt.
Die Zeit, wodurch Du reifst:
Was ist wirklich wichtig?
Du gehst in die Dunkelheit und findest Dein Licht. Es leuchtet in Dir. Es ist anders. Neu.
Viele verstehen nichts. Du umso mehr.
Momente werden besonders.
Werden intensiver ausgelebt.
Der Mittelpunkt des Lebens ist Dein Glück.
Es ist nicht die Masse, es ist die Freiheit.
Das Leben so gestalten, wie es gewollt ist.
Von Dir.
Aufwachen. Lachen. Leben. – Frei sein.

Glaubst Du an Wunder?
Ich schon, denn:
Das, was Du siehst, ist nicht das, was Du fühlst.

Lena Brandt (20 Jahre)

Der große Wachstumssprung ins Ungewisse

Eines Tages, da erwachst du aus deinem Schlaf und beginnst zu begreifen, dass die Welt und
die Zeit niemals stillzustehen scheinen.
Du wirfst deine Bettdecke zurück und stellst dich in Front von deinem Spiegel.
Du erblickst dich selbst, dein Spiegelbild.
Das bist ganz deutlich du! Oder vielleicht
auch eben nicht!
Du erkennst dich selber nicht mehr.
Du bist nicht die, die du sein willst.
Dein Leben verändert sich gerade.
Die Schulzeit ist vorbei.
Die Lehrkräfte, die du so mochtest, werden sich nun anderen Schülern zuwenden.
Deine Mitschüler werden große Töne spucken: Man sieht sich oder wir werden uns
regelmäßig treffen. Aber tief in deinem Herzen, da weißt du genau, dass sich der
Abitur-Abschluss nicht vom Abschluss
der zehnten Klasse unterscheidet.
Am Anfang, da melden sie sich vielleicht,
aber dann wird es ruhiger um sie,
denn jeder wird seinen eigenen Weg beschreiten. Aber auch du, du wirst deinen Weg gehen.
Aber du hast Angst, du bist besorgt.
Du magst keine Veränderungen und hast
damit stark zu kämpfen.
Du blickst erneut in den Spiegel
und fragst dich selber:
Was macht mich aus? Bin ich die,
die ich sein möchte oder
betrüge ich mich bloß selbst?

Bin ich in den letzten drei Jahren gewachsen
oder bin ich noch immer dieselbe?
Die Frage lässt dich nicht mehr los, sie schlingt sich fester und
fester um dein Herz und du
grübelst und grübelst, aber
du hast einfach keine Ahnung.
Du fragst dich selber, was
dein Wachstum überhaupt ausmacht.
Körperlich betrachtet bist du
eventuell gewachsen, aber
um diese Art von Wachstum geht es
hier absolut nicht.
Deine Fähigkeiten in Bezug auf die Bildung,
ja, die sind gewachsen.
Du kennst dich aus,
wenn es um Geschichte geht.
Du weißt, wann Napoleon regierte und
wer er überhaupt war.
Du hast „Nathan der Weise“ gelesen und
weißt, wie man eine vergleichende
Gedichtanalyse schreibt. Und auch
deine Fähigkeiten in der analytischen Geometrie sind recht
passabel.
Aber was sagt das über dich aus?
Dass du fleißig bist und sehr viel lernst.
Du beginnst tiefer zu graben, du durchforstest deine tiefsten
Gedanken und Gefühle.
Und dann, dann bemerkst du, dass du
längst gewachsen bist.
Du brauchst deine Eltern nicht mehr, damit
sie deine Kämpfe ausfechten.
Du kannst gut argumentieren
und auch diskutieren.
Du bist in der Lage,

deine Kämpfe allein auszutragen.
Die Ziele in deinem Leben, die
bisher fremdbestimmt wurden,
die bestimmst jetzt du allein,
für dich. Vorher entschieden deine Eltern,
die Lehrkräfte, dein Umfeld und du, aber jetzt,
jetzt bestimmst allein du.
Du steckst dir also dein Ziel,
du willst diesen Beruf erreichen
und du arbeitest darauf hin.
Und während du diesen Prozess erblickst,
begreifst du, dass du viel mehr gewachsen bist, als du anfangs
annahmst.
Du hast einen Führerschein und
fährst inzwischen Auto.
Du bist selbstständig.
Du bist gerade dabei,
dein Elternhaus zu verlassen, und beginnst
somit, ganz für dich allein zu leben.
Du sorgst dafür, dass dein Kühlschrank voll ist.
Du gehst arbeiten und verdienst
dein eigenes Geld.
Deine Vergangenheit macht dich zwar
zu der Person, die du heute bist,
und mithilfe ihrer konntest du auch wachsen. Aber sie allein
macht dich nicht aus.
Du bist mehr als das, so viel mehr.
Dessen musst du dir bewusst werden und sein.
Und falls du jetzt denkst, dass du
nur wachsen kannst, wenn du allein bist,
dann muss ich dir sagen, dass du dich irrst.
Denn dein Wachstum gelingt dir auch

oder gerade dann super gut,
wenn du nicht allein bist.
Du wirst wachsen in Bezug
auf deine sozialen Kontakte.
Du wirst neue Leute kennenlernen und
dich zusammen mit ihnen entwickeln.
Du wirst deine persönlichen Grenzen überwinden und dir
auch neue stecken.
Und wenn du mal hinfallen solltest,
dann wirst du niemals allein sein,
denn die, die mit dir wuchsen und
fortan mit dir wachsen,
werden zu dir stehen und dich auffangen.
Und wenn du das alles realisierst,
dann löst sich der Knoten in deinem Magen auf, weil du versteht, dass die Welt
sich drehen muss, aber du auf keinen Fall
statisch bist.
Du drehst dich mit, du wächst,
und paradoxerweise wirst du zu einer anderen und bleibst
doch dieselbe.
Veränderungen, Wachstum und Abschiede,
ja, das kann durchaus Schmerzen auslösen und
Tränen verursachen, die auch fließen dürfen.
Aber all das geht vorüber.
Es geht vorüber, weil Veränderungen und das daraus resultierende Wachstum zu unseren
Leben dazuzählt. Ohne dies wären wir
immer statisch und das Leben wäre
weniger lebenswert.
Also, wisch die Tränen weg und lächle, denn genau das verdienst du.
Du hast und wirst dich entwickeln,
feiere dich und deinen Lebensweg,

denn du wirst ihn nur einmal gehen.
Es ist dein Leben, dein Wachstum.
Du bist besonders!
Und eines Tages, da erwachst du aus deinem Schlaf und beginnst zu begreifen, dass die Welt
und die Zeit niemals stillzustehen scheinen, aber dass du dich mit ihr drehst und in
fremde Welten fliegst, die dir anfangs
neu und einsam erscheinen, aber
schon bald dir neue Träume
und Ziele hinüberreichen.

Jessica Lischka (19 Jahre)

Die Tote im Meer

An diesem Tag, am 24. Mai nachts. Ich rannte raus. Ich wollte frei sein und leben. Das Leben kam auf mich zu. Es bedrückte mich und versperrte mir den Weg. Ich rannte und rannte durch den Wald und sah das Meer. So schön, frei und beruhigend. Das Rauschen klang wie eine Melodie in meinen Ohren. Ich rannte so lange, bis meine Füße den Sand berührten. Wie herrlich und beruhigend.

Meine Füße wurden mit dem Sand eins und verschmolzen. Ich wollte mich treiben lassen, raus ins Meer. Ins Nirgendwo, einfach nur allein sein. Auch wenn mich die Meerestiere mitnehmen. Ich ging ins Wasser und ließ mich treiben. Auch wenn ich sterben würde, war es mir recht. Mein Leben zog an mir vorbei. Ich wollte die Welt verlassen. Als ich meine Augen schließen wollte, spürte ich jedoch eine Hand. Es war keine Einbildung, es war echt. Das Gefühl, von einer kalten Hand berührt zu werden. Ich erschrak, sah ins Wasser und tauchte in die Tiefe. Ich hatte sowieso nichts zu verlieren. Ich sah in die Tiefe und erblickte ein kleines Mädchen. Es war so alt wie ich, so sah sie auch aus. Braunes Haar und dünn. Als ich sie erreichte, sah ich, wie weiß sie geworden war. Ich schwamm hoch. Plötzlich bemerkte ich, dass sie aussah wie ich. Sie war ich. Ich hatte halluziniert. Es waren Einbildungen.

Şahin Barak (15 Jahre)

Twitter poem: The perfect girl

First tweet:
Being considered as the perfect girl,
Flawless skin on Instagram,
Pearl white teeth on Snapchat and
The dreambody on TikTok,

Second tweet:
Everyone talks about her,
the perfect girl with no problems
How could someone that pretty,
that mesmerizing and that beautiful
ever have to deal with anxiety or depression?
How could someone that popular in school and being so
friendly to everyone
could ever feel pain?

Third tweet:
She reads those comments
under her newest posts
Crying, screaming and the feeling
in her chest of simply giving up,
Holding her phone in her hand
with 911 on the line

Aylin Cerik (17 Jahre)

Twitter Gedicht: Das perfekte Mädchen
(Übersetzung)

Erster Tweet:
Als das perfekte Mädchen angesehen werden,
das heißt, eine makellose Haut
auf Instagram zu haben,
perlenweiße Zähne auf Snapchat und
den Traumkörper auf TikTok.

Zweiter Tweet:
Jeder redet über sie, sie sei
das perfekte Mädchen ohne jegliche Probleme.
Wie könnte jemand, der so hübsch ist,
einen in ihren Bann zieht und
so wunderschön ist, jemals mit Unsicherheiten oder gar De-
pressionen zu kämpfen haben?
Wie könnte jemand, der so beliebt in der Schule und so
freundlich zu jedem ist,
jemals Schmerz empfinden?

Dritter Tweet:
Sie liest diese Kommentare unter
ihren neuesten Beiträgen
weinend, schreiend, und langsam spürt sie
das Gefühl in ihrer Brust, einfach aufzugeben.
In ihrer Hand hält sie ihr Handy
mit 911 in der Leitung.

(911 ist die amerikanische Notrufnummer)

Aylin Cerik (17 Jahre)

„Scherben im Gesicht“

Ich sehe in den Spiegel.
Entdecke ein Gesicht. Trübe Augen, leerer Blick.
Ich blicke in den Spiegel und sehe nicht mich.
Nur ein Abbild meiner selbst.
Große Taten, Große Worte. Viele Werte, Normen und Erwartungen.
Ich bin müde
und sie machen mich schwach.
Warum reicht es denn nicht?
Dinge, die ich hasse, scheinen mir entgegen. Große Furcht und Angst
vor dem Versagen.
Dinge, die ich liebe, schreien mir entgegen.
Doch ich höre sie nicht,
fühlt sich an wie unter Wasser,
ich bleibe als Ertrinkender zurück.
Doch was bleibt, das ist die Einsamkeit.
Sie ist ein ständiger Begleiter.
Kann mich nach
unten ziehen, wenn sie will.
Aber eine Leiter führt auch wieder hoch.

Wieder blicke ich in den Spiegel und sehe
nicht wirklich mich, sondern ein anderes Gesicht.
Jünger dieses Mal mit dem Lächeln in den Augen und einer Schramme im Gesicht.
Es spielt, und scheint glücklich. Mit einem Traum im Herzen und einer Zukunft in Gedanken.
Und auf einmal frage ich mich, wo die Zeit
denn nur geblieben ist und wie
aus schönen Dingen schlechte werden können. Wer bin ich?

Wieder blicke ich in den Spiegel und sehe
nicht wirklich mich, sondern ein anderes Gesicht.
Älter dieses Mal mit mehr Erfahrung in den Augen und doch
immer noch mit einem
Lächeln im Gesicht.
Weiser ist das Gesicht, das mir entgegensieht, und doch mit
etwas Hoffnung im Blick.
Und wieder frage ich mich:
Wo ist die Zeit denn nur geblieben?
Und wie kann aus etwas so Schönen nur
etwas so Dunkles werden.
Wer bin ich?

Ich traue mich nicht.
Ein weiterer Blick, davor habe ich Angst und ... trotzdem
wage ich den Schritt.
Werfe einen weiteren Blick.
Und dieses Mal ist da … nur ich.
Keine Dunkelheit, die mich zu verschlingen droht,
keine Hoffnung im Blick.
Nur Ich.

Und auf einmal, da begreife ich.
Vielleicht geht es nicht um mich.
Es geht nicht darum, wer ich war
oder wer ich eines Tages sein werde.
Nur um mich. Nur Ich.
Es geht darum, wer ich sein will.
Nicht um anderer Leute Gedanken.
Und wieder begreife ich, dass da zwar
nur Ich ist. Aber das ist gut –
denn das ist genug.

Wieder blicke ich in den Spiegel.
Ich sehe, wie er langsam zerbricht,
und dann ist da – nichts.
Nur Scherben im Gesicht.

Cassandra Banner (17 Jahre)

6
… und sein werde

Das Büro

Man sagt, der Apfel fällt nicht weit vom Stamm, doch diesmal tut er es und fällt mitten auf ihren Kopf. Sie ärgert sich. Langsam sollte sie doch gelernt haben, diesen Baum zu meiden. Frustriert fährt sie weiter und biegt schließlich nach links zu ihrer Arbeitsstelle ab. Sie betritt das Gebäude und wünscht sich sofort umzudrehen und sich umzuziehen. Die Blicke richten sich auf ihren Rock; sie zupft ihn zurecht, versucht ihr Unwohlsein herunterzuschlucken und läuft weiter. Auf dem Weg zu ihrem unterbezahlten Job in ihrem unterbezahlten Büro in ihrem unterbezahlten Leben. Weil sie eine Frau ist. Daran ist sie aber schon gewöhnt. Für den anstehenden Betriebsausflug war schon eine Frauenstelle besetzt, wieso mehr Frauen als nötig, oder?

In ihrem Büro klappt sie ihren Laptop auf und nippt an ihrem Kaffee. Heimlich öffnet sie ein Kapitel in einem alten Buch, das sie schon um die 100-mal gelesen hat. Sie braucht es für die Arbeit. Im hinteren Teil stand etwas über die Frauenquote und dass der Erfolg der Frauen entweder an den ihrer Männer geknüpft sei oder ein reiner Glücksfall ist. Ihr kommen die Tränen. „Weinst du etwa?" Sie antwortet ihrem Kollegen nicht. „War ja so klar. Ihr Frauen und eure Gefühlsausbrüche. Geh doch einfach in die Küche und hol mir was zu trinken. Geh dem Job der Frau nach und kenne deinen Platz. Mehr wirst du nie mehr erreichen."

Sie schaut auf. Niemand steht dort. Sie fühlt sich wie ein Kleinkind, das ein Puzzle-Stück verschluckt hat, hilflos und vor allem machtlos. Ausatmen. Sie muss es überwinden, ihre Gedanken, geprägt von den Kommentaren in ihrem Beruf, dem Spott aus der Familie und der Realität des Patriarchats. Man sagt, wer anderen eine Grube gräbt, fällt selbst hinein. Aber bisher ist immer nur sie gefallen, in Gruben, die andere für sie schaufelten und am Boden zu vergessen schienen.

Das soll aufhören. Sie atmet durch und macht sich auf den Weg in das Büro ihres Bosses. „Hast du's schon gehört? Wir haben einen neuen Boss", flüstert ihr eine Freundin zu. Doch sie ist so in Rage, dass sie ihr kaum Beachtung schenkt und das Büro ihres neuen Bosses betritt. „Ich muss mit Ihnen eine dringende Unterhaltung führen", setzt sie an, als sie eine Frau auf dem typischen großen Chef-Stuhl vorfindet, der für die Unternehmer:innen vorgesehen war.
Ein paar Monate später ist sie erneut auf dem Weg zur Arbeit. Diesmal weicht sie dem Apfelbaum aus. Sie trägt ihren Rock mit Stolz und ignoriert die Blicke ihrer Angestellten. Und auch ihre Versionen über ihr „altes Ich" verloren sich in den neuen Farben eines neuen Büros. Man sagt (beziehungsweise Albert Schweitzer sagt): „Das gute Beispiel ist nicht eine Möglichkeit, andere Menschen zu beeinflussen, es ist die einzige." Glücklich schlägt sie ein brandneues Buch auf. Das Kapitel hat sie noch nicht gelesen.

Aylin Cerik (17 Jahre)

Bilinmezlik

Her zamanki gibi yine izliyorum masmavi denizi. Ufak kıvrımlarla dalgalanyor. İlk önce gözlerimdeki denize olan açlığımı doyuruyorum. Ardından denize yansıması dalgalı olarak dökülen ve göğü aydınlatan bir yıldız yüzünden gözlerimi kapatmak zorunda kalıyorum. Sıcaklığı aynı zamanda vücudumu ısıtıp karıncalanmasını sağlıyor. Sonra yanlızlığa terkedilmiş kumsaldaki çakıl taşlarıyla buluşan dalgaların sesini dinliyorum sessizce. Hafif hafif esen rüzgarla gelen iyot kokusunu çekiyorum akciğerlerime. Sadece dinliyorum... Dinliyorum denizin rahatlatıcı sesini. Etrafındaki sesleri aldırmadan odaklanıyorum sadece denizin o eşsiz sesine. Kendimi hiç bitmesini istemediğim bir rüyada gibi hissediyorum. Kendi rüya alemimde. Huzur içinde...

Rüya alemimden ayrıldıktan sonra denize giriyorum. Mavi sonsuzluğa... Önce vücüdumu sokuyorum denize. Soğukluk önce vücudumun ürpermesini sağlasa da sonradan alışıyorum ve kendimi denizin soğuk dalgalarına bırakıyorum. Gözlerimi kapatıyorum, kendimi tatlı ve tuzlu arasında kalan suya bırakıyorum. Esen rüzgarı, cıvıldayan kuşları dinliyorum . Ve huzuru hissediyorum.

Birden bir şimşek çakıyor ve etraf kapkaranlık oluyor. Ve sert dalgalar beni bambaşka diyarlara sürüklüyor. Bambaşka karanlık ve ürkütücü bir tarafa. Bilmediğim ve tanımadığım diyarlara... Nerdeyim ben? Bu ürkütücü ve korkunç yer neresi?

Galiba biliyorum. Ben bilinmezliğin tam ortasındayım. Ve çıkışı göremiyorum. Çünkü kayboldum.

Ela Şaşmaz (15 Jahre)

Mitten im Meer
(Übertragung)

Wie immer schaue ich auf das tiefblaue Meer. Es flattert in kleinen Kurven. Zuerst stille ich den Meereshunger meiner Augen. Dann muss ich meine Augen schließen wegen eines Sterns, dessen Spiegelbild sich ins Meer ergoss und den Himmel erleuchtet. Seine Wärme erwärmt meinen Körper und lässt ihn kribbeln. Dann lausche ich schweigend dem Rauschen der Wellen, die auf die Kiesel am einsamen Strand treffen. Ich atme den Jodgeruch ein, der mit dem sanften Wind in meine Lungen weht. Ich lausche nur ... Ich lausche dem entspannenden Rauschen des Meeres. Ich konzentriere mich nur auf das einzigartige Rauschen des Meeres und ignoriere unnötige Geräusche. Ich fühle mich wie in einem Traum, den ich nicht beenden will. In meiner eigenen Traumwelt. In Frieden ...

Nachdem ich meine Traumwelt verlassen habe, gehe ich ins Meer. Zur blauen Unendlichkeit ... Zuerst tauche ich meinen Körper ins Meer. Obwohl die Kälte meinen Körper anfangs erzittert, gewöhne ich mich später daran und tauche in die kalten Wellen des Meeres ein. Ich schließe meine Augen und tauche in das süß-salzige Wasser ein. Ich lausche dem Wind und dem Zwitschern der Vögel. Ich spüre den Frieden und die Ruhe.

Plötzlich höre ich Donner und Blitz und es wird stockfinster. Die harten Wellen tragen mich plötzlich in die Ferne, in eine dunkle und beängstigende Seite. Eine Ferne, die ich nicht kenne. Wo bin ich? Wo ist dieser unheimliche und schreckliche Ort?

Vielleicht weiß ich es. Ich bin mitten im Unbekannten. Und ich finde den Ausgang nicht, weil ich verloren bin.

Ela Şaşmaz (15 Jahre)

Der Junge

Es gibt einen Jungen, der nicht weiterweiß. Jeden Tag verbringt er draußen. Manchmal sind es sogar Nächte. Oder sind es doch Wochen? Er weiß es nicht. Er ist der Junge, der so lebt, als gäbe es keine Zeit. Der Junge ohne Zeitgefühl. Jeden Moment genießt er in vollen Zügen. Deswegen kam er auch jedes Mal zu seinen Terminen, Unterrichts- und Essenszeiten, zu spät. Oder gar nicht. Es kam darauf an, ob er Lust und Zeit dazu hatte. Der Junge, der es nicht weiß. Er weiß es nicht, wie es ist, pünktlich und strukturiert zu sein. Er weiß nicht, wie man seine Zukunft plant. Er ist bestimmt nicht zufrieden. Er hat sein Leben nicht im Griff, und er lebt nur vor sich hin.

Das ist das, was man über den Jungen ohne Zeitgefühl sagt. Doch stimmt das wirklich? Was ist, wenn wir Menschen das Leben viel zu geplant angehen und unsere Chancen selbst einschränken, indem wir alles versuchen vorherzusehen? Was ist, wenn wir wie der Junge leben sollten und es mit Leidenschaft und Genuss versuchen sollten, anstatt alles mit Strenge und Disziplin anzugehen? Wieso können wir nicht auch das Zeitfenster schließen und das Leben in vollen Zügen genießen, ohne den Zeitfaktor zu betrachten?

Erwachsen werden. Ist das nicht ein bisschen viel zu groß? Man ist in der Pubertät. Man ist in der Wachstumsphase, einer Phase, die jeder durchlebt. Leben wir das gleiche Leben?
Gestern waren wir klein.
Morgen sind wir groß.
Was sind wir heute?
Darüber entscheiden wir selbst.

Şeyma Hızlı (16 Jahre)

Ist Egoismus nachvollziehbar?

„Nein“, würde jetzt jeder antworten, obwohl jeder Mensch in sich das Ego trägt. Wir leben in einer Gesellschaft, in der viele den Egoismus als schlecht bezeichnen, sich aber trotzdem selbst so verhalten. Egoismus ist für sie nur schlecht, wenn es vom Gegenüber kommt.
In den letzten zwei Jahren habe ich gemerkt, wie egoistisch die Menschen handeln und dies „nur“, um ihre Bedürfnisse zu befriedigen. Produzieren und Konsumieren spielen hier eine sehr große Rolle. Dadurch, dass in den vergangenen zwei Jahren irgendwelche Güter nicht mehr in den Supermärkten vorhanden waren. Wegen der hohen Nachfrage hat man das Gut von Neuem produziert, aber beim Kauf durfte man nur drei Stück pro Haushalt nehmen. Was geschah? Man hat Kinder, Geschwister oder Freunde hingeschickt, damit sie „ausreichend“ viel haben. Wieso? Um das Bedürfnis zu befriedigen, einen psychologisch empfundenen Mangel. Also kann man sagen, dass die Gesellschaft sehr egoistisch ist. Aber ob es nachvollziehbar ist, bleibt für mich eine offene Frage. Denn der Mensch wird beim Konsum nie gesättigt sein.

Dilara Akgün (16 Jahre)

Ein Kreislauf

Es gibt immer eine gute und eine schlechte Seite von irgendetwas.
In der Schule lernen wir zum Beispiel, dass Zucker und Salz gut für den Körper sind. Aber auch nur in gewissen Mengen. Wenn wir nicht aufpassen, sind wir im Überschuss. Aber wenn wir wieder nicht aufpassen, haben wir einen Mangel an diesen Substraten. Wir merken schnell, dass es schwierig ist, das Gleichgewicht einzuhalten. Der Konsum von bestimmten Dingen ist also notwendig und tut uns gut. Brauchen wir es oder wollen wir es? Jeder empfindet den Besitz doch anders. In manchen Ländern ist das Leben, welches wir haben, Luxus. Für uns ist es normal.
Wenn der Konsum von bestimmten Sachen notwendig ist, es uns auch zufriedenstellt, wie fühlen wir uns beim Kauf von Produkten, die nicht überlebensnotwendig sind? Eigentlich müssten wir uns doch glücklich schätzen, oder? Nicht jeder hat die Möglichkeit, im Überfluss zu sein und einzukaufen. Wieso sind wir nicht überglücklich, wenn wir etwas nicht Notwendiges kaufen, nur weil es uns gefällt und wir Lust darauf haben? Wir fühlen und denken dann falsch über dieses Thema, oder? Wir schätzen den Konsum nicht. Wir wollen mehr, als wir haben oder überhaupt haben können. Ist das richtig? Wieso denken und reden wir nicht über diese schlechte Seite? Über die negativen Aspekte des Konsums, des Verbrauchs oder des Besitzes? Eben, dies wird nicht besprochen. Wir reden über das Falsche und handeln entsprechend.
Wir müssen darüber nachdenken und eine Lösung für uns selbst finden. Luxus und Reichtum sind doch nicht nur teure Klamotten, Autos und sonstiges. Luxus können auch Familie, Freunde und Gesundheit sein. Man muss nicht alles haben, um zufrieden zu sein. Man kann auch anderen eine Freude ma-

chen und ihnen etwas geben. Für uns mag es vielleicht etwas Kleines sein, aber für andere ist es etwas Großes.
In einer hässlichen Welt können wir auch schön leben.

Yağmur Çiltaş (16 Jahre)

Liebes Tagebuch,

heute möchte ich dir mal etwas über mich erzählen. Da ich das Gefühl habe, mich anderen Menschen gegenüber nicht öffnen zu können, mache ich es eben dir gegenüber. Also, ich bin Azhar Harrabi, 14 Jahre alt, in Deutschland geboren, mit tunesischen Wurzeln. Aber ich bin nicht nur diese Azhar Harrabi. Ich bin auch das, was Azhar erlebt hat und noch erleben wird. Ich bin der Schmerz, das Glück, die Liebe, der Hass und vieles Weitere, was sie durchlebt und noch vor sich hat. Ich bin das, was Azhar träumt. Ich bin das, was Azhar vor sich hat in der Zukunft sowie das, was sie enttäuscht hat. Ich bin das, was Azhar liebt, hasst, verehrt, verabscheut, beglückt und traurig macht. Ich bin alles, was Azhar fühlt und was sie nicht fühlt. Ich bin Azhar und alles, was zu ihr gehört. Ich bin auch die Azhar, die noch wächst und erlebt und noch viel Gutes und Schlechtes vor sich hat. Die Azhar, die den Mut hat, das Schlechte auf sich zu nehmen und das Gute zu genießen! Ich bin Azhar Harrabi mit ihren guten Seiten und vielleicht auch ihren schlechten!

Azhar Harrabi (14 Jahre)

7
Unterwegs

Wenn ich diese Welt betrachte ...

Wenn ich diese Welt betrachte
diese Gesellschaft
dann packt mich das Grauen

Umgeben von Lemmingen
die nicht mehr begreifen
können oder wollen
was sie anrichten
was sie tun

Ich betrachte die Menschheit
und denke still bei mir
Wo ist die Gleichberechtigung?
Wo sind die Toleranz und Akzeptanz??
Wo ist der wahre Umweltschutz???
Wohin ist die Vernunft geflohen???

Viele Fragen treiben mich:
Warum wollt ihr die Digitalisierung und Elektro-Fahrzeuge,
wenn ihr doch das Klima
und die Umwelt schützen wollt?
Warum reicht eure „Solidarität“ für die Ukraine nicht einmal
bis zu einer Kleinkind-Nahrungsspende eines Discounters??
Warum dürfen wir Trans*-Wesen und wir Wesen
„von anderen Ufern“ nicht einfach
existieren???
Warum können Menschen mit einer auf ein XY-Gonosom
zurückführende Brust diese unbedeckt lassen???

Warum müssen Menschen mit Brüsten diese abdecken???

Warum sind Herkünfte, Geschlechter, Orientierungen
et cetera überhaupt so
ausschlaggebend???
Warum bekommen wir es im ach so fortgeschrittenen
21. Jahrhundert nicht auf Kette,
gerecht zu leben???

Wenn ich diese Welt betrachte
diese Gesellschaft
dann wird mir eiskalt

Rudeltiere, die sich selbst in den Abgrund stürzen
und es nicht bemerken
und kaum eine bessere Gleichberechtigung als im Mittelalter
existiert(e)
dabei liegt unser ALLER Ursprung in einer
Spermien- und einer Eizelle
und trotzdem laufen wir mit Scheuklappen durch die Gegend
und werden eingesogen
von der Dummheit

Anna Theresa Hermanns (16 Jahre)

Aktivismus

Nun, Aktivismus ist ein Knochenjob.
Egal, wie groß das Lob,
Es ist wirklich hart,
Doch man wird dafür nicht mal bezahlt.

Ich weiß, die Bezahlung ist das eig'ne Gewissen.
In ihm hat man deshalb keine Bissen.
Doch ich schütz' die Umwelt
Und muss trotzdem zusehen,
Wie sie neben mir zerfällt.

Lützerath, unser aller Dorf, ist bedroht
Von Leuten, die nichts verloren in diesem Ort.
RWE, ein fossiler Konzern, will ihn wegreißen
Nur für finanzielles Geizen.

Unser Hambi ist geblieben,
Unser Kampf, unsere Kriege.
Wir haben ihn verteidigt,
Das Kleinod der Natur –

Unser Aktivismus sei Radikalität.
Doch die einz'ge
Ist das nachlässige Handeln der Politik.

Wir werden nicht ruh'n.
Wir machen weiter,
Bis es nichts mehr hier gibt zu tun.

Unser FfF hat manches verändert,
Hört man in der Politik,
Doch ist es nicht genug,
Wie man an dieser Stelle sieht.

Esben Petersen (16 Jahre)

Es geht um Macht und Geld

Ich frage mich immer wieder, warum wird ein Krieg geführt! Warum müssen die Menschen leiden? Warum müssen die Menschen fliehen? Warum werden sie getötet? Diese Fragen sind immer wieder in meinem Kopf. Aber eine richtige Antwort darauf kann mir keiner geben. Vielen geht es um mehr Macht, ohne Rücksicht darauf zu nehmen, wie viele Menschen darunter leiden. Ein Krieg führt doch nur dazu, dass Menschen sterben und Länder zerstört werden. Keiner macht sich Gedanken darüber, wie es ist, aus dem eigenen Land vertrieben zu werden und wo die Menschen aufgenommen werden und eine neue Heimat finden. Während eines Krieges leben die Menschen ständig unter Angst. Was passiert, wenn wir nicht fliehen können? Oder was passiert, wenn wir während der Flucht getötet werden? Wenn wir in einem fremden Land als Asylanten aufgenommen werden, wie werden wir leben? Werden wir von den anderen Leuten akzeptiert? Das sind alles Fragen, die man sich stellt. Ich habe mit Menschen gesprochen, die aus einem Kriegsgebiet geflohen sind. Es ist schrecklich, mit anhören zu müssen, was sie alles durchgemacht haben. Allein die Vorstellung, tagelang nichts zu essen oder zu trinken, ist furchtbar.

Viele Familien fliehen, um eine Chance und die Hoffnung auf ein besseres und sicheres Leben zu haben. Warum muss das sein? Können wir Menschen nicht friedlich miteinander leben? Warum Krieg? Auf diese Frage kann keiner antworten. Wir, Leute, die hier in Sicherheit leben und eine Chance auf eine normale Schulausbildung und auf eine Zukunft haben, wir machen uns nicht so viele Gedanken darüber, wie es ist, mitten im Krieg zu sein. Das ist sehr traurig, dass nicht alle Menschen, vor allem Kinder, ihrer Zukunft sicher sein können. Ich wünsche mir, dass die Kriege auf der Welt einmal ein Ende haben und alle friedlich miteinander leben können.

Es geht um Macht und Geld
in den Kriegen dieser Welt.
Die Hoffnung auf eine bessere Zukunft,
wo ist die, sagt die Vernunft.
Ein fremdes Land – werden
wir anerkannt?
Kriege, die ein Ende haben!
Menschen, die keine Angst mehr tragen!

Lorena Halimi (13 Jahre)

Konsum ohne Grenzen

Es ist ein sonniger Tag und du bist von Sonnenstrahlen umgeben. Du fühlst dich frei im Leben. Du bist noch ein Kind und hast keinerlei Sorgen. Das denkst du dir. Doch wirst du älter, wirst du öfter umgeben sein von Sorgen. Groß geworden in einer Gesellschaft mit Konsum und dem Verlangen, immer mehr haben zu wollen. Was macht das mit dir und der Gesellschaft? Konsum kennt keine Grenzen und keine Gnade. Verdienst du nicht viel Geld und kaufst dir Unmengen an Sachen, die du eigentlich nicht benötigst, erreichst du keine hohe oder gute Position in der Gesellschaft. Was für ein Unsinn!, denkst du dir vielleicht. Jedoch ist Konsum heutzutage sehr normal. Jeder Einzelne, dies behaupte ich, ist davon betroffen. Schaust du in deinen Kleiderschrank, wirst du merken, einen großen Teil der Kleider hast du noch nie getragen. In den Sozialen Medien siehst du ständig Werbung für neue Produkte in hundert Varianten. Aber warum ist das so? Wieso leben wir in einer „dummen" Gesellschaft, die ihre Gier nicht unter Kontrolle hat?

All diese Fragen, aber keine Antworten. Durch den Konsum verringert sich nichts, nur die Nachhaltigkeit, es ist schlecht für die Umwelt. Dass sich der Zustand unserer Umwelt immer weiter verschlechtert, wird meist gar nicht beachtet. Das ist so verantwortungslos gegenüber jenen, die sich eine erwartungsvolle Zukunft erhoffen. Doch wer gibt diesen Leuten das Recht, uns nicht zu beachten? Diese Frage stellst du dir, wenn du in einer Gesellschaft aufwächst wie dieser.

Wir sind Mörder, weil wir die Zukunft anderer zerstören. Aus dem kleinen und sorgenfreien Kind wird plötzlich ein Mensch mit Existenzängsten. Ein Mensch, der sich jede Woche die neuesten Trends in Mode kauft, um sie nach einmaligem Tragen wieder wegzuwerfen. Wir tragen dazu bei, dass sich die Lebensqualität immer weiter verschlechtert.

Du wachst auf und merkst, es war nur ein Albtraum. Oder war es doch die Realität?

Lilli Eberhard (15 Jahre)

Mama weiß mehr

Und wieder finde ich nichts in meinem Kleiderschrank. Was soll ich denn die nächsten Tage anziehen? Es ist wieder Sommer! „Mama, wir müssen zum Einkaufszentrum, ich habe keine Klamotten für den Sommer." Mama und ich machen uns auf den Weg. Sie sagt: „Ich habe meine Termine abgesagt, Spätzchen, damit wir dir schöne Sachen kaufen können."
Im Einkaufsladen sehe ich verschiedene Anziehsachen. Neben diesen Sachen sehe ich aber auch verschiedene Menschen. Die einen, die das Preisschild sehen und die Ware wieder zurücklegen. Die anderen, die das Preisschild nicht einmal wahrnehmen und alles mitnehmen, was sie sich leisten können. Und dann gibt es uns beziehungsweise meine Mama. Jedes Mal, wenn wir einkaufen gehen, fangen wir mit der untersten Schublade an, und zwar bei Second-Hand. Nicht zu vergessen ist der riesige Sack, den Mama mit sich trägt, um ihn dort abzugeben. „Mama, ich verstehe immer noch nicht, wieso wir jedes Mal, bevor wir einkaufen gehen, meinen Schrank aussortieren", meckere ich sie an. „So viel Zeitverschwendung! Wirklich!" „Schatz, damit es auch für andere etwas zu einem niedrigen Preis gibt."
Nachdem wir die Sachen abgegeben haben, fängt der richtige Spaß erst an. Von einem Markenladen zum anderen. „Wow, Mama! Dieses Oberteil ist doch wirklich toll!" „Ja, das stimmt. Hol dir eine Größe größer." „Wie? Was meinst du? Hier ist doch meine Größe. Wieso sollte ich dann eine Nummer größer holen?" „Damit du das nächstes Jahr auch noch anziehen kannst, mein Schatz!"
Am nächsten Tag in der Schule haben wir über das warme Wetter gesprochen. Ein Mädchen kam rein. Ich kenne es vom Sehen. Blonde Haare, blaue Augen, nett und liebenswert. Nachdem ich gesehen habe, wie sie zu uns kommt, bin ich verwirrt. Ach ja, da ist ja ihre Freundin. „Guck mal", sagt sie zu

ihr, „ich habe mir endlich etwas für das Wetter Passendes kaufen können." Jeder um mich herum gibt ihr Komplimente und das Mädchen wird ganz glücklich. Ich gucke sie an, denke an Mama und lächle. Das ist ein T-Shirt von mir, welches wir beim Second-Hand-Laden abgegeben haben! Es bei einer anderen Person zu sehen, die sich freut, es anzuhaben, ist viel schöner, als es einfach im Schrank hängen zu lassen. Vielleicht ist Second-Hand doch nicht die unterste Schublade.
Ein Jahr später mache ich mich selbst auf den Weg zum Second-Hand-Laden, um meine aussortierten Sachen abzugeben. Dabei bemerke ich, dass ich das Kleid anhabe, welches wir letztes Jahr eine Nummer größer gekauft haben.

Şeyma Hızlı (16 Jahre)

Weiter voran

Meine Ziele noch riesengroß
Mein Leben problemlos
Doch eine Krankheit
zerstört meinen bedenkenlosen Weg

Naht schon der Tod?
Wieso?
Ich habe mein ganzes Leben vor mir
Mein Weg endet nicht hier!

Ich kämpfe
Freunde, Familie, Bekannte stehen hinter mir
Fokus auf mich selbst
Ich gegen die schlimmste Krankheit der Welt

Yassin Soula (17 Jahre)

Mitten auf dem Meer

Überall nur Wasser. Nichts ist im Weiten und Fernen zu sehen. Ich allein mit meinen elf Jahren. Ich allein mit meiner Schwester und circa 50 fremden Menschen auf einem kleinen Schlauchboot. Ich allein mit meinen Fragen. Ich allein mit meinen Ängsten. Um das alles zu erklären, muss ich ein Jahr in die Vergangenheit reisen.

August 2014. Morgens gegen 10 Uhr: Das Haus duftete nach frisch gebackenem Brot und dem Milchreis, den meine Mutter gekocht hatte. Gestern war ich mit Ängsten und Fragen eingeschlafen. Wir erfuhren über die Medien, dass der „Islamische Staat" immer weitere Städte im Irak erobert und wir hier im Dorf nicht mehr sicher waren. Die zweitgrößte Stadt im Irak, Mosul, die im Umkreis von 30 km von unserem Dorf lag, war bereits eingenommen. Schinagl, die Hauptstadt der Eziden, stand gerade im Krieg. Wir wussten, der vierundsiebzigste Genozid wird gerade an uns Eziden ausgeübt, wir werden vernichtet!

Bevor wir frühstücken konnten, kam meine Tante zu uns. Sie forderte meine Mutter auf, schnell das Wichtigste zusammenzupacken, und dass wir dann rüber zu ihnen gehen sollten. Sie sagte, die Menschen in den Nachbardörfern seien über Nacht geflüchtet und die Männer unseres Dorfs hätten auch beschlossen zu flüchten. Ich fühlte das Schlimmste in mir, unterdrückte aber meine Gefühle. Ich wollte nichts realisieren. Ich realisierte nichts. Ich verstand nichts. Ich dachte an nichts. Ich kann es nicht einschätzen, wie lange wir gebraucht haben, bis wir alle umgezogen waren und „zusammengepackt" hatten. Es fühlte sich aber schnell an. Es ging zu schnell. Am liebsten hätte ich kurz die Zeit gestoppt und über jede Einzelheit nachgedacht. Denn irgendwann saß ich im Auto und war auf der Flucht. Als wir losgefahren sind, versicherte meine Mutter meinem Vater, der in der Hauptstadt des Irak arbeitete, dass wir losgefahren sind. Die Bewacher an den Grenzen waren schon längst geflohen. Ein paar Männer aus dem Dorf beschlossen, im Dorf zu bleiben, um es zu bewachen, sonst war niemand mehr dortgeblieben. Wir flüchteten in den Norden des Irak, in die kurdischen Gebiete.

Ich finde es bis heute schrecklich, dass ich das damals nicht realisiert habe. Hätte ich es gewusst, dass ich das Haus, in dem ich aufgewachsen bin, zum letzten Mal sehe, hätte ich es mir so angeguckt, dass ich mir jede Einzelheit merke.

Die Lage im Irak wurde immer schlimmer. Im Schinagl wurden die Eziden vernichtet. Mehrere Tausend Eziden wurden ermordet und mehrere Tausend Frauen und Kinder wurden verschleppt. Bis zu 7000 ezidische Frauen wurden Sex-Sklavinnen der IS-Männer. Bis zu 5000 Menschen kamen ums Leben. Sie wurden gezwungen, zum Islam zu konvertieren. Immer mehr Flüchtlinge kamen in den Norden, dahin, wo wir uns befanden. Irgendwann haben wir erfahren, dass der IS bis zu unserem Dorf vorgedrungen war. Die Männer, die dortgeblieben waren, konnten noch rechtzeitig flüchten.

Im Nachhinein haben wir erfahren, dass in dem Dorf nicht wirklich gekämpft wurde und nicht viel Krieg zu spüren war. Allerdings wurden mehrere unserer Heiligen Tempel bombardiert und Häuser und Geschäfte überfallen. Das alles kam mir wie ein Märchen vor. Ich lebte immer noch mit dem Gedanken: „Es wird nichts passieren und wir werden normal hier weiterleben können." Ein paar Tage vor der Flucht, als die Angst ins Dorf eindrang, sagte ich das noch zu meiner Freundin und Schwester, als wir wie gewöhnlich zusammen spielten. Meine Freundin fragte uns, ob wir davon erfahren hätten, was alles geschehen sei.

Nach einiger Zeit dachte ich, das ist mein Leben im Norden des Irak. Ich fing an, wieder zur Schule zu gehen. Ich bin hier und hier bleibe ich, dachte ich. Ich dachte, das ist mein Leben. Bis Ende Dezember 2015. Plötzlich stand ich vor dem Reisebus. Es ging mir zu schnell. Gestern stand ich vor dem Heiligen Tempe und betete; morgen sollte ich wegfahren. Dieses Morgen kam mir etwas zu schnell. Ich hatte mir nicht genug Gedanken darüber gemacht. Ich war, glaube ich, nicht bereit, was auch immer mich in der Zukunft erwartete. Ich realisierte nicht, dass ich alles vermissen würde. Meine Mutter umarmte mich, so fest sie konnte, ich guckte verzweifelt auf meine Schwester, die gerade ihre Tränen wegwischte. Ich verstand nicht wirklich, warum sie alle weinten. Meine Schwester und ich, wir verabschiedeten uns von allen. In meinen Gedanken verabschiedete ich mich aber nicht wirklich. Es war nicht zu fassen, dass ich wegfahren sollte, dass unbekannt war, wann ich meine Familie wiedersehen würde. Es war nicht zu fassen! Also realisierte ich es nicht wirklich. Ich dachte, ich kann alles rückgängig machen, wenn ich es will. Ein Gefühl in mir versicherte mir ein gutes Ende, ich sollte nur geduldig sein. Geduldig sein und die Zeit wird sich nur ins Positive verändern! Das Gefühl war da und meine Ängste und Sorgen waren betäubt. Ich glaubte, sehr bald aufzuwachen und alles wäre ein Albtraum gewesen.

Hier beginnt meine „wahre" Flucht: Ich kam in der Türkei an. Ich versank in meinen Gedanken. Ich versank in meinen Ängsten. Glaubte ich. Ich war allein mit meinen Fragen. Eine Frau in der Menge der Menschen guckte auf mich und meine Schwester und fragte: „Seid ihr allein hier?" Ich sagte nichts. Meine Schwester sagte „ja". Die Frau guckte mit Mitleid auf uns beiden und machte mir das Gefühl, ich müsste auch Mitleid mit mir haben. Mitleid mit mir und meiner Schwester. Danach drängten wir uns mit der Menschenmenge in den Bus. Ich versuchte einiges zu realisieren. Ich versuchte mir das Schlimmste vorzustellen, was passieren könnte. Ich schlief ein. Glaube ich zumindest. Ich war nicht wach, aber am Schlafen war ich auch nicht. Ich begriff nichts mehr. Ich hörte nichts mehr. Ich konnte meine Augen nicht mehr offen halten. Meine Schwester sprach zu mir, ich weiß nicht, was sie sprach. Sie hielt mich am Gesicht fest und ich konnte sehen, dass sie etwas sagte. Ich verstand nichts. Ich lächelte meine ängstliche Schwester an. Sie sprachen zu mir, meine Schwester und eine Frau. Ich weiß nicht warum, aber ich hatte das Gefühl, ich müsste lächeln, damit sie mich in Ruhe lassen würden. Ich weiß nicht, was genau geschah. Ich öffnete meine Augen und bemerkte, dass ich gerade aß. Ich fühlte eine Lücke. Eine Lücke in der Zeit. Eine Lücke in meinen Gedanken. Ich saß im Bus mit Fremden und aß. Ich allein irgendwo mit meiner Schwester, die nur ein Jahr älter als ich war. Es war schon fast Morgen, gegen 4 Uhr früh war es. Wir stiegen aus dem Bus aus und saßen an einem Ort, wo wir warten mussten.

Als es hell wurde, erkannte ich, dass wir in einem Wald waren. An einem Ort, wo das Meer von Weitem zu sehen war. Meine Schwester und ich telefonierten ständig mit meinem Vater, er sagte uns, wir sollten bei dem einen Mann bleiben, er würde auf uns aufpassen, und egal was passieren sollte, wir sollten uns von ihm nicht trennen. Ein Mann namens Amir, der nicht älter als 30 war. Noch nie zuvor hatte ich ihn gesehen. Bis ungefähr 16 Uhr warteten wir. Ich wartete. Worauf genau, war mir nicht ganz bewusst.

Irgendwann ging es los. Den Berg runter Richtung Meer. Kurz darauf saß ich im Schlauchboot, ich guckte die Menschen so verzweifelt an, als wären sie außerirdisch gewesen. Davor hatte ich selten Erwachsene weinen gesehen. Einmal hatte ich meine Mutter weinen gesehen, als ich vielleicht 6 war, weil der

Laden von meinem Vater bombardiert worden war und er schwer verletzt war. In der Hauptstadt Bagdad kam so was öfter vor. Man hat die Läden, von Nicht-Muslimen bombardiert, die Alkohol verkauft haben, da Alkohol eine Sünde im Islam ist. Und einmal habe ich meine Familie und meine Nachbarn bei einer Beerdigung weinen gesehen. Es war die Beerdigung unseres Nachbarn, er ist aus dem Grund gestorben wie viele andere Nicht-Muslime in Irak, die Alkohol in ihren Läden verkauft haben. Man ist mit dem Auto an dem Laden vorbeigefahren und mehrere haben gleichzeitig den Laden beschossen. Rechtlich gesehen war es nicht verboten, Alkohol zu verkaufen, dennoch waren solche Vorfälle sehr häufig. Jetzt sah ich Menschen öfter weinen.

Es war sehr eng in dem Schlauchboot. So eng, dass manche Menschen aufeinander saßen. Ich konnte mich kaum bewegen. Ich konnte kaum mein Gedanken zusammenfassen. Ich konnte kaum was realisieren. Es war Sonnenuntergang, als wir losgefahren sind. Die Lage war mir so unangenehm, dass ich meine Ängste vergessen hatte. Da ich mittig im Schlauchboot war, konnte ich nicht wirklich das Meer sehen. Einmal versuchte ich, zwischen den Erwachsenen meinen Kopf hochzuheben, um das Meer zu sehen. Um zu sehen, wo ich war. Um zu sehen, was gerade geschah. Ich blickte auf das Meer: Dunkel war es. Fast schwarz. Dunkel und ruhig. Nichts anderes zu sehen außer dem Meer. Es war mittlerweile dunkel geworden. Amir sagte mir, ich sollte nicht hingucken. „Halte die Hand deiner Schwester fest“, sagte er. Er hielt dann auch die Hand meiner Schwester. Meine Beine schmerzten von dem engen Platz. Meine Schwester warnte mich davor, mich hinzusetzen, sonst würden alle auf mich treten.

„Da, Lichter, da drüben“, sagte jemand. Viele schalteten ihre Taschenlampen an, um die Aufmerksamkeit auf uns zu richten, und schon bald leuchtete man mit einem großen Licht auf uns. Sie hatten uns gesehen. Man freute sich. Man weinte vor Freude. Man umarmte sich. Das Einzige, was ich tat: Ich habe mich in dem Moment gefragt, warum sie sich so freuen, was haben sie erwartet? Was geschieht hier? Dachten sie, wir würden versinken? Heute weiß ich, dass die Lage tatsächlich sehr gefährlich war. Denn mehr als eine Million Menschen flüchteten über das Mittelmeer und jeder 269. ertrank dabei. Was mir damals auch nicht bewusst war – im Meer befanden sich Haie.

Einige Menschen warteten mit einem Auto am Rand des Landes auf uns. Nun konnte man sich bewegen. Es herrschte Chaos. Alle stiegen aus. Manche waren fast ohnmächtig geworden, entweder vor Kälte oder vor Angst. Ich weiß es nicht. Als ich versuchte auszusteigen, hob mich jemand aus dem Schlauchboot. Das Schlauchboot bewegte sich ganz leicht. Das Meer hatte kleine Wellen. Das machte mich schwindlig und ich musste mich fast übergeben. Das Erste, was ich tat, als meine Füße sich wieder auf dem Festland befanden war, meinem Vater eine Sprachnachricht zu schicken. Ich sagte, wir sind angekommen. Kurz darauf fragte ich mich: Wo angekommen? Am liebsten wäre ich jetzt zurückgefahren oder etwas weinen hätte mir auch gutgetan. Ich tat es aber nicht, meine Gefühle zeigte ich ungern der Außenwelt. Auf dem Boden lagen eine Menge Schwimmwesten. Notärzte behandelten einige Menschen.

Wir waren in Griechenland angekommen. Von da an begann die „Reise“ nach Deutschland. Sieben Tage, die wie Unwirklichkeit wirken. Sieben chaotische Tage. Sieben ängstliche Tage. Sieben komische Tage. Ich erlebte sehr vieles. Ich schlief auf Straßen. Ich drängte mich in große Menschenmengen. Ich hatte Angst, dass man Amir mich und meine Schwester wegnimmt. Ich traf auf viele verschiedene Menschen, böse und gute Menschen. Gewalttätige und freundliche Menschen. Menschen vieler Nationen. Ich war in vielen Ländern. Manche Nächte waren schlaflos. Manche Nächte waren kalt.

Das Beste war, dass ich mir keine Gedanken darüber gemacht habe, was mich in der Zukunft erwartete. Ich stellte mir nie vor, ich würde ein neues Haus haben oder ich würde wieder ein normales Leben führen, nur woanders. Ich konzentrierte mich nur auf die chaotische Situation. Amir war ein wunderbarer Mensch. Ich verstehe bis heute nicht, wie er es geschafft hat, uns zum Lachen zu bringen. In einer Situation, in der es schwer war zu lachen, brachte er mich und meine Schwester mit seinen Witzen zum Lachen. Einmal, als man uns eine Nacht von Amir trennte und als wir dann zu ihm zurückdurften, küsste er uns vor Freude auf die Stirn. Damals fand ich das unangenehm, heute weiß ich, dass wir ihm wirklich wichtig waren. Nachdem man uns in Deutschland getrennt hatte, habe ich Amir nie mehr gesehen. Ich habe bis heute nichts mehr von ihm gehört.

Nun bin ich heute in Deutschland, im Ruhrgebiet. Ich wohne seit 2017 mit meiner Familie hier. Es hat mich Jahre gekostet, meine Familie wiederzufinden. Aber wir fanden uns. Wir erzählen uns gegenseitig, was wir alles erlebt haben. Wir können über manche Dinge reden und lachen, aber manche Dinge wurden zu Tabus. Beispielweise reden wir nicht mehr darüber, wie meine Mutter damals auf der Flucht fast ums Leben gekommen ist, da mein Bruder immer anfing zu weinen, wenn er sich daran erinnerte.

Manchmal fällt es mir schwer, das zu sagen, aber mittlerweile fühle ich mich hier zu Hause. Denn mein Zuhause ist dort, wo meine Familie und meine Freunde sind. Ich habe einen großen

Punkt hinter mir, der mich zu dem gemacht hat, was ich heute bin. Es ist ein Punkt in meinem Leben, von dem ich meinen Kindern erzählen werde, wenn sie gerade friedlich ihre Religion ausüben können, damit sie es schätzen. Durch die Flucht habe ich gelernt, heute alles in meinem Leben zu schätzen. Ich schätze alles. Ich schätze es wert, bei meiner Familie zu sein. Ich schätze es wert, meine Religion ausüben zu können. Ich gebe mein Bestes, jeden Tag zum besten Tag meines Lebens zu machen. Denn ich weiß nicht, was das Schicksal für mich bereithält. Ich weiß nicht, wann mein letzter Tag ist. Also lebe, liebe und lache ich jeden Tag. Ich bin heute siebzehn Jahre alt, bald ist es sechs Jahre her, dass das Ganze geschah. Es sind wenige Jahre, aber für mich war das eine sehr lange Zeit.

Nach diesem Punkt ist es mein größter Wunsch geworden, dass meine Religion überlebt. Mein größter Wunsch in meinen Gebeten. Ich bin bis heute darüber nicht hinweg, was alles der „Islamische Staat" mit den Eziden gemacht hat: Ein Völkermord. Das letzte Mal, dass Eziden so ermordet wurden, war 1832-1840. Von da an lebten die Eziden getrennt. Ich glaube, kein Ezide kann nun seine Zukunft im Irak sehen. Die meisten suchen ihre Zukunft in anderen Ländern, in Ländern wie Deutschland.

Nahla Qaidy (18 Jahre)

Die Realität ist ein wirklich schlechter Traum

Ich hatte das Ende schon am Anfang erraten

Doch trotzdem nimmt es ein so viel Raum

Es soll verdammt noch mal aufhören

Kann es nicht abwarten

So oft diesen Traum am Leibe gespürt

Bei Mondschein, auch am hellen Tage

Schrecklich schwarz

Ich hätte ihn zu gern vergraben

Ich trage ihn, er prägt mich, wo kann ich

einreichen diese karge Klage

Wie soll ich als Jugendlicher

dieses Unheil auf der Welt handhaben?

Hélène Herling (19 Jahre)

Grün, grün, grün

Grün ist alles, was ich liebe
Aushängeschild aller Betriebe
Komme aus dem Herzen für das Wohl der Tiere,
But what really matters: das Image der Giere.

Grün ist alles, was ich habe,
Schreit die Welt uns immer zu.
Doch wir haben keine Gnade,
Geben niemals Ruh'.

Geld geht um die Welt,
Wir stehn auf nem Minenfeld.
Doch was Glück, ein neuer Trend,
Endlich, denn die Zeit rennt.

Ach, wenn's nur die Wahrheit wäre,
Falscher Schein unsre Augen nicht trüge.
Doch in echt zu viel Co_2 in der Atmosphäre.
Alles doch nur eine Lüge ...

Nele Bollmann (18 Jahre)

8
Zurückgeklickt

Als wäre es gestern

Als wäre es gestern. Erinnerst du dich? Du konntest nicht einmal selbst essen. Essen landet im Magen! Deines landete an der Wand, auf deinen Eltern oder auf dem Tisch, aber nicht in deinem Magen. Jetzt sitzt du vor mir als eine elegante Dame und isst mit Messer und Gabel. Du hast deine ersten Schritte gemacht, wolltest aber immer noch meine Hand halten. Heute läuft alles wie von allein.
Du grinst schon wieder. Das typische Grinsen von dir. Versuche nicht, mich zu provozieren, es klappt nicht. Erinnerst du dich? Als wäre es gestern. Wie unsere Lehrer uns immer verwechselt haben. Ich laufe ganz normal durch die Schule und werde begrüßt: „A hallo, Merve ..." Wie oft ist uns das schon passiert! Ich bin nicht Merve, ich bin Rumeysa ... Ich werde angesprochen, aber reagiere nicht. Wieso wohl? Weil mich jeder Merve nennt ... Wer reagiert schon auf einen anderen Namen? Ganz recht, niemand.
Erinnerst du dich? Als wäre es gestern. Es war ein heißer Sommertag und wieder einmal hattest du meine Inliner geklaut ... Mädchen, ich hoffe, du weißt, dass du auch welche hast. Du konntest keine Inliner fahren, aber wolltest es immer wieder. Jetzt bist du einfach besser als ich ... Dazu habe ich keinen Kommentar mehr ...
Erinnerst du dich? Als wäre es gestern. Wie wir zusammen Mathe gelernt haben! Eher, wie ich dir versucht habe, etwas beizubringen ... Ohne Witz, du bist richtig schlecht in Mathe ... Aber dafür bist du besser als ich in Englisch. Wie du mich mit Sevgül korrigierst ... Ich fühle mich dumm neben euch. Einmal bitte zwei Meter Abstand halten! Erinnerst du dich? Als wäre es gestern. Du kamst angerannt und präsentiertest mir deine Zwei in Deutsch ... Gib nicht an! Ich bin immer noch besser! Auch wenn nicht ..., ich werde es nie vor dir zugeben.

Ah, und nur mal so zur Info, du warst wirklich gestern mit deiner „Zwei“ bei mir, Sis.

Rumeysa Çelik (16 Jahre)

A return

Going back to the place you once called home isn't always easy. Especially not, when a war broke down every slight bit of hope that you will be able to meet everyone again that you once loved so dearly. The people that you had to leave behind because there was no way to bring them with you.

But today Tumaini is going to return to the place of her childhood memories. She is a young adult now and it hasn't been long since the war ended.

Her aunt Ayla invited Tumaini to stay in her little house. She had no husband or children so there was enough room for another person. Tumaini missed her a lot as they hadn't seen each other for more than ten years.

You could probably imagine how amazing it felt for them to hug each other after such a long time.

After two great days of spending time with her aunt Ayla Tumaini was ready to go up on a little hill. It was a place where she used to watch the stars with her father every weekend.

He was a busy man but on these special days he would close down his shop to spend time with her. They would not always be lucky to see the stars due to the consequences of light pollution. Still, the misfortunate days were part of her happy memories.

Today Tumaini wasn't lucky but it felt nice to sit where she had experienced some of her happiest moments that she spent with her father.

Together they would talk about everything. She remembers when she wanted to be a princess when growing up. Her father would always cheer her up while trying to hold back his laughing everytime she would practice her princess walk.

She used to be a child who believed in the goodness of everyone but this naitivity has been quickly destroyed at young age.

Tumaini recalls how she struggled to learn a new language when she had to flee from her home. People would stare at her on the streets and sometimes they would curse at her for „invading“ their country. She would cry all night after she had read those negative comments on social media from people insulting her nation. It wasn‘t easy but in the course of time she had grown to be a nurse with a little place that she calls home now in this once far away country.
A great future is what she hopes for, even if she has to live somewhere else without her aunt Ayla.
But sometimes Tumaini wishes to go back to the times when she was truly happy.

Aria Fatho (18 Jahre)

Eine Rückkehr

In den Ort heimzukehren, welchen du einst dein Zuhause nanntest, ist nicht immer leicht. Vor allem nicht, wenn ein Krieg jedes bisschen Hoffnung zerstört hat, dass du die Menschen, die du so liebtest, wiedersehen wirst. Diese Menschen, die du zurücklassen musstest, weil es keine Möglichkeit gab sie mitzunehmen.

Aber heute wird Tumaini an den Ort ihrer Kindheitserinnerungen zurückkehren. Sie ist jetzt eine junge Erwachsene und es ist nicht lange her, dass der Krieg vorbei ist.

Ihre Tante Ayla hatte Tumaini eingeladen, um in ihrem kleinen Haus zu übernachten. Sie hat keinen Ehemann und keine Kinder, also gibt es genug Platz für eine weitere Person. Tumaini hat sie sehr vermisst, denn ihr letztes Treffen war vor mehr als 10 Jahren. Man kann sich denken, wie schön es für beide ist, sich in den Armen zu halten, nachdem so viel Zeit vergangen ist.

Nach zwei wundervollen Tagen mit ihrer Tante Ayla war Tumaini bereit, um auf einem kleinen Hügel zu sitzen. Hoch oben hatte sie damals jedes Wochenende mit ihrem Vater die Sterne beobachtet.

Er war ein viel beschäftigter Mann, aber an diesen besonderen Tagen hatte er immer seinen Laden früher geschlossen, um mit ihr Zeit zu verbringen. Nicht immer hatten sie das Glück, die Sterne zu sehen, eine der Konsequenzen von Lichtverschmutzung. Trotzdem waren diese Tage von Pech ein Teil ihrer glücklichen Erinnerungen.

Heute hat Tumaini kein Glück, aber es fühlt sich schön an zu wissen, dass sie am Ort sitzen kann, wo sie ihre besten Momente mit ihrem Vater verbracht hat.

Immer würden beide über alles reden. Sie erinnert sich, als sie eine Prinzessin sein wollte, wenn sie älter wird. Ihr Vater

würde sie immer anfeuern, während er versucht hatte, nicht zu lachen, weil sie übte, wie eine echte Prinzessin zu laufen.
Tumaini war ein Kind, welche an das Gute in jedem glaubte, doch diese Naivität wurde schnell zerstört.
Es war besonders schwer für sie, eine neue Sprache zu lernen, als sie von zu Hause fliehen musste. Leute würden sie auf der Straße anstarren und manchmal würden sie fluchen, dass Tumaini ihr Heimatland „invasiert". Es war nicht leicht, doch mit der Zeit ist sie gewachsen, um eine Krankenschwester zu werden mit einer neuen kleinen Wohnung, welche sie Zuhause nennen konnte in diesem fernen Land.
Eine wunderbare Zukunft ist, was sie sich erhofft, selbst wenn sie irgendwo anders leben muss ohne ihre geliebte Tante Ayla.
Doch manchmal wünscht sich Tumaini zurückzukehren zu den Zeiten, als sie wahrlich glücklich war.

Aria Fatho (18 Jahre)

Gegensätze

3. August 1944

Der warme Sommerregen prasselte auf das Wellblechdach der kleinen und engen Gartenhütte in Berlin. Zu gerne wäre ich rausgegangen, um den Regen auf meiner Haut zu spüren, doch es war zu gefährlich. Wenn mich die SS sehen würde, wäre es aus mit mir. Ich sah an meiner Kleidung hinunter. Das verdreckte Kleid, welches ich trug, war damals eines meiner Lieblingskleider. Meine Mutter hatte es selbst genäht und mir stets versprochen, dass ich, wenn ich 18 würde, ich noch eines bekommen würde. Heute war mein 18. Geburtstag und diesen verbrachte ich in dieser alten Gartenhütte direkt an den Bahngleisen.

Meine Eltern hatten sie schon vor ein paar Monaten mitgenommen und ins KZ gebracht, genauso wie meinen kleinen Bruder. Ob sie noch lebten? Ich sah an meinem Kleid hinab und entfernte vorsichtig den gelben Stern mit der Aufschrift „Jude". Nachdem ich ihn eine Weile betrachtet hatte, riss ich ihn durch und schmiss ihn weg, so weit ich konnte. Es hatte sich alles geändert. Ich war seit Jahren nicht mehr zur Schule gegangen, geschweige denn, dass ich glücklich war.

Als meine Familie eines Tages vom Speicher des verlassenen Bauernhofs verschwunden war, hatten sie mir nur die zwei Buchstaben „KZ" in das Holz geritzt. Mir war klar, dass ich sie wohl nie wiedersehen würde. Meine Gedanken wurden unterbrochen. Die quietschende Tür des Schuppens wurde aufgemacht und ich blickte in zwei stechend blaue Augen.

***

Wütend stapfte ich die langen, nassen Wege der Schrebergarten-Anlage entlang, bevor ich das Tor zu dem Grundstück meiner Familie aufschloss und dabei die blauen Flecken auf meinen Armen musterte. Als mein Vater erfahren hatte, dass ich heute nicht beim Treffen vom BdM gewesen war, war er wieder so aggressiv geworden, dass er sich nicht mehr beherrschen konnte. Für ihn war Hitler ein großes Vorbild und es war ihm somit auch sehr wichtig, dass ich mich mit unserem Führer auseinandersetzte. Nur leider verstand er nicht, wie sehr ich unter diesem Bund litt. Niemand dort war wirklich interessiert an mir, und anstatt Spaß zu haben, wurde einem gelehrt, wie man die perfekte Hausfrau war, um dem Mann alles recht zu machen.

Verstand mein Vater denn nicht, dass ich auch Träume hatte? Ich wollte studieren und mein Leben nicht zwischen Pfannen und Töpfen verbringen!

Als ich die Tür unserer Gartenhütte aufriss, blickte ich geradewegs in zwei haselnussbraune Augen. Das kleine, schmächtige Mädchen saß zusammengekauert in der Ecke und verkniff leicht die Augen, als das grelle Tageslicht die dunkle Hütte flutete. Was wollte ein Mädchen in unserer Gartenhütte?

Vorsichtig ging ich ein paar Schritte auf sie zu, was sie nur noch mehr zum Verkrampfen brachte. Eigentlich hätte ich Angst haben und schreiend davonlaufen sollen, doch sie wirkte auf mich ängstlich und nicht angsteinflößend. Als ich den nächsten Schritt tat, spürte ich etwas Kleines unter meinem Schuh. Ich blieb stehen und hob meinen Fuß, sodass ich erkennen konnte, was sich unter der Sohle befand.

***

Nun war es aus mit mir! Ich war mir sicher. Instinktiv schlang ich die Arme fester um meinen Körper. Angst breitete sich über meinen ganzen Leib aus. Meine Atmung wurde unkontrolliert und schneller, bis ich schließlich Panik verspürte. Das Mädchen in seinem Sommerkleid und seinen Sandalen stand

einfach nur da. Sie rührte sich keinen Millimeter. Die blonden Zöpfe der Kleinen waren nass vom Regen, welcher auch ihre Kleidung durchnässt hatte. Perplex starrte sie mich mit ihren eisigen blauen Augen an. Zwar war es kein böser oder einschüchternder Blick, doch in Anbetracht meiner Situation war Angst nicht zu vermeiden.
Langsam regte sie sich nun aus ihrer Starre und tat vorsichtig einen Schritt auf mich zu. Was würde sie mit mir anstellen? Was wäre, wenn sie die SS rufen würde? Wäre mein Schicksal damit besiegelt? Ich hatte keine Zeit, einen Lösungsansatz für meine Fragen zu suchen, da sie noch einen Schritt unternahm und dann abrupt stehen blieb. Unter der Sohle ihrer Sandale machte sich gelber Stoff breit. Mein Herz verkrampfte sich regelrecht. Ich würde so enden wie der Rest meiner Familie: ausgebeutet und womöglich tot.

***

Ich riss den gelben Stofffetzen von meiner Sohle. Mein Blick wurde kalt und meine Augen verdunkelten sich, als ich die Aufschrift „Jude“ erkennen konnte.
„Gehört das dir?“, fragte ich sie mit bebender Stimme. Sie riss ihre Augen auf, als sie die Wut in meiner Stimme wahrnahm. Resigniert nickte sie, was mich nur noch mehr zum Kochen brachte. Es war falsch. Sie war falsch. Ich blickte von dem Fetzen in meiner Hand wieder zu ihr. Tränen hatten sich in ihren Augen gebildet. Ich blickte sie an und hatte mit einem Mal das Gefühl, direkt in ihre Seele schauen zu können. Geprägt von Angst und Schmerz. War es das wert? Würde ich mit mir vereinbaren können, an einem Mord schuldig zu sein?

***

Ihr Blick wanderte von dem Fetzen wieder zu mir. Sie schien nachzudenken. Mit einem Mal kam mir ein Gedanke. Flucht

wäre unmöglich, da ihr Körper die Tür versperrte, doch wie wäre es mit Worten? Ich hatte schon immer gerne geredet und jetzt könnte mir das nützlich werden.
Leise räusperte ich mich und fing mit zittriger Stimme an zu sprechen: „Ich weiß nicht, wer Sie sind, doch seien Sie sich bewusst, dass ich keinesfalls unerlaubt hier eindringen wollte“, versuchte ich zu erklären, doch von der Tür kam nur ein leises: „Das ist bei Weitem nicht das einzige Problem.“ Sie deutete auf den Stern in ihrer Hand und räusperte sich, um auch etwas zu sagen. Mein Atem stockte, während sie anfing, mit einer rauen Stimme zu sprechen: „Das, was du bist, macht mir Sorgen.“ Ihre Stimme klang nun bedrohlich: „Du weißt bestimmt, was meine Pflicht ist und was ich nun zu tun habe. Dennoch möchte ich nicht, dass ich für dein Ableben verantwortlich bin.“ Ihre Stimme wechselte von bedrohlich zu ernst, während sie mich weiter musterte. „Als ich dich gesehen habe, war mir klar, dass du nichts Böses im Sinn hast. Dein Wirken war nicht bedrohlich oder einschüchternd, sondern viel mehr ängstlich und unterwürfig. Ich bin keine Anhängerin Hitlers, vielmehr verabscheue ich seine Taten, doch meine Familie ist ein großer Verfechter seiner Handlungen, im Glauben, dass alles besser wird.“ Nun klang sie nachdenklich und enttäuscht. „Niemand auf dieser Welt hat es verdient, so behandelt zu werden wie deine Sippe.“ Ungläubig starrte ich sie an. Sie war seit Langem der erste Mensch, der das so sah. In ihrer Gegenwart fühlte ich mich nun nicht mehr so ängstlich, sondern verstanden und gut aufgehoben. Ich war mir nicht sicher, ob sie es ernst meinte, doch hatte ich keine andere Wahl, als ihr zu vertrauen. Dankbar lächelte ich sie an, worauf sich auch ihre Mundwinkel nach oben bewegten. Wie hatten einen Pakt!

***

Mit schnellen Schritten verließ ich die Gartenlaube und schaute hastig auf meine Uhr. Ich war zu spät und mein Vater würde wieder böse sein, doch das war es mir wert. Nachdem sie sich zum hundertsten Mal bedankt und etliche Freudentränen vergossen hatte, setzte ich mich neben sie und wir unterhielten uns über Gott und die Welt. Sie hieß Ava und ich stellte mich ihr als Erika vor. Sie berichtete mir von ihrer Familie. Es tat mir leid, dass sie so hilflos und ohne Schutz war. Sie erzählte auch von ihrem alten Leben. Ihren Erzählungen nach hatte sie mit ihrer Familie einen kleinen Bauernhof auf dem Dorf gehabt, von dem sie aber Hals über Kopf fliehen mussten. Im Gegenzug sprach ich über meine Familie. Ich erzählte von meinem aggressiven und gewaltbereiten Vater, dem jedes Mittel recht war, um sich seine Kinder gefügig zu machen.
Als ich dies mit ihren Erzählungen über ihre Familie verglich, fiel mir auf, wie unbeschwert ihr Leben gewesen sein musste. Ich hingegen lebte schon immer mit der Angst, nach Hause zu kommen. Als ich ihr davon berichtet hatte, staunte sie nicht schlecht, und ich merkte, wie nett sie doch war. Sie verstand mich, obwohl wir so unterschiedlich waren. Ich hatte das Gefühl, eine Freundin gefunden zu haben, die ich zwar nicht lange, aber dennoch besser als jeder andere kannte.
Nachdem ich mich verabschiedet hatte, ließ ich sie mit dem Versprechen zurück, dass ich sie morgen gewiss wieder besuchen und ihr etwas zu essen bringen würde. Zufrieden stolzierte ich nach Hause und konnte es kaum erwarten, sie am nächsten Tag wieder zu sehen.
Viele Tage besuchte ich sie immer wieder und zweigte für sie ein wenig Essen ab. Sie hörte sich meine Sorgen an und zeigte viel Verständnis für mich und meine Probleme. Wir wurden über mehrere Wochen gute Freundinnen. Immer, wenn ich bei ihr war, verspürte ich Freiheit.

***

Sie besuchte mich jeden Tag, um mir Essen zu bringen und sich zu erkundigen, wie es mir ginge. Sie tat dies über Wochen hinweg und wir lernten uns immer besser kennen. Ich hatte früher viele Freundinnen gehabt, doch keine war so aufgeschlossen, nett und hilfsbereit wie dieses Mädchen. Ich sehnte jeden Tag die Zeit herbei, wann sie kommen würde.

***

31. August 1944

Als ich das Gartentor gerade aufschließen wollte, fiel mir auf, dass etwas anders war. Das Tor war nur angelehnt. Panisch guckte ich auf das Tor, bevor ich auf das Grundstück stürmte und eine leere Gartenhütte vorfand. Hastig stürmte ich wieder auf den Weg vor das Grundstück und erkannte Reifenspuren. Hatten sie sie geholt? Wer hatte sie verraten?

Franziska Vöcking (14 Jahre)

Der stärkste Kämpfer

Wir waren drei Geschwister. Meine ältere Schwester, mein jüngerer Bruder und ich. Bis heute verstehen wir uns ziemlich gut, sind stets füreinander da. Schon immer liebte ich kleine Kinder. Säuglinge, die mich an das reine und schöne des Lebens erinnern. Säuglinge, die mir zeigen, dass die Welt auch nennenswert positive Seiten haben kann. Schon immer wollte ich zusehen, wie ein Baby wächst, sich entfaltet und die Welt erkundet. Vom ersten Tag auf dieser Welt bis zu den ersten Schultagen und viel länger. Jeden Abend, nach jedem Gebet, bat ich Gott, uns ein Wunder zu schicken. Ein Wunder, das unser Leben schmückt, uns neue Hoffnungen und Ziele schenkt.

12.01.2019, der Tag, an dem ich einen weiteren Grund bekam, mich auf meine Träume zu fokussieren und alles für eine Stolz erregende Zukunft zu tun, alles für ein besseres Ich zu geben. Der Tag, an dem meine Mutter mir ihre Schwangerschaft, den Schlüssel für viele weitere, noch unbekannte Türen in meiner Welt bekanntgegeben hat. Seit dem Tag habe ich mich für jegliches eingesetzt, meinen Eltern die Last wegnehmen wollen, so weit es geht. Die ganze Familie war froh über Mamas Schwangerschaft, alle wollten das kleine Wunder endlich sehen. Da Mama nicht die Jüngste war, war ihre Schwangerschaft umso riskanter. Das machte uns jedoch nichts aus. Wir waren zu jeder Zeit für sie da, gaben ihr jegliche Motivation und jeglichen Beistand, den sie nur hätte brauchen können. Allein die Freude in uns war Grund genug für sie, um uns das Wunder zu schenken. Trotz ihren 38 Jahren war sie bereit, ihre Gesundheit der Gefahr auszusetzen. Irgendwie wussten wir aber alle, dass Mama die Schwangerschaft sehr gut überstehen würde, sie war die stärkste Frau, die wir uns nur hätten vorstellen können.

09.09.2019, ich war im Deutsch-Unterricht, konnte jedoch kaum abwarten, endlich die schönste Nachricht meines Lebens zu bekommen. Die Geburt meines Bruders. Seinen ersten Tag. Jede Minute guckte ich auf mein Handy, um keine Sekunde der Geburt zu verpassen. 10:49 Uhr, eine Nachricht von meiner Schwester. Ein Bild eines Säuglings in den Armen meiner Mutter. Ich musste zwei weitere Male auf das Bild schauen, um realisieren zu können, dass unser Bruder endlich auf die Welt gekommen war. Ich war sehr stolz auf meine Mutter; ich war sehr glücklich darüber, eine so mutige Frau „meine Mutter" nennen zu dürfen. Nochmals wurde mir die Hingabe unserer Mütter klar. Sie tun alles für uns, schon seit dem ersten Tag ihrer Schwangerschaft. Schon seit unserem ersten Atemzug versuchen sie, uns wie das wertvollste Wesen der Welt zu erziehen.

Nach der Schule fuhr ich direkt ins Krankenhaus, durfte meinen Bruder jedoch nicht sehen. Ich fragte nach meiner Mutter, konnte sie aber nicht finden. Mein Vater kam enttäuscht auf mich zu und teilte mir mit, dass die Lage des Säuglings schlecht sei. Er sei ohne vollständig gebildete Schilddrüse und mit einer Infektion geboren, die seine Atemwege blockierten. Krankenschwestern hatten ihn auf die Kinder-Intensivstation gebracht und erste Untersuchungen starteten. Ich durfte meinen eigenen Bruder sieben Tage nicht sehen. Seine Infektion sei so stark ausgeprägt, dass er nicht einmal im selben Raum wie alle anderen Neugeborenen untersucht werden könne, sondern in ein isoliertes Zimmer gebracht werden müsse. Nur meine Mutter durfte ihn zweimal am Tag besuchen, und das nur, damit er gestillt werden konnte. Es war die schwerste Woche für unsere Familie, wir bauten uns jedoch stets mit Gebeten wieder auf. Wir vertrauten darauf, dass dies unser Test war und wir ihn sehr gut meistern würden.

Eine Woche später durfte auch ich endlich meinen Bruder besuchen, musste mich jedoch sehr streng bekleiden, um keine Keime abzubekommen. Es kam mir so absurd vor. Wie könnte ein so kleines, reines Wesen das Risiko haben, mich zu kränken? Er war doch unser Engel! Ich folgte den Anweisungen und kleidete mich angemessen. Als ich den Raum betrat, sah ich direkt, wie er in seinem Bett lag, ein Bett, das aussah wie ein Käfig. Er war mir so nah, doch wiederum so sehr isoliert von der Welt, dass ich mich nicht getraut habe ihn anzufassen, um keinen Dreck der Welt an seine unschuldige Haut heranzulassen. Sein ganzer Körper war voller Kabel und Spritzen, sodass ich mich nicht traute, ihn noch länger anzusehen. Ich betete nur noch für seine Gesundheit und dafür, dass ich ihn endlich in meine Arme nehmen konnte. Zwei Stunden verbrachte ich ganz allein mit ihm, schaute mir seine Werte an, sah zu, wie er nur durch künstliche Beatmung sich an dem Leben festhalten konnte. Nach den zwei Stunden kam eine Krankenschwester auf mich zu und meinte, dass ich ihn endlich auf meinen Arm nehmen dürfe. Ich inhalierte seinen Geruch, der schönste, den ich je erleben konnte. Er roch nach Reinheit, nach Frieden, nach Paradies. Trotzdem durfte ich ihn nicht zu lange tragen und musste ihn schon gleich wieder ins Bett legen. Es war einer der komischsten Abschiede für mich. Ihn schlafen zu legen mit dem Wissen, dass ich ihn für längere Zeit nicht wiedersehen können würde.

Einen ganzen Monat lag er im Krankenhaus. Endlich, am 07.10., wurde er entlassen und konnte mit nach Hause. Er war wie ein sehr besonderer Besuch, der uns für immer begleiten wird. Zu Hause angekommen, brachte er Frieden, Glück und Erfolg mit sich. Die ganze Familie war begeistert von seiner Art und Weise. Jeder bewunderte ihn, jeder liebte ihn mit dem reinsten Platz im Herzen. Auch wenn er uns nicht direkt verstehen konnte, redete mein Vater jeden Tag mit ihm und sagte: „Du hast so ein Glück, Geschwister wie diese zu haben. Wir lieben dich." Wir liebten ihn wirklich alle sehr und wollten stets nur das Beste für ihn.

Jeden Monat verewigten wir ihn mit den schönsten Bildern, alles nur, um ihm später erzählen zu können, wie besonders er doch für uns alle ist. Als er drei Monate alt war, flogen wir nach Saudi Arabien, Mekka und Medina, um seine Gesundheit zu segnen. Diese religiöse Reise tat ihm wirklich sehr gut. Uns natürlich auch. Wir versuchten das bessere Ich aus uns zu gewinnen und öffneten uns ihm. Wir empfingen eine neue Definition für den Sinn des Lebens. Meine Definition war eindeutig: den Islam gerecht ausüben, meinen Liebsten stets zur Seite stehen und, ein sehr besonderer Aspekt, meinem Bruder ein Leben schenken, das ihn nie vergessen lässt, woher er kommt, wohin die Reise ihn führt. Dass er das Fallen lernt, um später noch stärker aufzustehen, dass er sich Horizonte bekannt macht, um auch seinen Sinn im Leben zu erzeugen. Kurz gefasst, ich wollte bis ans Ende seine Hilfe, sein Halt und eine gute große Schwester sein. Ob dies mir gelingen wird, weiß ich nicht. Trotzdem werde ich alles dafür tun, das Beste aus mir für ihn zu machen.

Seine ersten Schritte gehen mir nicht aus dem Kopf. Er war so aufgeregt, endlich verstehen zu können, wieso wir ihm applaudierten. Wir wollten jeden Lebensschritt von ihm von Nahem beobachten und zusehen können, wie unser kleiner Kämpfer sich entfaltet. Wie er lernt zu leben. Die ersten Worte waren „Baba" (Vater) und „Dede" (Opa), manchmal sagte er auch „Abla" (große Schwester), was mich jedes Mal sehr glücklich machte. Seine Stimme ist die schönste, die ich je zu hören bekommen habe. Schon früh hat er gelernt, ziemlich gute Sätze zu bilden. Nun redet er schon so gut, dass er uns helfen, mit uns quatschen und uns um Hilfe bitten möchte.

Jeder Schritt seiner Entwicklung macht mich zur stolzesten Schwester, weil ich weiß, wie schwer sein Leben begann. Weil ich weiß, wie schwer er sich an dem Leben festhalten konnte. Außenstehende, die nicht viel über unser und sein Leben mitbekommen, können sich gut denken, dass er ein verwöhntes, freches Kind sei, nur weil wir ihn so besonders behandeln. Was sie nicht wissen, ist jedoch, dass er jeden Morgen Tabletten einnehmen muss, jeden Monat zur ärztlichen Untersuchung geht, um das Leben in vollen Zügen genießen zu können. Er ist schon so sehr an die Medikamente gewöhnt, dass er denkt, dass jedes Mal, wenn wir ihm ein Glas Wasser reichen, er erneut Medikamente einnehmen muss. Sobald er erfährt, dass dies nicht der Fall ist, sagt er: „Çok sevindim abla, bana hap getirmedin!" („Ich habe mich sehr darüber gefreut, dass du mir keine Tabletten gebracht hast, große Schwester!") Genau das ist ein weiterer Punkt, wieso ich ihm ein sehr schönes Leben schenken möchte. Ich möchte nicht, dass er psychisch sowie gesundheitlich abhängig von anderem ist. Er weiß, wie Respekt erzeugt und gegeben wird. Jeden Morgen fragt er uns, ob wir gut geschlafen haben, ob wir genug essen, und er lässt uns immer wissen, wie sehr er uns vermisst sowie liebt. Dies mit ihm erleben zu können, ist das größte Geschenk, das man einem schenken kann, und das weiß ich sehr zu schätzen.

Heute bist du schon fast drei Jahre alt, dein Bilderbuch wird immer dicker und ist voller Emotionen. Wir sind so stolz auf dich, dafür, dass du wochenlang gekämpft und uns eine weitere Hoffnung mit dir geschenkt hast. Danke, dass du uns nicht aufgegeben hast, danke, dass du unser Halt bist, Kardeşim.

Mülhime Nur Itik (19 Jahre)

Physalis-Gelb

Mitte Juli
Kaum aus der Tür des Universitätsgebäudes getreten, haut mich die drückende Hitze beinahe um und kurz ziehe ich in Erwägung wieder umzukehren. Dabei war die Erleichterung über die gerade überstandene Abschlussprüfung und das damit verbundene Verlassen des Gebäudes erst wenige Momente her. Selbst der Wind verspricht keine Erlösung und treibt eine glühende Wand umher. Zum See ist es nicht weit, und in den schmalen Gassen scheint es fast wie im Urlaub zu sein. Sie erinnern mich an ein französisches Städtchen mit ein paar feinen Weinlädchen, die sich aneinanderreihen. An den geschlossenen Ladentüren und in den Schaufenstern berichten handgeschriebene Zettel von der Sommerpause. Bald werden sie von der Sonne ausgeblichen sein.
Selbst am See ist die Liegewiese auffällig leer. Alle, die nicht arbeiten müssen oder bereits an fernen Orten im Urlaub sind, scheinen sich zu scheuen, die kühlenden Hauswände zu verlassen. Trockenes Gras bricht unter meinem Handtuch und das Kreischen der Kinder vermischt sich in der Luft mit dem Geruch von Sonnencreme. Unter der dunklen Brille läuft mir Schweiß ins Auge und mit heftigem Blinzeln will ich mich wehren. Das Eis im Kaffee ist geschmolzen, bevor ich zu trinken ansetze. Menschen springen ins Wasser und es spritzt zu allen Seiten, bis sie wieder den Steg hinaufklettern und sich erneut in das lauwarme Nass stürzen. Sie erinnern mich an junge Hunde, die zum ersten Mal die Freude entdecken, einen geworfenen Stock mit rasanter Geschwindigkeit zu verfolgen, und die das nun bis zur Erschöpfung wiederholen. Immer wieder klettern sie hinauf, immer wieder spritzt das Wasser durch die Luft.
Ich sehne mich nach ihnen, will empfangen werden im Reich der Abkühlung. Hoffe, so lange bleiben zu können, bis sich

mein Verstand klärt. Doch bleiern lässt mich der Boden nicht gehen, ich verschmelze mit ihm. Wie der Straßenteer klebe ich da und Staub legt sich nieder, bis Gedanken stillgelegt durchdrehen. Nur in den Tiefen des Sees verspricht mich kühle Klarheit zu verschlucken.

Damals

Manchmal erinnere ich mich an früher, als im Ruhrgebiet noch alle Hochöfen liefen. Die Häuser waren vom Ruß ganz schwarz gefärbt. Meine Oma hat immer Apfelkuchen gemacht, mit Marzipan – nur für meine Tante machte sie extra einen ohne Marzipan. Alle anderen aßen ihn auch, wenn der Gute schon weg war. Meine Großeltern hatten eine Backstube, also wachte ich auf zum Geruch frischer Brötchen und der morgendliche Betrieb war schon stundenlang am Laufen. Gemächlich trat ich den Weg an.

Durch die Straßen lief ein Junge, machte sich ne Fluppe an, und ganz konfus stand ich still. Wie alt sollte er sein, lief er doch so schlaksig lang, als wäre er ein Wollfaden, der, um die Aufmerksamkeit einer Katze zu erlangen, den Wellen gleich hin und her über den Boden gezogen wird. Gleichzeitig war er groß gewachsen, bestimmt einen Kopf größer, als ich es war, das Gesicht noch ganz weich gezeichnet, und er stieß den Rauch der Zigarette aus. Kopfschüttelnd setzte ich den Weg in entgegengesetzte Richtung fort. Ein altes Radio schrammelte aus offenen Fenstern.

Der Sommer hat sich schon lange nicht mehr so gut gefühlt und ich wollte ihm dabei Gesellschaft leisten. Ich wünschte mir Blumen ins Haar, vielleicht Gänseblümchen, und eins der Sommerkleider aus den Werbeprospekten, die bei jeder Bewegung mitschwingen würden. Leichtheit zog mich mit, der Alltagstrott vom Rest der Welt machte einen Bogen um mich, als wir uns auf dem Bürgersteig entgegenliefen. Fast zog er seinen Hut vor mir. Ganz klar scheine ich mich zu erinnern, als hätte ich von all den Dingen ein Foto zur Hand, und dann beginne ich zu zweifeln, ob es wirklich so war. Bin ich nicht gerade erst zwanzig und das Damals ist schon länger her?

Franziska Jürgens (20 Jahre)

Öğüt

Küçükken ne kadar aptalmışım. Annem beni tek başına zorluklarla yetiştiren annem, hep bana öğretmeye, göstermeye çalışırdı. Hep derdi „Kızım ben bilirim." Ben ise o küçük aklım ile „Anne ne diyorsun ya!" derdim. Aslında biraycık dinlesem başıma öyle şeyler gelmezdi. Bana derdi „Kızım sana senin onlara değer verdiğin kadar değer vermeyen insanlar ile arkadaşlık kurma." ama ben yine de kurdum ve en çok kalbi kırılan ben oldum. O hep bilirdi nasıl insanlara kıyamadığımı, şefkat gösterdiğimi, ne e olsa onun kızıyım ve o da aynıydı. Hep şefkat ile yaklaşır, insanların kalbini kırmazdı. Ama onun kalbini çok kırmışlardı, aynısının biricik kızına olmasını istemezdi.
Bir gün bana şunları söyledi, "'ızım insanları çok düşünürsen, en az düşünülen sen olursun." Onu dinlemedim çok arkadaşımdan kazık yedim. Nasıl da kavga ederdik. O hep birşeyler anlatmaya çalışırdı, ben ise inadımdan bağırır çağırırdım. Şimdi nasıl pişman oluyorum. Bana dedi ki „Kızım erkeklere güvenme." güvendim. Terk edildim, duygularım ile oynandı, kullanıldım.
Şimdi o zamanlar çok eskidenmiş gibi. Şu an onun mezarının önünde ağlarken düşündüğüm tek şey, şu anki kolayca yaşama sebebim, onun küçük ve sinir olduğum o değerli öğütleriydi. Bana bir pazar gecesi gelip „Kızım bana kanser teşhisi konuldu." dediği gün, içimi kaplayan o korku hala içimde. Ama nasıl da kolay söylemişti, sanki hiç çökük, güçsüz ve hasta değilmiş gibi. Nasıl kötü bir evlattım, ne kadar bağırdım çağırdım. Ama beni bu acımasız dünyadaki son güne kadar sevdi. O gün hastanede, gitmeden önce „Ben hep seninleyim. hep buradayım." demişti. O gün sabaha kadar duvara baktım, içimde birşeyler öldü. Hala öyle ama, en azından artık öğütlerini dinliyorum anne.

Elif Defne Balkan (18 Jahre)

Der Ratschlag

Wie dumm ich früher war. Meine Mutter, die mich mit Schwierigkeiten allein erzog, versuchte mir immer das Beste beizubringen und zu zeigen. Sie sagte immer: „Meine Tochter, ich weiß es." Doch ich erwiderte jedes Mal patzig: „Boah, Mama, was sagst du da schon wieder." Eigentlich müsste ich das alles gar nicht durchmachen, hätte ich meiner Mutter zugehört. „Befreunde dich nicht mit Menschen, die dir den Wert, den du ihnen gibst, nicht zurückgeben!", riet sie mir oft. Doch ich habe ihr nicht zugehört und mich trotzdem mit Menschen angefreundet, die es gar nicht verdient hatten, und am Ende ist jedes Mal mein Herz gebrochen. Sie wusste, wie mitfühlend ich war und dass ich nie nein sagen konnte, genauso wie sie. Ihr Herz wurde auch oft gebrochen, denn sie war auch sehr mitfühlend und vorsichtig gegenüber anderen Menschen. Sie wollte niemandem das Herz brechen, und das wurde ausgenutzt. Deswegen wollte sie mich davor beschützen.
Eines Tages sagte sie zu mir: „Meine Liebe, wenn du zu sehr an andere Menschen denkst, denkt niemand an dich!" Ich habe mal wieder weggehört und wurde von meinen Freunden und Freundinnen sehr viel verletzt und betrogen. Ach, wie wir uns stritten ... Je mehr meine Mutter sprach, desto lauter wurde ich. Ich schrie sie an, nur aus meiner Sturheit heraus. Nun bereue ich es sehr. „Vertraue Jungs nicht!", rief sie einmal, doch ich habe es getan. Ich wurde ausgenutzt, verlassen und es wurde mit meinen Gefühlen gespielt.
Jedoch kommt es mir nun so vor, als wäre es Vergangenheit. Während ich in diesem Moment vor ihrem Grab weine, denke ich, dass ihre Ratschläge, die mich genervt haben, nun meine wertvollen Lektionen sind und mir das Leben erleichtern. Die Angst, die mich in einer Sonntagsnacht beschlich, als sie so einfach sagte, dass bei ihr Krebs diagnostiziert wurde, ist immer noch in mir. Wie einfach sie das sagen konnte, als wäre sie

nicht erschöpft, kraftlos und krank. Wie konnte ich so ein schlimmes Kind sein, so wie ich damals schrie ...! Nichtsdestotrotz liebte sie mich in dieser gnadenlosen Welt bis zu ihrem letzten Tag. Im Krankenhaus sagte sie mir, bevor sie ging, dass sie immer bei mir ist. Ich betrachtete die Wand bis zum Sonnenaufgang des nächsten Tages, irgendetwas starb in mir. Immer noch fühlt es sich ähnlich an, aber nun höre ich auf deine Ratschläge, Mama!

Elif Defne Balkan (18 Jahre)
Esra Ali (Übertragung)

„Wo satt, hier is Heimat!“

Es war ein Tag wie jeder andere. Ich lief durch die Stadt, kam gerade von der Schule und wollte eigentlich nur ein Buch bei Thalia abholen. Wie gewohnt höre ich um mich herum Getuschel, bekomme blöde Kommentare zu hören oder spüre die abwertenden Blicke der anderen. Unwohl fühle ich mich unter ihren Blicken schon. Aber es ist nichts Neues für mich und lässt sich sogar schon als ‚alltäglich‘ betiteln. „Geh wieder in dein Land zurück“, „Guck dir mal den Kanacken da an“, „Du kannst aber schon gut Deutsch“, „Leidest du zu Hause denn auch unter häuslicher Gewalt?“ Das sind Sprüche, die ich, wie viele andere, tagtäglich zu hören bekomme. Egal, ob geflüchtete Leute, Leute, die hier geboren sind oder die hier aufgewachsen sind. Jeder von uns hat schon mindestens einmal so was zu hören bekommen. Jeder hat eine eigene Geschichte zu erzählen. Eine Geschichte aus dem Leben. Warum ich hier lebe? ... ich werde versuchen, euch ein bisschen in die Geschichte meiner Familie einzuweihen.
Ich bin hier in Deutschland geboren und das ist meine Heimat ... aber ich habe groooßes Glück, denn, ich habe noch eine zweite Heimat!
Ich, 13 Jahre alt, gehöre der dritten Generation türkeistämmiger Gastarbeiterkinder an und erzähle euch jetzt die Geschichte meines Opas, der 1969 als Gastarbeiter nach Deutschland kam.
Am 7. Februar 1946 wurde mein Großvater Mehmet in einem Dorf namens Helvadere (auf Deutsch: süßes Tal) geboren. Das Dorfleben in der Türkei war kritisch. Es gab weder genug Essen auf dem Tisch, obwohl die Mütter dort immer versucht haben, das Beste aus den Mitteln zu machen, die sie besaßen; noch gab es genug Geld, obwohl die Väter dort immer hart arbeiteten, um ihren Familien wenigstens ein halbwegs gutes

Leben zu schenken. Durch die Geldprobleme im Dorf mussten die meisten sogar schon als Kinder arbeiten.
Kommen wir wieder zurück zu meinem Opa. Die Jahre vergingen, und als er 18 Jahre alt war, heiratete er meine Großmutter Neziha. Sie hatten ein einigermaßen angenehmes Leben. Jedoch lebten sie nicht so, wie wir es heute tun, sondern hatten nur ein kleines Steinhaus zur Verfügung, in dem mehrere Generationen lebten. Meine Oma wurde schwanger und sie bekamen ihren ersten Sohn, meinen ältesten Onkel, und nannten ihn Ali. Als er zwei Jahre alt war, wurde meine Oma erneut schwanger und brachte ihren zweiten Sohn auf die Welt. In dieser Zeit waren die zwei älteren Brüder meines Opas, Ömer und Ramazan, und sein Cousin Mustafa in Deutschland. Der Grund? Deutschland brauchte von 1955 bis 1973 um die 14 Millionen Gastarbeiter, da die Arbeitskräfte fehlten.
Kommen wir aber wieder zurück zum Leben im Dorf. Die ganze Familie lebte zusammen in dem Haus meines Urgroßvaters. Die Geschwister meines Großvaters, deren Ehepartner und deren Kinder, also insgesamt ungefähr um die 15 Personen in diesem kleinen Haus. Es war nicht immer leicht. Zwar wurde jeder irgendwie von dem anderen unterstützt, doch es gab auch oft Streit, da das Haus einfach zu klein war für so viele Personen.
1969 wurde dann der dritte Sohn (mein Vater) geboren. Noch im selben Jahr bekam mein Großvater einen Anwerbevertrag aus Deutschland. Wie auch schon seine Brüder und sein Cousin folgte er der Einladung und machte sich auf die große Reise. Der Abschied fiel schwer, da er seine geliebte Frau und seine Kinder in der Heimat zurücklassen musste. Ganz allein ging er 1969 als 23-Jähriger nach Deutschland, während meine Oma und ihre drei Kinder weiter im Dorf bei seinen Eltern lebten. Mit dem Bus fuhr er etwa einen Tag von Aksaray nach Istanbul und von dort mit dem Zug nach Essen, einer Stadt im

Ruhrgebiet. Die Fahrt dauerte ungefähr zwei bis drei Tage. Sie war nicht leicht. Eine Reise ins Ungewisse. Er machte sich viele Gedanken. Was kommt auf ihn zu? Wie wird die Zukunft sein? Wann sieht er seine Frau und seine Kinder wieder?

Als mein Großvater in Deutschland ankam, wurde er zunächst in ein Wohnheim der Unternehmen gebracht, wo auch seine Brüder und sein Cousin untergekommen waren. In Deutschland war erstmals alles neu für ihn. Er kannte weder die Sprache noch kannte er sich ansatzweise in der Stadt aus. Anfangs wusste er noch nicht, dass man ihn im Bergbau unter Tage einsetzen würde. Er war noch nie „unter Tage" gewesen und hatte keine Vorstellung davon, was ihn dort erwarten würde. Es ging circa 800 bis 1000 Meter in die Tiefe.

Trotz seiner anfänglichen Angst hat er sich einigermaßen schnell an die Arbeit gewöhnt und arbeitete sehr schnell besser als seine Kollegen. Natürlich fiel es leichter mit dem Hintergedanken, dadurch ein besseres Leben für seine Familie zu bekommen. Nach einem Jahr, in dem mein Opa hart im Bergbau gearbeitet hatte, kamen dann endlich auch meine Oma und ihr jüngster Sohn nach Deutschland. Jetzt taucht vielleicht die Frage auf, weshalb meine Oma nur meinen Vater mit nach Deutschland genommen hat und nicht die anderen beiden Söhne. Meine Oma konnte verständlicherweise nicht mit drei Kleinkindern in ein fremdes Land reisen. Das war sehr schwer für sie, vor allem, weil sie in der Türkei das Leben mit vielen Verwandten gewohnt war. Hier in Deutschland hatte sie nur ihren Mann. Also blieben die älteren Kinder (vier und fünf Jahre) bei der Familie im Dorf, bei den Eltern meines Opas.

Für meine Oma war es hier in Deutschland anfangs sehr schwer und ungewohnt, wie bei meinem Opa anfangs auch. Sie war beispielsweise selbst über eine einfache Hausklingel verwundert, da sie so was in dem Dorf nicht hatten. Sie verstand anfangs einfach gar nichts und war über vieles verwundert. Die Sprache, die Gerüche, die Mode ... doch sie versuchte schnell sich anzupassen. Doch wirklich wohl fühlte sie sich nicht, dazu fehlten ihr ihre beiden Söhne, die sie zurückgelassen hatte. Der Schmerz war kaum auszuhalten. Ein bisschen Abwechslung von diesen Gedanken entstand durch die Geburt des vierten Sohnes, der 1971 in Essen geboren wurde. Mit der Zeit haben sich meine Großeltern an Deutschland gewöhnt und die deutsche Sprache etwas erlernt. Die beiden jüngeren Kinder waren der Mittelpunkt der Familie und wurden von den deutschen Nachbarn sehr verwöhnt. Diese liebten die kleinen Jungen mit ihren großen dunklen Augen und dem tollen schwarzen Haar, sahen sie doch anders aus als ihre meist helleren Kinder.

Leider konnten meine Großeltern drei Jahre lang ihre beiden älteren Söhne nicht zu Gesicht bekommen. Sie vermissten sie sehr und konnten es nicht mehr aushalten, sie nicht wiederzusehen. Endlich war es dann so weit, sie holten ihre Kinder nach Deutschland. Sie waren zu der Zeit acht und neun Jahre alt. Mein Vater, der zu diesem Zeitpunkt fünf Jahre alt war, hatte die ganzen Jahre nicht gewusst, dass er noch zwei ältere Brüder hatte. Er hatte zwar von ihnen gehört, konnte es sich aber natürlich nicht vorstellen. Anfangs hat er sie also auch nicht akzeptiert. Er wollte sein Spielzeug nicht mit den beiden Dorfjungen teilen, die keine große Ähnlichkeit mit ihm hatten, auch wenn sie dasselbe Blut hatten. Aber nicht nur für die Geschwister war es untereinander befremdend, es war auch für die beiden älteren Kinder sehr schwer, meine Großeltern als ihre Eltern anzusehen. Ihre Eltern waren doch im Dorf? Oder nicht? Es brauchte eine gewisse Zeit, bis sie „Anne“ und „Baba“ sagten anstatt „Neziha Abla“ und „Mehmet Abi“. Es dauerte eine Weile, aber es hat sich mit der Zeit gelegt, und das befremdende Gefühl war auch schon verschwunden.

Jahre vergingen ... das Leben nahm seinen Lauf. Meine Oma und mein Opa waren an ihren Kindern immer sehr interessiert. Sie besuchten, schick gekleidet, die Elternabende der

Schule und meldeten die Jungen in Fußball- und anderen Sportvereinen an. Dann kam der Tag, an dem mein Großvater einen schlimmen Arbeitsunfall hatte. Durch diese Tragödie hatte sein Dasein als Gastarbeiter ein Ende.
Aber natürlich war das noch nicht das Ende dieser Geschichte. Sobald mein Großvater wieder einigermaßen gesund war, hat er, nachdem er einen türkischen Laden eröffnet hatte, 1987 auch eine Pizzeria eröffnet, um seinen jüngsten Sohn Bülent seinen Traum leben zu lassen. Mein ältester Onkel studierte Biomedizin, heiratete eine Lehrerin aus der Türkei, auch aus dem Dorf Helvadere, und sie bekamen zwei Kinder. Der zweitälteste Onkel heiratete ein türkischstämmiges Mädchen aus der Türkei, bekam drei Kinder und arbeitete lange Zeit auch als Mechaniker im Bergbau. Mein Vater machte eine Ausbildung als Gießereimechaniker und heiratete meine Mutter, ein deutsch-jugoslawisches Mädchen, und sie bekamen drei Kinder. Mein jüngster Onkel heiratete ein aus Polen stammendes deutsches Mädchen. So wurde unsere Familie immer größer, bunter und internationaler. Doch genau wie jede Geschichte nahm auch die Geschichte meines Großvaters ein Ende. Nach vielen langen Jahren harter Arbeit wurde mein Opa leider krank und kurze Zeit später, im Jahre 2011, holte ihn der liebe Gott wieder zu sich nach Hause.
Zuhause? Heimat? Meine Oma sagte einmal: „Wo satt, hier is Heimat!“ Ich ging weiter durch die Buchhandlung und habe endlich das Buch gefunden, welches ich die ganze Zeit gesucht hatte. Es ist ein schönes Buch, ein Buch voller Wärme, Zuversicht, Hilfsbereitschaft, Akzeptanz und Toleranz ...

Meltem Sak (13 Jahre)

9
Magische Momente

Der magische Zauberer

Heute Morgen musste ich früh aufstehen wegen der Schule. Ich musste zur Schule laufen, weil meine Mutter immer früh zur Arbeit muss, genau wie mein Vater. Die Schule war nur fünf Minuten entfernt. Plötzlich habe ich mich verlaufen und war in einer Gasse. Als ich wieder herauslaufen wollte, sagte eine Stimme: „Bleib stehen." Ich sah nach hinten und sah einen fliegenden Menschen mit einem Stab in der Hand. Er sagte: „Ich bin ein Zauberer." Ich erwiderte, dass ich keine Zeit hätte. Die Schule fange gleich an. Der Zauberer sagte: „Du hast drei Wünsche." Ich überlegte, und da kam mir auch schon direkt eine Idee. „Ich wünsche mir, dass das, was ich sage, auch kommt. Also wenn ich eine Torte will, dann soll sie auch kommen." Der Zauberer sagte: „Okay, dein Wunsch gehe in Erfüllung."
Mehr wollte ich nicht. Ich guckte jedoch auf die Uhr und sah, dass die Schule in einer Minute anfing. Da sagte ich, dass ich mich in eine Taube verwandeln will. Ich war so erstaunt, dass es klappte. So war ich ganz schnell in der Schule. Als ich da war, hatte ich noch einen Wunsch. Ich wünschte mir Luxuskleidung, eine Apple-Watch und ein Iphone 73 pro max. So war ich ausgestattet.
Als ich zu Hause war, wunderte sich meine Mutter, wo ich das Zeug herhatte. Ich erzählte ihr die Geschichte und sie fand es faszinierend. So hat mir das Leben Spaß gemacht.
Als ich achtzehn war, benutzte ich meine Fähigkeit fast gar nicht mehr. Außer fürs gut Aussehen und das Teleportieren. In der Schule war ich gut. Ich hatte auf dem Zeugnis nur Einsen, weil ich mir gewünscht hatte, dass ich in jeder Arbeit eine Eins schreibe. Das passierte auch am Ende. Es wird bestimmt ein tolles Leben!!!

Damian Lipina (10 Jahre)

Die Zauberklasse

Es gab einmal eine ganz normale Schule. Aber es gab in ihr eine Klasse, die irgendwie komisch hieß, und zwar die Zauberklasse. Die anderen Klassen hießen 5 A, 5 B und so weiter. Die Schüler fragten jeden Tag die Lehrer, warum diese Klasse so hieß – aber die Lehrer antworteten nie. Viele andere Kinder fanden die Klasse *voll komisch*.
Eines Tages war die Klasse eigentlich schon in der siebten Jahrgangsstufe. Aber sie hieß immer noch die Zauberklasse. Als dann ein Schüler in die Klasse kam, hatte er auf einmal eine richtig coole Zauberkraft. Und zwar konnte er einfach Feuer zaubern und überall hintransportieren. Eine andere Schülerin konnte das Gleiche mit Wasser und ihre Zwillingsschwester mit Erde. Auch irgendwelche anderen Geschwister konnten das Gleiche, und zwar Gedanken lesen. Ein einzelner Junge konnte sich selbst teleportieren. Und dann gab es noch ein etwas älteres Mädchen, das sich in jede Gestalt verwandeln konnte. Ja, und deswegen hieß die Klasse so.
Und wenn die Klasse nicht gestorben ist, dann können die, die in ihr sind, auch heute noch zaubern.

Zümra Erçil (11 Jahre)

Sophie

Es war einmal ein Mädchen namens Sophie. Sie ging in die fünfte Klasse und wurde seit Anfang des Schuljahrs von ihren Mitschülern gemobbt. Sophie sah anders aus als ihre Mitschüler und sie war auch eine sehr stille, aber auch geheimnisvolle Schülerin. Keiner wusste, denn es war ihr Geheimnis, dass sie ein Vampir war. Sie kam zu jeder Jahreszeit mit einer dicken Winterjacke, Handschuhen und Wintersocken zur Schule, um sich vor der Sonne zu schützen. Nie hat sie sich mit ihren Mitschülerinnen und Mitschülern unterhalten können, da sie Angst hatte, ihnen etwas anzutun.

Eines Tages gingen sie mit der ganzen Klasse ins Freibad und Sophie konnte nicht mitschwimmen wegen der Sonne. Nach dem Schwimmen kam eine nette Mitschülerin, die sie nicht mobbte, zu ihr und fragte sie, wieso sie nicht mitgemacht habe. Sophie erzählte ihr alles und ihre Mitschülerin redete mit der Klasse. Diese hatte Respekt vor ihr und entschuldigte sich bei ihr für alles.

Nach der Schule gingen sie meistens zusammen als Klasse ein Eis essen. Sie unternahmen sehr viel und wurden alle sehr gute Freunde. Ihre Freunde taten alles, um Sophie daran zu hindern, draußen anderen Menschen wehzutun. Seitdem wurde Sophie ein viel besserer Vampir, da sie sich vollständig veränderte. Ihre Noten wurden in der Schule viel besser und sie schaffte sogar die Versetzung in die sechste Klasse.

Sude Gökgöz (16 Jahre)

Die Warnung

Es war einmal eine Familie, sie hatte drei Kinder. Das älteste hieß Mira, sie war sehr egoistisch und fies. Die beiden anderen waren Zwillinge. Einer von ihnen war ein Junge, er hieß Kasper. Kasper mochte nichts anderes als Videospiele, den Rest der Zeit verbrachte er mit schlafen. Seine Zwillingsschwester hieß Ina. Ina hatte immer Lust auf eine Abendtour und Action. Wie auch immer, sie machten zusammen Urlaub in London. Vom Flughafen aus nahmen sie ein Taxi. Nach fünfzehn Minuten kamen sie an einem Hotel an. Es hatte 36 Stockwerke. Die Familie ging hinein. Die Eltern reservierten sich einen Platz für drei Wochen. Währenddessen war Mira am Handy und Kasper spielte mit seinem Handy Videospiele. Ina dagegen tat etwas anderes. Sie ging zum Aufzug und sah die Knöpfe. Sie fragte sich, was wohl passieren wird, wenn sie alle Knöpfe drückt. Das tat sie auch. Plötzlich, bevor sich die Tür des Aufzugs schloss, kam ein alter Hotelmitarbeiter angerannt. Er hielt die Tür auf und sagte zu Ina: „Es werden schlimme Dinge passieren, wenn du alle Knöpfe drückst."

Die Eltern waren mit der Reservierung fertig. Sie bedankten sich bei dem alten Hotelmitarbeiter und meckerten Ina an, weil sie ohne zu fragen in einen Aufzug gegangen war. Dann fuhren sie zusammen mit dem Aufzug in das Stockwerk, in dem ihre Zimmer waren. Diese waren groß. Sie aßen zusammen etwas und packten später ihre Sachen aus.

Es wurde Abend und jeder im Hotel schlief. Nur Ina nicht. Sie dachte an die Warnung des Hotelmitarbeiters. Sie fragte sich, was denn so Schlimmes passieren sollte. Sie öffnete vor Aufregung ihre Zimmertür und schaute, ob noch jemand wach war. Doch niemand war wach, es war stockdunkel. Als Ina in den Aufzug ging, dachte sie nicht mehr an die Warnung des alten Mannes. Sie drückte alle Knöpfe. Plötzlich wurde das Licht im Aufzug rot. Der Aufzug wackelte. Das dauerte fünfzehn Minuten lang. Endlich stand er wieder still. Ina ging ängstlich raus. Sie sah einen langen Flur mit Tausenden Wegen und Tausenden Fluren. Die Türen waren schwarz, die Wände weiß. Auf einmal schlossen sich die Aufzugstüren und der Aufzug fuhr nach oben. Ina hatte furchtbare Angst. Sie rannte in irgendwelche Richtungen. Sie weinte und weinte. Sie bat um Hilfe, doch niemand hörte sie. Schließlich wurde es Morgen.

Als Mira und Kasper feststellten, dass Ina verschwunden war, weckten sie ihre Eltern. Später suchte das ganze Hotel nach ihr. Doch es gab keine heiße Spur. Sie schauten sich auch die Sicherheitskameras an. Da sahen sie, wie Ina in den Aufzug ging. Aber sie konnten nicht erkennen, welchen Knopf sie gedrückt hatte. Mira stellte fest, dass sie alle Knöpfe gedrückt hatte. Die Familie dachte darüber nach, ob Mira und Kasper auch alle Knöpfe drücken und Ina retten sollten. Das taten sie dann auch.

Alles passierte, wie Ina es getan hatte. Endlich kamen Mira und Kasper an und suchten sie an diesem seltsamen Ort. Sie suchten und suchten. Kasper fing an zu weinen. Plötzlich sahen sie Ina, sie kam zu ihnen gerannt. Ina rief ihnen zu: „Wir müssen hier weg! Hinter uns ist jemand." Alle drei rannten vor diesem Jemand weg. Auf einmal blieben sie stehen. Sie waren in einer Sackgasse. Dieser Jemand versteckte sich und sagte mit einer tiefen Stimme zu ihnen: „Folgt mir! Ich werde euch aus diesem Labyrinth herausholen, bevor ich es mir anders überlege. Aber vergesst nicht! Haltet zusammen und guckt mich ja nicht an. Sonst werdet ihr blind." Die drei Geschwister taten das so. Später sagte dieser Jemand zu ihnen: „Ihr seid angekommen." Dann rannte er weg.

Alle drei fuhren mit dem Aufzug hoch zu ihren Zimmern. Sie hatten eine Lektion bekommen. Mira lernte, nicht so egoistisch zu sein und mit den Geschwistern Zeit zu verbringen. Kasper lernte, nicht nur immer Videospiele zu spielen, weil es bessere Dinge gibt. Und Ina lernte, auf die Warnungen anderer zu hören. Denn es kann am Ende immer schlimmer enden.

Ecrin Arslan (11 Jahre)

Das Wunder des Glaubens

Ich bin Kleo, ich habe seit meiner Geburt gelähmte Beine und sitze daher mein ganzes Leben lang schon im Rollstuhl. Die Ärzte waren hilflos und sagten auch, eine Operation würde mir nichts nützen. Meine Eltern suchten jede Woche mindestens einen Arzt mit mir auf und immer teilte er die Meinung aller anderen Ärzte und sagte, sie würden sich damit abfinden müssen.

Als ich drei Jahre alt war, gaben meine Eltern die Hoffnung auf und versuchten mir ein normales Leben zu ermöglichen. Dies war nicht einfach, denn sie wussten, egal, wie viel Mühe sie sich geben, ich würde immer traurig darüber sein, dass ich nicht einfach mal joggen gehen kann oder Wasserski fahren. Aber wenn man sein ganzes Leben damit groß wird, dann ist man das gewohnt und hält es auch ganz gut aus. Jedenfalls habe ich das geschafft, bis meine Eltern mir, als ich vier Jahre alt war, verkündeten, dass meine Mutter schwanger war und ich bald einen Bruder bekommen würde. Für mich brach meine Welt zusammen. All die Aufmerksamkeit, die ich bekommen hatte, würde ich bald nicht mehr haben. Ich war zwar erst vier, aber da ich ja nicht viel machen konnte, hatte ich mir das Lernen und das Lesen zum Hobby gemacht und war daher sehr schlau und gebildet. Wie auch immer, ich war mit der Welt fertig und hatte Angst. Gleichzeitig wurde mir mir bewusst, dass ich immer wie das kranke Kind behandelt werden würde und meine Eltern sich nicht mehr für mich interessieren würden, wenn jetzt ein neuer und gesunder Fötus in ihrem Bauch war. Jedenfalls war ich der festen Überzeugung davon, hatte aber natürlich unrecht. Natürlich waren meine Eltern nicht mehr nur für mich da, aber sie liebten mich trotzdem noch genauso wie vorher, und zwar so, wie ich war.

Trotzdem war es für mich schwer, meinem Bruder zuzusehen, wie er Radtouren mit seinen Freunden machte, Inliner fuhr

und Fußball spielte. Ich war eifersüchtig, aber meine Eltern waren für mich da und verwöhnten mich, und das machte mir Mut. Dennoch führte es auch zu Angst, Angst vor meinem Bruder und unserem Verhältnis. Als ich fünfzehn Jahre alt war, rastete mein Bruder vollkommen aus. Er schmiss Stühle in unserer Küche um und schrie um sich, dass niemand mal für ihn da sei, wenn er nicht mehr konnte und Stress habe, dass niemand ihm mal was Schönes kaufe. Und ich muss zugeben, er hatte recht. In letzter Zeit, genau genommen in den letzten acht Monaten, waren meine Eltern sehr beschäftigt. Sie sagten uns zwar, dass es wegen der Arbeit war, aber wir wussten, dass es um etwas anderes ging, und das machte ihn zusätzlich verrückt. Denn den Rest der Zeit, den meine Eltern dann noch hatten, verbrachten sie mit mir. Meine Eltern gaben ihn in ein Camp und er blieb dort für zwei Wochen.
In dieser Zeit geschah etwas Wundervolles. Kurz nachdem er weg war, erzählten mir meine Eltern etwas von der Quelle von Lourdes. In dieser wurden Menschen mit Behinderungen oder schweren Verletzungen geheilt durch ihren eigenen Glauben. Denn dadurch, dass man selbst an die Heilung glaubt, baut der Körper sich wieder auf, und sie wollten mich dort hinbringen. Sie hatten wieder Hoffnung und das machte mir auch Mut. Ich war trotzdem skeptisch, willigte aber ein, um sie nicht zu verletzen. Denn sie hatten viel Zeit darein investiert, und so fuhren wir hin. Und nachdem wir dort waren, wurden meine Beine in das Wasser der Quelle von Lourdes getaucht, und kurz darauf versuchte ich zu laufen. Ich stand und kippte dann weg. Ich konnte meine Zehen bewegen und später, als meine Eltern ihre Hände auf meine Beine legten, war es das schönste und zauberhafteste Gefühl in meinem ganzen Leben, wie meine noch nassen Beine von Wind gestreift wurden und deshalb froren.
Auf dem Rückweg erklärten meine Eltern mir, dass nun nur noch meine Muskeln aufgebaut werden müssten und ich dann

herumspringen könnte, wie ich wollte. Wir waren alle außer uns vor Freude und wir fuhren ohne nachzudenken zu meinem Bruder ins Camp und holten ihn wieder zu uns nach Hause. Wir erzählten ihm alles und er war noch glücklicher als wir alle zusammen. Ich merkte sofort, dass er sich für mich freute und es ihm ganz gleich war, ob meine Eltern jetzt alle Zeit für mich aufwenden müssten und für meine Muskeltherapie. Ich merkte, dass ich alles für ihn war, egal, wer mich lieber mochte als ihn, egal, ob ich behindert war, und egal, ob ich peinlich oder hässlich war, er liebte mich und wir waren eine richtige Familie.
Im Alter von sechzehn Jahren konnte ich gut laufen und hatte mein Abitur. Ich war also kurz vorm Auszug und wir waren alle immer noch glücklich und erinnerten uns an alte Momente zurück, als mein Bruder reinkam und sagte, er habe mich ganz dolle lieb und er fände es schade, dass ich ausziehen würde. Er hätte ein kleines Geschenk für mich. Er hatte mir noch nie gesagt, dass er mich lieb hatte. Ich meine, er war ein Junge. Aber er war schon weg, als ich ihm sagen wollte, ich habe ihn auch lieb. Doch dann kam er mit dem kleinen Geschenk für mich herein und brachte einen Karton her, der größer war als unser Vater und sagte, er habe das von seinem Geld gekauft, damit ich ihn niemals vergessen würde. Und als ich ihn aufmachte, war es ein kleiner Labrador-Welpe, der gemütlich in einem Körbchen in dem Karton mit etwas Spielzeug lag und sich von mir nicht stören ließ. Ich umarmte meinen Bruder, gab dem Welpen einen Kuss und war überglücklich. Nun ja, und jetzt liege ich in meiner neuen Wohnung, die ich seit drei Tagen habe, und denke darüber nach, ob ich mein altes Leben im Rollstuhl bald vermissen werde. Aber ich denke, das finde ich bald heraus.

Lara Fentina Hoffmeister (12 Jahre)

Das Erlebnis im Wald

Es war einmal ein Mädchen namens Daria. Eines Tages hat Daria mit ihrer besten Freundin Nina in den Ferien in einem Wald übernachtet. Es wurde dunkel und Daria und Nina suchten einen Ort, wo sie schlafen konnten. Als sie eine Hütte gefunden hatten, packten sie erst einmal ihre Sachen aus. Auf einmal hörte Daria ein Geräusch, es hörte sich wie ein Fuchs an. Sie sagte Nina Bescheid, und sie gingen beide mit Taschenlampen raus, um zu gucken, was da war. Es war nichts zu sehen, deshalb gingen sie wieder rein.

Aber dann hörte Daria wieder das Geräusch, und Nina hörte es diesmal auch. Sie gingen wieder raus und was sie sahen, schockierte sie. „Es ist ein verletztes Fuchsbaby", flüsterte Daria zu Nina. Sie überlegten, was sie tun könnten.

Da fiel Daria etwas ein. Sie sagte: „Nina, du hast doch schon mal bei einer Tierpraxis gearbeitet, oder?" Nina antwortete daraufhin: „Ja, Daria, du hast recht! Und zufälligerweise habe ich auch meinen Tierpraxiskoffer dabei!" Sie rannte zurück in die Hütte, um ihren Koffer zu holen. Als sie ihn endlich gefunden hatte, brachte sie ihn raus zu Daria und dem Fuchsbaby. Das Fuchsbaby hatte erst Angst und wollte nicht kommen. Aber dann kam es doch. Daria sagte: „Ich glaube, es vertraut uns." Nina antwortete darauf: „Ich glaube schon."

Als Nina fertig und das Fuchsbaby wieder gesund war, wollte es nicht mehr gehen. Es machte irgendein Geräusch und da kam die ganze Fuchsfamilie. Als sie hier war, waren Nina und Daria geschockt. Sie haben nämlich gemerkt, dass die Fuchsfamilie ihnen vertraute. Und ab da gehörte sie auch zu Darias und Ninas Familie.

Talia Shirin Demir (11 Jahre)

Er hat sich selbstständig gemacht

Mein Freund ist mit elf Jahren aus Afghanistan geflohen. Er erzählte mir, dass es sehr hart war. Selbst die Jahre danach musste er noch daran denken, was er alles erlebt hatte. Er hat Leichen gesehen, weinende Menschen und so weiter.
2014 ist er in Deutschland angekommen. Für ihn war alles neu. Keine Leichen, kein Geschrei, keine Schüsse und kein Blut. Alles war friedlich. Hier waren viele Menschen mit unterschiedlichen Nationalitäten.
Aber er erzählte mir auch, dass er seinen Vater im Krieg verloren hat. Er war auf dem Weg zum Flohmarkt gewesen, um für seine Familie einzukaufen. Als er nach Hause gehen wollte, wurde er eiskalt erschossen. Mein Freund hat fünf weitere Brüder. Die Mutter musste also hier in Deutschland sechs Kinder erziehen. Sie ist putzen gegangen und hat gekellnert. Es war sehr hart und das Geld hat vorne und hinten nicht ausgereicht.
Fünf Jahre später hat der älteste Sohn sein Abitur geschafft mit einem Schnitt von 1,0. Er wollte Architektur studieren. Das dauert vier bis fünf Jahre. Dann hat er sich einen Nebenjob bei McDonalds gesucht. Er arbeitete und studierte jetzt.
Als er mit dem Studium angefangen hatte, war er sehr motiviert, und er hat jede Prüfung bestanden. Aber dann wurden seine Leistungen schlechter und er wollte sein Studium abbrechen. Er musste nur noch ein Jahr studieren, dann hätte er es geschafft. Da hat ihn seine Mutter wieder aufgebaut und motiviert. Er hat es durchgezogen und sein Studium geschafft.
Danach wollte er selbstständig werden und etwas Eigenes aufbauen. Aber ihm hat das Geld gefehlt. Er brauchte 25.000 Euro. Seine zwei Freunde hatten sich auch selbstständig gemacht. Er hat sie gefragt, ob sie ihm ein bisschen Geld leihen könnten. Sie haben ihm 13.000 Euro geliehen. Dann hat er seinen Bruder gefragt, ob er ihm 7.000 Euro leiht. Sein

Bruder gab ihm das Geld. Nun fehlten ihm nur noch 5.000 Euro. Er hat gespart und hat sich ein Jahr später selbstständig gemacht.
Zwei Jahre später war er Multimillionär und seine Familie musste nie wieder arbeiten. Das ist ein krasses Ende, oder?

Ayman Soula (18 Jahre)

Die Welt, die alles veränderte

Es war einmal ein kleines Mädchen, das in einer Welt lebte, welche nicht so war, wie wir es uns vorstellen. Seine Welt war nicht so wie unsere, sondern schwarz-rötlich. Alles war rot oder schwarz. Die Bäume, die Tische, das Papier und alles andere, was ihr euch vorstellen könnt. Hira hieß sie, sie lebte in einer Hütte mitten im Wald. Hira war ein Mädchen, das sieben Jahre alt war und ganz allein in diesem Wald lebte. Sie hatte jeden, den sie liebte, vor genau zwei Monaten verloren und musste sich seit diesem Zeitpunkt immer auf sich selbst verlassen. Sie war ganz allein, aber keine Sorge, sie hatte keine Angst mehr vor dem Alleinsein. In den vergangenen beiden Monaten hatte sie sich daran gewöhnt, allein zu sein, allein in einem Wald ohne irgendjemanden.

Ihre Tage liefen so ab, dass sie jeden Morgen aufstand, sich etwas zu essen machte und dann nach einem paarminütigen Sitzen in der Hütte raus in den Wald lief. Sie spazierte so lange in ihm herum, bis sie Hunger bekam und ihren Hunger nicht mehr vertragen konnte. Dies machte sie jeden Tag aufs Neue. Ihr wurde nie langweilig vom Spazierengehen, denn der Wald war so groß, dass sie immer neue Wege, neue Orte und neue Sachen entdeckte. In diesem Wald gab es auch kein einziges Tier, wie es eigentlich in normalen Wäldern üblich ist. Hira hatte noch nie in ihrem Leben ein einziges Tier gesehen. Sie kannte nur die Farben Schwarz oder Rot.

Doch als sie dann am 26. Februar 2022 wieder in den Wald ging, entdeckte Hira ein ganz besonderes Tier, einen Igel. Ihr denkt euch jetzt, was an einem Igel so besonders ist. Aber dieser Igel war nicht so, wie wir ihn kennen. Er war pink und glitzerte zudem stark, sodass man ihn aus weiter Entfernung erkennen konnte. Hira hat ihn dort das erste Mal gesehen, zum ersten Mal einen Igel, zum ersten Mal ein Tier. Sie wusste nicht, was es war. Aber sie war auf eine ganz besondere Art

fasziniert von dem Igel, sodass sie zu ihm ging, ohne zu wissen, was es genau war. Sie berührte ihn, und schon war sie ganz woanders, an einem Ort, an dem sie noch nie zuvor gewesen war. Dieser Ort war ganz besonders und auf eine ganz andere Art und Weise schön. Der Igel war mitgekommen ... sie hatte ihn auf dem Weg dorthin in diese neue Welt gesehen. Aber jetzt war er verschwunden. Sie wusste nicht, wo er war. Sie wusste auch nicht, was sie machen und wie sie sich verhalten sollte. Denn sie kannte dort niemanden. Diese Welt war pink, strahlend pink. Hiras Lieblingsfarbe war auch Pink. Sie freute sich, an diesem Ort zu sein. Sie lief durch den Wald, in dem sie gelandet war, und ihr Gesicht strahlte. Nach längerem Laufen fiel ihr auf, dass diese Welt nur eine pinke Kopie von der Welt war, aus der sie kam. Sie ging in die Hütte und legte sich hin.
Nachdem sie sich ein paar Stunden ausgeruht hatte, ging Hira wieder in dem Wald spazieren. Da sah sie einen Jungen, so, als wäre er für sie erschaffen worden. Es war Liebe für sie und auch für ihn. Sie kamen sich näher und fingen an miteinander zu reden. Zum ersten Mal nach dem Verlust ihrer Geliebten hat sie mit jemandem geredet und wieder diese Liebe gespürt. Sie trafen sich jeden Tag im Wald, und eines Tages nahm sie ihn mit zu ihrer Hütte. Sie verstanden sich sehr gut. Der Junge hieß Haseyn. Die beiden kamen zusammen und liebten sich auf eine besondere Art, sie fühlten sich angezogen zueinander. Ihre Augen strahlten vor Glück, so, als hätten sie beide ihren Lebenssinn gefunden. Eines Tages aber meinte Haseyn, dass er keine Gefühle mehr habe, keine Lust mehr, er beendete somit alles. Hira stürzte an diesem Tag noch einmal ab. Sie hatte Haseyn auf eine andere Art und Weise vertraut, und jetzt war er weg. Sie wusste nicht mehr weiter. Sie hatte ihren Lebenssinn bei ihm gefunden, den sie seit dem Tod ihrer Familie nicht mehr gehabt hatte. Und jetzt war er weg. Haseyn und somit auch ihr Lebenssinn. Sie versuchte weiterhin jeden Tag spazieren zu gehen, doch es tat ihr im Herzen weh, dort spazieren

zu gehen, wo sie zusammen gewesen waren. Somit ging sie fast nie mehr aus der Hütte raus.
Doch eines Tages, nach fünf Monaten, stand Haseyn wieder vor ihrer Tür. Hira war richtig glücklich, ihn zu sehen. Aber wie ihr euch vorstellen könnt, war sie sehr sauer, denn er hatte sie verlassen, ohne einen richtigen Grund für sein Gehen zu erwähnen. Haseyn erklärte ihr, warum er gegangen war. Er hatte einen Freund, von dem Hira auch wusste. Er hatte damals immer wieder über ihn geredet. Er mochte seinen besten Freund auf eine spezielle Art und Weise. Er sah ihn sogar fast als seinen eigenen Vater an. Hira hörte ihm zu. Haseyn erzählte, dass alles die Schuld von Jaen gewesen sei. Bis dahin war er sein bester Freund gewesen, sie kannten sich ja schon seit Jahren. Doch als Haseyn Hira kennengelernt hatte, veränderte sich Jaen. Er bekam ihre Liebe nämlich nicht, aber Haseyn schon. Jaen gönnte es seinem besten Freund nicht, glücklich zu sein. Somit hatte Jaen Haseyn erzählt, dass Hira mit ihm, mit Jaen, fremdgegangen sei. Haseyn war schockiert, glaubte es ihm jedoch. Er hatte nicht daran gedacht, dass sein Freund ihn anlügen und dafür sorgen könnte, dass seine Beziehung kaputt geht. Haseyn hat Hira nie darauf angesprochen und somit hatten sie für genau fünf Monate fast keinen Kontakt. Als Hira erfuhr, weswegen sie ihn verloren hatte, wurde sie traurig. Sie hätte erwartet, dass Haseyn sie darauf anspricht. Aber dies hat er nicht getan. Er hatte seinem alten besten Freund blind vertraut und war deswegen der Meinung, er bräuchte sie gar nicht zu fragen.
An diesem Tag versöhnten sich Haseyn und Hira. Sie wurden zusammen von Tag zu Tag immer glücklicher. So, als wären sie füreinander erschaffen worden. Diese Bindung zwischen ihnen war nie weg, sondern immer dabei. Auch bei diesem fünfmonatigen Kontaktabbruch hatten sie sie beide gespürt. Hira lernte Haseyns Familie kennen und sie wurden gemeinsam eine große Familie. Sie lebten alle zusammen in der pinken

Hütte in der pinken Welt. Ah, bevor ich es vergesse! Wisst ihr, was noch passiert ist? Die beiden haben vier Kinder bekommen. Die Namen der Jungen hatten sie schon lange vorher besprochen. Sie hießen Baris und Savas und die Mädchen Eda und Yasemin. Somit gab es ein Happy End in der pinken Welt. Und wie ging es weiter?

Alyena Nur-Sakine Akin (16 Jahre)

Die verschwundene Magie

Hallo, ich bin Yuki, und ich erzähle euch heute eine Geschichte. Sie beginnt mitten in einem Dorf. Dort lebte eine Familie namens Karki Chitri. Ein Mädchen namens Julia war zu jedem nett, hilfsbereit und höflich. Leider war ihr Bruder gestorben, als sie vier war. Die Mutter war Hausfrau und ihr Vater Bauarbeiter.
Eines Tages ging Julia nach draußen und stieß aus Versehen eine alte Frau an. Sie entschuldigte sich. Die Sachen von Julia und die der alten Frau waren heruntergefallen, und sie hoben sie schnell auf. Weil Julia so nett war, schenkte die Frau ihr ein Buch. Sie las das Buch. Und als sie es las, war sie auch schon in der Geschichte. Die Hauptfigur und die Elfen kamen und riefen: „Die Magie ist verschwunden. Prinzessin, bitte bringen Sie die Magie zurück!" Julia fragte: „Was muss ich tun?" Eine Elfe sagte: „Sie müssen zuerst das Drachenei holen und dann den Elfenstaub dem Jäger geben!"
Julia gab dem Drachen einen Schlaftrunk und holte das Drachenei. Danach ging sie auf den höchsten Berg, den Elfenstaub zu holen. Schnell ging sie zu dem Jäger. Da kam die Magie wieder zurück und Julia kehrte zurück nach Hause. Sie schlief ein und dachte, das alles sei ein Traum gewesen.

Yuki Karki Chitri (11 Jahre)

10
Erzähl doch mal!

Mein Lieblingskoffer

Mit Tränen in den Augen packte ich meinen lila Lieblingskoffer. Ich hatte ihn in letzter Zeit öfter rausgeholt, aber ich habe ihn dann immer wieder weggepackt. Von unten hörte ich, wie mein Bruder Tomi mit irgendwem redete: „... ich weiß, ich weiß, ich weiß ..., du brauchst mich jetzt nicht anschreien ... ich kann nichts dafür, wenn du den alten Rotzkasten mitgenommen hast. Okay, ich komm, Tom."

Tomi redete mit meinem anderen Bruder Tom. Tom und Tomi sind Zwillinge. Vor einem Jahr gingen unsere Eltern von uns fort. Sie hatten voll Zoff mit irgendeinem Land. Die Leute dort wollten, dass meine Eltern dort hingehen – ohne ihre Kinder, sonst würde uns Kindern etwas passieren.

Darum gingen sie in dieses Land. Ohne uns.

So lebe ich mit meinen Brüdern hier. Auf meinem Koffer stand groß geschrieben: Dalunja Araski.

Von unten hörte ich meinen Bruder nach mir rufen: „Dalu, ich muss kurz raus."

„Okay", antwortete ich und schluckte meine Tränen runter. Ich hörte, wie mein Bruder die Tür zumachte und ging.

Ich nahm alles mit, was ich besaß. Okay, nicht alles, aber so oberflächlich betrachtet nahm ich alles mit, sogar die Schneekugel, die ich vor einem Monat zu meinem 17. Geburtstag bekommen hatte. Jetzt hatte ich alles eingepackt und war fertig, das heißt nicht ganz, ich musste noch den Brief schreiben. Ich schrieb alles Nötige, alles, was meine Brüder wissen mussten. Natürlich hatte ich meine Jahrgangsstufe und auch den Schuldirektor eingeweiht. Ich schloss die Tür hinter mir zu und wollte mich auf den Weg zu irgendwem machen, der vielleicht hier in der Nähe wohnen würde.

Da ich schon einen Führerschein hatte, nahm ich das Auto, das ich heimlich angeschafft hatte. Ich überlegte lange, zu wem ich fahren könnte. Dann endlich fiel mir jemand ein. Ich suchte die

Nummer, die sich, wie ich mich erinnerte, in meinem Handy befand. Schnell drückte ich auf die Nummer und ließ es klingeln. Beim dritten Klingeln nahm er das Gespräch an, es war mein Cousin. „Hey, hier ist Dalu, deine Cousine. Ich brauche deine Hilfe. Hättet ihr ein Zimmer übrig, in dem ich eine Woche bleiben könnte? Bitte."

„Hey, Dalu. Was ist los? Ja, wir haben ein Zimmer. Ist denn alles okay bei dir?"

In diesem Moment konnte ich glücklicherweise meine Tränen verbergen. „Ja, alles gut, ich brauche nur eine Pause von zu Hause. Könntest du mir eure Adresse schicken, damit ich gleich kommen kann?"

„Klar, schicke ich dir sofort, bis gleich."

Er beendete das Gespräch, schon plingte die ankommende SMS. Die Fahrt dorthin dauerte ungefähr 30 Minuten. In diesen 30 Minuten habe ich nur Tränen vergossen. Keine Ahnung warum, aber es fühlte sich so an, als ob die Tränen, die ich die Tage davor verborgen hatte, sich nun alle gelöst hätten.

Als ich vor dem Haus meines Cousins parkte, wartete er schon draußen. Ich stieg aus dem Auto. Als er mich sah, lächelte er mich an, öffnete den Mund, wohl um etwas zu sagen, schloss ihn aber sofort wieder, als er meinen Zustand sah, als ich meinen Kopf hob und ihn ansah. Mein Gesicht war voller Tränen, Reste von Schminke, denn ich hatte ja die ganze Fahrt geweint. Mascara hatte Spuren hinterlassen. Mein Cousin Caleb trat auf mich zu und umarmte mich. Er vermied es jedoch, mit mir zu sprechen, sah er doch, in welchem Zustand ich war.

Als ich endlich im Haus war, kamen seine Geschwister, Castian und Isasa, auf mich zu und wollten mich beide gleichzeitig begrüßen. „Herzlich ..."

Den Rest des herzlichen Willkommens verschluckten sie, nachdem sie mein verheultes Gesicht gesehen hatten. Wir hat-

ten uns alle länger als ein Jahr nicht mehr gesehen – und da war ich gut drauf gewesen.
Castian kam zuerst zur Besinnung und fragte mich Fragen, die ich nicht beantworten konnte und wollte.
Irgendwann, als ich mich etwas beruhigt hatte, hörte ich ihn fragen: „Alter! Was ist los mit dir? Dalu, hörst du mich! Was ist passiert und warum siehst du so aus? Geht es dir nicht gut?"
Ich starrte nur auf den Boden, und als ich es endlich wieder schaffte hochzugucken, musste ich wieder anfangen zu weinen.
Erst nach einiger Zeit wurde mir bewusst, dass ich mich als Gast so nicht benehmen durfte. Ich riss mich zusammen, brachte aber fast nur ein Flüstern hervor. „Ja, mir geht es gut, ich war nur mit den Gedanken woanders. Danke noch mal, dass ich hierbleiben kann."
Isasa sprach zum Glück normal mit mir. „Okay, du kannst sicherlich nichts dafür, du kannst bleiben, so lange du willst. Komm, ich zeig dir dein Zimmer!"
Ich ging mit ihr hoch, bemerkte aber aus den Augenwinkeln, dass meine Cousins mich beobachten.
Als Isasa und ich in dem Zimmer ankamen, machte sie die Tür rasch hinter uns zu und guckte mich voll böse an. „So, raus mit der Sprache, Dalu! Was ist los? Warum bist du nicht bei dir zu Hause? Warum kommst du mit so einem großen Koffer? Und warum siehst du so aus? Und antworte mir bitte ehrlich!"
Ich nahm allen Mut zusammen und erzählte ihr alles. „Ich bin von zu Hause weggelaufen. Ich kann nicht mehr mit meinem Bruder unter einem Dach sein. Er hat mich von der Schule genommen. Er hat schon einen Mann für mich bestimmt. Ich bin gerade einmal 17 Jahre und noch nicht einmal volljährig. Ich will da nicht sein, ich habe einfach Angst. Wenn ich ihn sehe, muss ich meine Tränen schon unterdrücken. Seit meine Eltern weg sind, macht er mit mir Experimente. Er testet meine Kräfte oder beschießt mich mit Feuerbällen oder mit Stei-

nen. Ich habe geplant, eine Woche hierzubleiben und dann in ein Jugend- oder Studentenheim zu ziehen. Was soll ich sonst tun? Das alles wäre nicht passiert, wenn Tom hier gewesen wäre."
Isasa starrte mich an, und als ich mich umdrehte, sah ich Castian und Caleb. ‚Wie lang sind sie schon da?'
Mit einem Mal kam Isasa auf mich zu, schüttelte mich und sagte: „Mensch, Dalu, das hättest du doch auch schon am Telefon sagen sollen oder du hättest auch früher kommen sollen. Die blauen Flecken an den Armen und den Beinen, sind die von den Steinen?"
Ich nickte und diesmal sprach Caleb weiter. „Verdammt, Dalu, das hätte doch echt schlimm enden können. Ich glaube, du bleibst fürs Erste hier, bis wir eine Lösung für dich finden – und keine Widerrede."
Ich nickte kurz und holte meinen Koffer von unten.
Als ich wieder oben im Zimmer angekommen war, waren alle verschwunden und das Licht war aus. Ich ging ins Zimmer und machte das Licht an, und was sah ich, dass meine Verwandten versucht hatten, mich zu erschrecken.
Wir gingen gemeinsam runter, um zu essen. Während des Essens erzählte ich ihnen alles. Echt alles. Ich erzählte ihnen alles von dem Tag an, als meine Eltern gegangen waren, bis zum gestrigen Tag. Niemand unterbrach mich beim Sprechen. Ich selbst aß nichts, denn mein Appetit war mir schon lange vergangen.
Als ich meine Berichte beendet hatte, redete Caleb als Erster. „Ich weiß nicht, was ich sagen soll. Echt verstörend, deine Story. Ich muss dir aber auch etwas gestehen …"
Fragend sahen wir ihn an.
„Als du deinen Koffer geholt hast, bin ich in meinem Zimmer gewesen und habe mit Tom telefoniert. Er sagte, dass es Tomi nicht gefallen hat, dass du angeblich auf Klassenfahrt warst und er davon nichts wusste. Aber da wir grade beim Thema Tom

sind, ich habe vergessen zu erwähnen, dass Tom öfter hier übernachtet. Er hat hier auch ein eigenes Zimmer. Und weißt du warum? Weil er es auch hasst, bei euch zu leben. Aber er hasst nicht dich, er hasst Tomi und das Haus. Und darum habe ich ihm erzählt, dass auch du hier bist."
Den letzten Satz verstand man kaum, aber ich verstand ihn nur zu gut – und die anderen beiden auch. Ich fing mich als Erste und schrie in an. „DU ... HAST ... WAS ... GETAN ...?! Bist du noch bei Verstand!"
Im nächsten Moment redeten wir alle durcheinander.
Da klopfte es plötzlich an der Tür, und ich begann sofort zu flüstern: „Oh je, er wird kommen und mich nach Hause schleppen. Ich gehe rasch ins Zimmer, mach das Licht aus verkriech mich in die hinterste Ecke." Als ich aufstehen wollte, vernahm ich das Öffnen der Tür.
„Er hat einen Schlüssel", sagte Caleb ruhig.
„Er hat einen Schlüssel, echt?", fragten wir alle gleichzeitig mit Erstaunen.
Noch bevor Caleb antworten konnte, sah ich meinen Bruder. Dabei rann mir ein Schauer über den Rücken und ich bekam eine Gänsehaut. Sofort flüchtete ich mich hinter Castian und Isasa, die sich schützend vor mich stellten.
Mein Bruder stürzte ins Zimmer und schrie durch den Raum: „Dalu, wo bist du? Komm verdammt noch mal runter aus deinem Zimmer oder ich komme hoch, und ich verspreche dir, es wird nicht gut enden. Ich zähle ..."
Mit einem Mal unterbrach Caleb das Geschrei meines Bruders: „Tom, wie oft denn noch, ich habe dir doch gesagt, du sollst nicht so einen Aufstand machen. Beruhig dich mal! Deine Schwester hat schon genug erlebt. Und sie ist auch nicht oben, sie ist hier unten."
Wir anderen starten Caleb fassungslos an. Und dann zog er mich mit einem Ruck nach vorne.

Mein Bruder sah mich, trat sofort auf mich zu und nahm mich in die Arme. Wie ich, waren auch die anderen nun völlig verwirrt.
„Alter, wenn ich meinen Bruder in die Hände bekomme! Dalu, du hättest nicht weggehen sollen, du hättest lieber zu mir kommen sollen. Ich habe ..."
Weiter ließ ich ihn nicht sprechen. „Ich sollte also zu dir kommen? Wann sollte ich bitte zu dir kommen? Du warst nie da."
Er sah mich entschuldigend an. Ich löste mich von ihm und setzte mich aufs Sofa, zog die Knie an mein Kinn.
„Es tut mir so leid, dass ich nie da war, aber ... ich konnte nicht. Ich habe immer länger gearbeitet, um nicht im Haus zu sein. Am Wochenende war ich dann hier bei unseren Verwandten. Ich habe es nicht geschafft, die Situation mit unseren Eltern und alles zu verarbeiten. Aber du anscheinend schon, habe ich gedacht." Er machte eine große Pause und schaute in die Runde.
Isasa, Castian und ich schauten ihn erwartungsvoll an, Caleb war in die Küche gegangen, um etwas zu trinken zu holen.
„Dalu, bitte mach das, was ich mich nicht getraut habe. Wachse aus deiner Angst, werde zu der, die du werden willst, und versteck dich nicht vor Angst. Ich habe mich versteckt und das hat mir nicht weitergeholfen. Ich bin nur tiefer und immer tiefer in meiner Trauer versunkenen. Ich weiß, auch du hattest eine schwere Zeit, aber du hast die Chance auf eine Zukunft. Bekämpfe deine Angst und wachse aus ihr heraus."
Wir alle starrten ihn an. Aber er hatte recht.
Ich musste aus meiner Angst herauswachsen, ich durfte mich nicht weiter verstecken. „Du hast recht, mein Bruder", sprach ich. „Was ich tue, ist falsch. Aber Tomi handelt auch falsch. Ich weiß nicht, ob ich jemals in unser Haus zurückkommen will. Ich kann es versuchen, aber ich bleibe erst einmal hier."
Alle nickten und ich holte mein Handy heraus und telefonierte mit Tomi. Er schien meine Situation zu verstehen.

So lernte ich schnell, dass ich aus meiner Angst nur wachsen kann und zu einer Frau werden kann, wenn ich authentisch bin. Und noch eins kann ich euch nur raten: „Versteckt euch nicht. Wachset und werdet."

Janisha Paramanathan (13 Jahre)

Von den Bergen in die Wüste

„Ich freu mich schon riesig auf unseren Skiurlaub!", sagte ich zu meiner Mama. „Das freut mich!", erwiderte sie. Meine Mama, mein Papa, meine Schwester und ich fahren morgen in den Urlaub. Und zwar in die Berge. Ich liebe Winterurlaube! Ich mag den Schnee, und auch irgendwie die Kälte. Ich stehe jedes Jahr mindestens einmal auf Skiern. Und das, seitdem ich zwei Jahre alt bin. Also mittlerweile seit zwölf Jahren. Wir fahren heute Nacht um 3 Uhr los, damit wir den Tag noch nutzen können. „Jonas, kommst du runter? Essen ist fertig!", rief meine Mutter aus der Küche. Ich antwortete mit einem genervten „Ja!", da ich gerade die letzten Sachen einpacken wollte. Beim Abendessen redeten meine Familie und ich nur über den Urlaub. Direkt nach dem Essen ging ich ins Bett, damit ich für den nächsten Tag viel Kraft hatte. Um 3 Uhr weckte mich mein Vater auf. Ich packte die letzten Sachen ein und dann fuhren wir los.
Die Fahrt war langweilig, doch nach sieben Stunden Autofahrt waren wir endlich da. Wir hatten eine Ferienwohnung gemietet. Diese war wirklich groß! Meine Eltern teilten sich ein Schlafzimmer und ein Badezimmer. Meine Schwester und ich mussten uns ein Badezimmer teilen, aber jeder hatte ein eigenes Schlafzimmer. Dann gab es noch eine Küche und ein Wohnzimmer. Wir packten direkt unsere Taschen aus und gingen direkt zur Skipiste. Wir mussten uns keine Skischuhe oder Sonstiges ausleihen, da wir unsere eigenen Sachen mitgebracht hatten. Nachdem wir alle bereit waren, fuhren wir unsere Lieblingspiste runter. Sie war zwar sehr schwierig, da es viele kleine Hügel gab, aber diese konnte man super als Schanzen benutzen. Diese Piste fuhren wir dreimal runter, danach gingen wir zu einer anderen.
Es gab eine neue Piste, die viele Jahre zu unsicher zum Fahren gewesen war. Jetzt war die Piste aber endlich bereit zum Befahren. Dadurch, dass die neue Piste sehr, sehr lang war, muss-

ten wir mit Gondeln wieder hochfahren. Eigentlich mag ich es, Gondel zu fahren, doch diese sahen irgendwie gruselig aus. Sie waren schwarz und sahen für neue Gondeln sehr klapperig aus. Doch ich ließ mir meine Angst nicht anmerken. Ich hatte zumindest gehofft, dass ich mit einer Person aus meiner Familie in eine Gondel könnte. Sie stiegen in eine ein. Dadurch aber, dass noch andere Leute in der Gondel saßen, passte ich nicht mehr rein. Ich musste also allein in eine andere Gondel. Niemand ist dazugestiegen, sodass ich wirklich ganz allein war. Ich hatte wirklich Todesangst. Meine Gondel klapperte an den Türen, quietschte überall und die Sitze waren kaputt. Ich traute mich nicht, aus dem Fenster zu schauen, da ich zu große Angst hatte, dass die Gondel vom Seil fällt. Ich hatte meine Augen geschlossen. Als ich beschloss, sie wieder zu öffnen, kam mir alles irgendwie merkwürdig vor. Plötzlich fing ich an zu schwitzen. Aber nicht aus Angst, sondern wegen irgendeiner Hitze. Als ich aus dem Fenster starrte, bemerkte ich, dass die Gondel im Sand stand. Ich fragte mich kurz, ob das alles nur ein Traum sei; doch als ich anfing mich zu kneifen, wusste ich, dass das alles Realität war. Als ich kurz vor einem Nervenzusammenbruch war, erinnerte ich mich, dass ich mein Handy noch in der Hosentasche hatte. Ich wählte die Nummer meiner Mama. Doch nichts funktionierte. „Kein Netz, Mist! Was mach ich denn jetzt?“, fragte ich mich selbst. „Ich bin verloren!“ Doch aus dem Nichts kam plötzlich noch eine Gondel. Diese blieb stehen, fiel aber nicht vom Seil – nicht so wie meine. Ich hatte meinen Stoß nicht gespürt, da ich mich so sehr auf meine Angst konzentriert hatte. Aus der Gondel sprangen ein Mann und ein kleiner Junge. Es war sein Sohn, dachte ich gleich. Zuerst bemerkten die beiden mich nicht, doch dann kam der Vater auf mich zu. „Hallo, wer bist du?“, fragte er, um ein Gespräch anzufangen. Ich stellte mich vor und fragte ihn dasselbe. „Ich bin Thomas und das ist mein kleiner Sohn Mark.“ Wir unterhielten uns ein bisschen. Es war schön, mit jemandem dar-

über reden zu können, welche Ängste man hatte. Thomas erzählte, dass er und Mark dieselben Ängste hatten wie ich. Nach einiger Zeit bekam ich schrecklichen Durst. Es war so warm. Ich hatte seit einer Stunde nichts mehr getrunken oder gegessen. Nach allem, was passiert war, hatte ich noch mehr Durst und Hunger. Thomas und Mark ging es zum Glück genauso. Wir machten uns also auf die Suche. Wir liefen und liefen, aber entdeckten nichts außer Sand. Wir hatten gehofft, ein Wasserloch zu finden, doch wir fanden nichts. Nach einer Dreiviertelstunde sahen wir plötzlich etwas. Auf den ersten Blick dachte ich, es wäre nur ein großer Sandhaufen, doch als wir näher kamen, meinte Mark, er glaube, dass es eine Pyramide sei. Zuerst wollte ich ihm nicht glauben, da kleine Kinder oft eine große Fantasie haben, doch dann sah ich sie selbst. Wir standen vor einer riesigen Pyramide, die aussah, als wäre sie aus dem 12. Jahrhundert. Als wir näher herangingen, entdeckte Thomas ein Schild. Darauf stand etwas, das ich nicht entziffern konnte. Es war eine andere Sprache, sogar mit anderen Buchstaben, was das Entziffern noch schwieriger machte. Thomas' Handy hatte zum Glück noch Akku und auch ein bisschen Netz. Er übersetzte den Text im Internet. Dort stand, dass diese Pyramide ein Portal besitzen würde. „Die Frage ist nur, wohin dieses Portal führt", sagte ich. „Lass uns mal reingehen!", sagte Mark. „Ich liebe Pyramiden. Es war schon immer mein Traum, mal eine zu besuchen!"
Mein größter Traum war es jetzt nicht zwingend, denn ich wollte zurück zu meiner Familie, in den Skiurlaub. Also gingen wir hinein. Von innen wirkte die Pyramide viel größer als von außen. Ich hatte etwas Angst, dass uns Mumien begegnen würden, doch zum Glück hörte ich kein einziges Geräusch. Doch irgendwie machte mir die ganze Stille auch etwas Angst. Wir gingen nun etwas geradeaus. Rechts und links von uns waren ein paar Türen, doch wir alle wagten es nicht, auch nur eine zu berühren. Plötzlich sahen wir ein Portal. Darüber

stand: shne. Es sah zwar sehr komisch geschrieben aus, aber man konnte trotzdem entziffern, was dort stehen sollte. Schnee. Irgendwie irritierte es mich, dass plötzlich ein Wort in unserer Sprache dort stand. Jedenfalls sah es so aus wie unsere Sprache. Als ich gerade durch das Portal laufen wollte, rief Mark: „Vorsicht! Jedes Portal ist in einer Pyramide mit Fallen bewacht. Da kommt man nicht so einfach hin." Er hatte recht. Von jetzt auf gleich wurde ich vom Boden zu Thomas und Mark zurückgebracht. Nun kamen Fallen auf. Wir beschlossen alle zusammen, dass wir einander helfen würden, egal, was passieren wird. Wir sagten: „Wir gehen nicht durch das Portal, ohne dass alle von uns dabei sind."

Die erste Falle war, dass wir über Steine laufen mussten. Aber jeder Stein könnte von jetzt auf gleich ins Nichts fallen. Bei der zweiten Falle kamen von allen Seiten schwere Kugeln auf uns zugeflogen. Wir rannten einfach nur durch, sodass uns zum Glück keine Kugel traf. Mark lehnte sich an die Wand, weil er ziemlich müde war. Er drückte versehentlich einen Knopf, der eine dicke Kugel von rechts heranrollen ließ. Wir sind alle einen Schritt zurückgesprungen, sodass niemand überrollt wurde. Dann hatten wir endlich das Portal erreicht. Wir rannten durch und ... Ich spürte einen festen Ruck. Ich saß in der Gondel und die Türen öffneten sich. Die Gondel war oben am Berg angekommen.

Ich stieg aus und war mir nicht ganz sicher, was geschehen war. Ich war müde. Als ich realisierte, dass ich wegen meiner ganzen Angst eingeschlafen war, stieg ich aus. „Das war alles nur ein Traum", sagte ich. Als ich wieder im Schnee stand, umarmte ich meine Familie so fest ich konnte. Ich war so glücklich, sie alle wiederzusehen. Ich erzählte ihnen von meinem Traum, und dann beschlossen wir, diese Piste nicht noch einmal zu fahren.

Maike Herrenbrück (13 Jahre)

Girogama

Girogama war eine der alten Göttinnen. Die Menschheit verehrte sie als Göttin der Herstellung, der Handwerkskunst und des Fleißes. Anfangs lebten alle Götter zusammen im Äther, doch irgendwann brach unter ihnen ein Krieg aus. Als eine der wenigen Überlebenden flüchtete Girogama auf die Erde und versteckte sich von nun an unter den Menschen. Sie nistete sich in einer Höhle hoch an einem Berg ein. Sie bekam das Leben der Menschen des örtlichen Dorfes mit, doch war die Zeitspanne eines Menschenlebens für sie recht kurz, weswegen sie schnell das Interesse an ihnen verlor. Es dauerte nicht lange, da waren die Tiraden, welche die Menschen unter sich austrugen, ihr nur noch lästig, bis sie schließlich des gesamten menschlichen Geschlechts überdrüssig wurde.
Unter den Menschen gab es weiterhin viele Insignien, die ihren gigantischen arachnoiden Körper darstellten. Das Symbol ihrer acht Augen war weiterhin unter Handwerkergilden vertreten, doch im Wesentlichen rückte Girogama, wie die anderen Götter, immer weiter ins Reich der Mythen und Legenden vor. Einen kleinen Kult, der sie immer noch wie früher zu verehren versuchte, gab es noch, doch auch dieser verlor durch Girogamas Desinteresse an menschlichen Machenschaften schnell Aufsehen und Mitglieder. Ab und an brachten Fanatiker Opfergaben in Form von toten Tieren, gefesselten lebenden Tieren oder von Meisterhand gefertigten Handwerksgegenständen zu ihr an die Höhle. Sie nahm diese Geschenke zwar zur Kenntnis, doch ließ sie immer vor dem Höhleneingang stehen, sodass das Essen langsam verfaulte und die anderen Gaben der Witterung ausgesetzt waren. Die Kultisten verloren langsam selbst die Hoffnung, dass die von ihren Vorvätern erzählten Geschichten doch keine ausgedachten Märchen waren. Ein strenger Fanatiker jedoch wollte dies nicht wahrhaben und machte deshalb eines schicksalhaften Tages einen

letzten entscheidenden Versuch. Er trug ein Kind auf Girogamas Berg hinauf. Sanft legte er es auf den steinernen Boden und blickte es ein letztes Mal an. Dass es sein Kind war, störte ihn nicht. Es störte ihn fast nicht. Jetzt, als er es ansah, bemerkte er, dass es ihn doch störte. Doch er betäubte den Gedanken endgültig und verließ die Höhle. Er hoffte so sehr, dass diese Opfergabe Girogama zufriedenstellen würde, damit sie endlich wieder in die Welt der Menschen zurückkehre. Er hoffte es so sehr, dass er sein eigenes Kind opferte.
Überrascht fand Girogama das Kind dort liegen. Es schlief. Sie fragte sich, was sie nun damit machen sollte. Mit ihren dünnen langen Spinnenbeinen hob sie es hoch, um es genauer zu betrachten. Das Kind erwachte und schaute Girogama mit großen Augen an. Zu ihrer Verwunderung war es kein bisschen ängstlich, es war eher neugierig. Ihre dünne haarige Gestalt und ihre acht blutroten Augen schienen das Kind kein bisschen zu verunsichern. Sie entschied sich trotzdem, das Kind in der Wildnis auszusetzen. Langsam bewegte sie sich mit ihm in den Armen zum Höhleneingang. Plötzlich begann das Kind zu glucksen und zu kichern. Girogama stutzte. Sie schaukelte es sanft hin und her. Es schien ihm zu gefallen. Irgendwas an diesem Anblick berührte Girogama. Eigentlich waren ihr die Menschen doch egal geworden. Aber dieser hier war es ihr plötzlich nicht mehr. Nun konnte sie ihn nicht mehr aussetzen, also entschied sie sich, ihn zu behalten und als ihren eigenen Sohn aufzuziehen. Sie war sich nicht sicher, ob sie die Spinnensprache mit ihm sprechen könne, da sie viel komplexere Vokabeln und eine viel ausgereiftere Grammatik hatte. Sie entschied sich dazu, nur die primitive Menschensprache mit ihm zu sprechen.
Am nächsten Tag kam der Fanatiker erneut in die Höhle und bemerkte, dass das Kind verschwunden sei. Er nahm dies als Beweis, dass Girogama existiere und sie kein Märchen sei. Von dieser Erfahrung bestärkt, fuhr er fort, Opfergaben auf den

Berg zu tragen. Girogama kam dies sehr gelegen, da sie das viele Essen nutzen konnte, um ihren Sohn zu füttern. Sie gab ihm den typisch arachnoiden Namen Calrizo und gewann ihn im Laufe der Zeit sehr lieb. Sie schneiderte ihm Kleider aus feinster Spinnenseide und richtete ihm ein wunderschönes Kinderzimmer in der Höhle ein, für das sie einerseits die Geschenke des Kults nutzte und auch selbst wieder Dinge herstellte. Sie hatte in all den Jahren der Isolation sogar vergessen, wie viel Spaß es ihr machte, etwas zu kreieren.

Calrizo lebte glücklich bei seiner Mutter. Er hatte immer genug zu essen und fühlte sich sehr wohl bei Girogama. Einmal, als er drei Jahre alt war, nutzte er das Blut einer Kuh, die sie zu Mittag gegessen hatten, um sich sechs rote Punkte ins Gesicht zu malen und mit seinen schwarzen strubbeligen Haaren wie seine Mutter auszusehen. Erfreut darüber, nun eine Spinne zu sein, rannte er zu seiner Mutter und zeigte sich ihr. Sie nahm ihn mit ihren langen Beinen in den Arm und leckte ihm das Gesicht. Er mochte es, wenn sie das tat, doch es kitzelte ihn immer sehr.

Eines Tages fiel es auf, dass er nicht so gut sehen konnte, wie es für Menschen üblich war. Girogama hatte dies lange Zeit nicht bemerkt, da das menschliche Sehen dem der Spinne an sich extrem unterlegen war, doch auch für menschliche Maßstäbe konnte Calrizo nicht gut sehen. Es passierte nicht selten, dass er gegen Höhlenwände lief oder Probleme beim Identifizieren weit entfernter Objekte hatte. Um ihrem Sohn zu helfen, sammelte Girogama schnell alle nötigen Ressourcen und fertigte ihrem Jungen die beste Brille an, die je auf der Nase eines Menschen gesessen hatte. Sie war perfekt auf seinen Kopf angepasst und ihre Linsen waren genauso gekrümmt, dass Calrizo die schärfste Sicht hatte, die einem Menschen möglich war. Calrizo konnte seine Umwelt nun endlich richtig wahrnehmen. Er war dankbar dafür, was seine Mutter alles für ihn tat.

Eines Tages beim Herumtollen in der Höhle stolperte er und verlor seine Brille. Die Linsen zerbrachen beim Aufprall auf dem Boden. Er wollte seine Mutter nicht enttäuschen, also versuchte er, die Brille selbst zu reparieren. Er schaffte es zwar nicht allein, doch als Girogama bemerkte, was er tat, war sie stolz auf ihn. Sie zeigte ihm danach genau, wie er seine eigene Brille herstellen konnte, und erklärte ihm genau, worauf er achten müsse. Calrizo eignete sich sehr gut als Brillenmacher. Er verstand schnell, wie eine Brille funktioniert, und hatte eine ruhige Hand. Voller Stolz präsentierte er ihr seine eigene Brille. Sie war nicht so brillant wie die von Girogama, doch für einen Menschen von herausragender Qualität.

Von dem Tag an begann Girogama, ihrem Sohn alle möglichen Fertigkeiten beizubringen. Weben, Schneidern, sogar das Konstruieren einfacher Mechanismen, und erklärte ihm die Grundzüge der Natur, welche sie umgab. Voller Neugier bat er sie, ihn mit aus der Höhle zu nehmen, damit er sich all diese wunderbaren Dinge selbst angucken könne. Girogama gefiel es nicht, ihren Sohn nach draußen zu lassen, doch sie verstand den didaktischen Nutzen. Letztlich nahm sie ihn mit Vorbehalt in der dunkelsten Nacht mit in den Wald.

Es war einer der schönsten Tage seines Lebens. Zum ersten Mal hatte er die Höhle verlassen und konnte Gras berühren. Bei Sonnenaufgang trug Girogama ihn jedoch sofort wieder den steilen Berg hinauf. Später wollte Calrizo auch bei Tageslicht die Außenwelt sehen, doch Girogama verbot es ihm. Die fünfzig bis sechzig Jahre, die ein Mensch lebt, waren sowieso schon verschwindend gering, da wollte sie nicht noch etwas von Calrizos Leben verlieren.

Eines Tages, als er sieben Jahre alt war, sah Calrizo Kinder seines Alters am Fuß des Bergs spielen. Er hatte noch nie mit anderen Kindern gespielt und wollte es unbedingt einmal ausprobieren. Sie wirkten alle, als hätten sie riesengroßen Spaß. Aus Angst, er würde nicht zurückkehren, untersagte seine

Mutter ihm jedoch auch das. Die Enttäuschung ihres geliebten Sohnes schmerzte sie, doch sie hielt es für die richtige Entscheidung und hoffte, Calrizo würde sie eines Tages verstehen.
Viele Jahre ging es gut. Calrizo blieb, wie es ihm gesagt wurde, in der Höhle, doch nun stand sein fünfzehnter Geburtstag an. Girogama wusste, dass zu dieser Zeit der Fortpflanzungsdrang bei Menschen einsetzt, deswegen wollte sie ihn mit etwas ganz Besonderem überraschen. Früh morgens schlich sie sich ins Dorf, um von der örtlichen Bäckerei einen Kuchen zu stehlen. Natürlich war sie in der Lage, einen besseren Kuchen zu backen, doch die Geschmäcker von Menschen und Spinnen sind grundlegend verschieden, weswegen sie ihn von einem menschlichen Bäcker besorgen musste. Sie brachte den Kuchen vor Sonnenaufgang zurück in die Höhle und überraschte ihren Jungen damit. Er wusste erst gar nicht, worum es sich handelte, da er so etwas noch nie gesehen hatte, doch er freute sich nach dem ersten Probieren umso mehr über so eine Köstlichkeit.
Girogama verschwand tiefer in die Höhle, um ihm sein Geburtstagsgeschenk zu bringen; doch als sie zurückkam, ließ sie es vor Schreck fast fallen. Im Eingang der Höhle stand ein Mädchen in Calrizos Alter. Wäre das nicht schon genug gewesen, war sie sogar fast nackt. Nur ihr Schambereich war bedeckt. Girogama erinnerte sich, dass die zahlreichen Menschenopfer in früheren Zeiten in solchen Gewändern vollzogen wurden. Das Mädchen hatte lange braune Haare, große runde kastanienbraune Augen und trug die wohl schlechteste Brille, die Girogama in ihrem sehr langen Leben je gesehen hatte. Ein typisches Menschenweibchen. Und zu Girogamas Pech ebenfalls im Paarungsalter. Calrizo schaute sie an. Er traute seinen Augen kaum. Zum ersten Mal in seinem Leben sah er ein Mädchen. Und dieses hier war auch noch hübsch, soweit er dies beurteilen konnte. Doch es trug eine schlechte

Brille. Er erkannte, dass es durch diese Brille nicht perfekt sehen konnte. „Darf ich mal sehen?“, fragte er das Mädchen und nahm ihm die Brille ab. Sie lief rot an, als er ihre Haare zur Seite streichen musste, um an den Bügel zu kommen. Aufgrund seiner vornehmen Kleidung musste das Mädchen ihn wohl für einen Adeligen oder einen Ähnlichen halten. „Dies ist keine gute Brille“, begann er. „Wenn du willst, kann ich dir eine bessere machen. Ich bin Calrizo.“ „Ich bin Sylvia“, antwortete das Mädchen verlegen. „Was tust du ganz allein hier oben?“, fragte er sie. „Ich wurde hierhergeschickt, um mich Girogama zu opfern. Meine Mutter ist Bäckerin und sie meinte, sie habe sie heute gesehen.“
Calrizo wollte etwas erwidern, doch Girogama schritt aus dem Schatten, um ihn zurückzuziehen. Eigentlich wollte Girogama sich ihr unter keinen Umständen zeigen, doch nun ging es zu weit. Bei ihrem Anblick fiel Sylvia vor Schreck um. In ihren Augen zeigte sich blanke Angst. Anscheinend hatte sie nicht an die Legenden geglaubt. Doch sie rappelte sich schnell wieder auf und ging hinunter auf die Knie, um Girogama zu huldigen. „Bitte, oh große, heilige Girogama, nimm meinen Körper als Opfergabe, um deinen Groll auf die Menschen zu besänftigen.“ Eine Träne lief ihr die Wange herunter. „Meine Mama wird dich doch nicht essen?“, gab Calrizo verwirrt von sich. Er wollte gerade wieder zum Höhleneingang zu Sylvia gehen, da zog Girogama Calrizo mit ihren langen Beinen tief in die Höhle hinein. Nun trat sie vor die zitternde Sylvia. Calrizo wollte wieder zu ihr, doch Girogama hielt ihn fest. „Ich werde dich nicht fressen“, sprach sie zu Sylvia mit bebender Stimme und hob sie auf die Füße, „doch du darfst niemandem davon erzählen, dass ich noch existiere, und niemals wieder hier hochkommen, hast du verstanden? Sonst“, sie fletschte ihre gigantischen rasiermesserscharfen Zähne, „werde ich dir bei lebendigem Leibe den Kopf abbeißen!“ Verängstigt nickte Sylvia langsam. Dann schaute sie ein letztes Mal zu Calrizo, wel-

cher im hinteren Teil von seiner Mutter festgehalten wurde, und machte sich zitternd an den Abstieg.
Fürs Erste hatte Girogama das Unglück abgewehrt, doch es war noch nicht vorbei, denn Calrizo wollte Sylvia wiedersehen können. Girogama hatte befürchtet, dass dies passieren könnte. Er verliebt sich in ein Menschenkind und verlässt sie. Dann stirbt er irgendwann und sie hat nichts mehr von ihm. Sie verbot ihm weiterhin, die Höhle zu verlassen. Calrizo gehorchte ihr, doch er war sauer. Er sprach nicht mehr viel mit ihr, ließ sich nicht mehr auf den Arm nehmen und hielt sie ab, wenn sie ihm das Gesicht lecken wollte. Er verbrachte die meiste Zeit damit, allein vor dem Eingang der Höhle zu warten in der Hoffnung, Sylvia würde zurückkehren. Girogama gefiel es nicht, wie ihr Sohn sich nun ihr gegenüber verhielt, doch sie glaubte immer noch, das Richtige getan zu haben. Sie hoffte es jedenfalls.
Eines Nachts, als Girogama nicht aufpasste, machte Calrizo sich auf ins Dorf. Girogama hörte jedoch, wie jemand die vielen Stufen des Bergs hinunterlief. Sie eilte zum Höhleneingang und sah Calrizo gerade die letzten paar Stufen hinabklettern. Sie hielt kurz inne und folgte ihm dann. Es war Nacht und außerdem musste sie ihn wieder einfangen, sonst würde er für immer verschwunden sein. Sie fand ihn im Dorf durch die einfachen Häuser laufen. Er trug einen selbst geschneiderten Umhang, an dem sie ihn erkannte. Leichtfüßig kletterte sie über die Häuserdächer, ohne einen einzigen Ton zu machen, und holte schnell zu ihm auf. Er bog jedoch oft in Nebenstraßen ab, weswegen es schwer für Girogama war, ihn weiterhin zu verfolgen. Girogama fragte sich, was er hier eigentlich suchte mitten in der Nacht. Da blieb er plötzlich vor einem Haus stehen. Girogama hatte ihrem Sohn erklärt, wie Schlösser funktionieren, und mit diesem Wissen hatte Calrizo es geschafft, einen kleinen Dietrich zu konstruieren, den er benutzte, um in ein Haus einzubrechen. Girogama passte nicht durch die Tür, also schaute sie durch die Fenster des Hauses. Sie

suchte ein wenig, dann erspähte sie ihren Sohn im oberen Stock. Leise betrat er ein Zimmer und schloss hinter sich behutsam die Tür.

Das Zimmer war ein Schlafzimmer, und in dem Bett lag ein Mädchen. Girogama schaute an die Haustür, dort hing ein Schild mit der Aufschrift: „Metzger und Bäckerin Gerlinger". Girogama begiff, um wen ich es sich bei dem Mädchen handelte. Und tatsächlich erkannte sie, nachdem Calrizo sie geweckt hatte, das hübsche Mädchen wieder. Sofort begann sie die Nägel des Fensters abzuschrauben, um ihren Sohn aus diesem Zimmer holen zu können. Calrizo holte etwas aus seinem Gewand heraus und reichte es Sylvia. Girogama hielt kurz inne, während Sylvia sich aufrichtete, um das kleine Päckchen zu öffnen. Es handelte sich um eine Brille, aber was für eine. Girogama wurde warm ums Herz beim Anblick dieser wunderschönen Handarbeit. Feinste Gravuren waren in die Bügel eingearbeitet und die Scharniere waren perfekt austariert. Sie hörte auf, das Fenster zu öffnen, und erkannte, dass sie ihrem Sohn viel vorenthalten hatte. Sie sah ihren großen Fehler ein und schwor sich, dies von nun an zu ändern, auch wenn es bedeuten würde, ihn nie wiedersehen zu können. Sylvia freute sich über ihr Geschenk und gab Calrizo zum Dank einen Kuss auf die Wange.

Zu Girogamas Überraschung kehrte Calrizo danach sofort zur Höhle zurück. Beim Anblick seiner Mutter fühlte er sich schuldig und gestand ihr, die Höhle unerlaubt verlassen zu haben. Umso mehr freute er sich allerdings über die Erlaubnis seiner Mutter, ins Dorf zu gehen und Sylvia wiederzusehen. Später heiratete er sie und gemeinsam machten sie eine Brillenwerkstadt auf. Doch Calrizo kam seine Mutter regelmäßig besuchen und brachte irgendwann sogar ein Kind mit. Girogama nahm es voller Stolz in den Arm und schüttelte es ein wenig. Die süße Lache des Kindes erinnerte sie stark an ihren Sohn.

Sebastian Tantz (17 Jahre)

Ich werde Astronautin, oder?

Jemand fragte mich einst, was ich werden will, wenn ich wachse und groß werde. Ohne lange zu überlegen sagte ich, dass ich Astronautin werde. Es war schon immer mein Traumberuf. Seitdem ich klein war, interessierte mich dieser Beruf. Ich sagte immer: „Ich werde wachsen, groß werden und Astronautin sein." Ich glaubte, dass es Spaß machen würde, ins Weltall zu fliegen. Ich dachte, dass man von dort aus alle Sterne sehen könnte. Es kam der Tag. Ich bin gewachsen und groß geworden. Ich wurde Astronautin. Ich ... ich war im Weltall. Es war genauso, wie ich es mir vorgestellt hatte. Ich konnte die Erde sehen. Mein Traum hatte sich verwirklicht. Doch etwas war komisch. Ich war allein. Niemand außer mir war im Raumschiff.

Zu diesem Zeitpunkt war es mir egal, da ich erst mal begreifen musste, dass ich endlich Astronautin war. Ich bewunderte gefühlt stundenlang die Sterne und die Erde. Es war alles so wunderschön. Ich beschloss, mich umzusehen. Aber ich fand gar nichts. Nicht einmal etwas zu essen oder zu trinken. Darüber machte ich mir aber noch keine Sorgen, ich hatte ja noch keinen Hunger. Das wurde anders ab dem Punkt, an dem ich Hunger hatte. In dem Raumschiff war nichts Ess- oder Trinkbares. Stunden später befand ich mich wieder neben einem Raumschifffenster und beobachtete die Erde. Ich war noch immer hungrig.

Nach einiger Zeit fühlte ich mich allein. Ich hatte niemanden zum Reden. Einige Tage vergingen und ich hatte noch immer nichts zu essen. Plötzlich befand ich mich außerhalb des Raumschiffs. Ich schwebte im Weltall umher. Ich bekam keine Luft. Ich starb. Aber plötzlich wachte ich wieder in meinem Raumschiff auf. Ich war so erleichtert. Es war nur ein Traum gewesen.

Im Raumschiff tat ich die Sachen, die ich sonst auch tat. Ich hatte seit mehreren Tagen nichts gegessen oder getrunken. Natürlich habe ich versucht, das Raumschiff zu steuern, doch es schien so, als würde es sich selbst steuern, was hieß, dass ich nicht wegkonnte.
Doch dann passierte eines Tages etwas Schreckliches. Ich war neben einem Fenster und sah auf einmal etwas, das einem Menschen ähnelte. Es war jedoch kein Mensch. Es hatte eine etwas menschliche Körperform, Tentakel und war groß. Es war komplett weiß und hatte kein Gesicht. Außerdem hatte es sehr langes und glänzendes schwarzes Haar. In der Nähe von dem Ding fühlte ich mich kalt und ängstlich. Ich wusste nicht, was es war, da ich nie davon gehört hatte. Jetzt sah ich dieses Ding öfter. Und zum zweiten Mal wachte ich außerhalb des Raumschiffs auf. Diesmal wirkte es real. Und dieses Mal war das Ding da, es bemerkte mich. Ich hatte Herzklopfen. Das Ding kam auf mich zu. Ich versuchte wegzurennen, aber es klappte nicht. Ich konnte mich nicht bewegen. Es war so, als würde mich jemand erwürgen. Ich bekam keine Luft. Ich dachte, das war es jetzt. Ich dachte, mein Leben ist hier und jetzt zu Ende. Doch dann hörte ich: „Komm schon! Steh auf! Deine Schule beginnt gleich."

Pelin-Suna Iz (11 Jahre)

11
Ich bin erwachsen geworden

Panz sin oder Ditz sin

Ich woar so jern ne Panz
würd es noch ens jern sin
doch de Zick de flöck
und inem kurzen Augenblick
bin ich nicht mehr mein

Ich war so jern ne Panz
mit Sandschüfelsche un Matsch im Jesisch
doch de Zick de flöck
und inem kurzen Augenblick
woar dies Zick Jeschicht

Möscht ich vielleicht en Ditz sin?
Ein Ditz dat viele Trone kriescht
un auch noch in der Wieje liescht?
Oder en Ditz dat arbeede dut
un viel Kölsch drinke wohljemut

Wenn ich mir dat so überleje
und den Drieß dieser Äd anluure
möscht isch jern ein Stimmschen haben
und mit diesem Stimmschen sagen
nun seid doch einmal anders jeck un etwas brav
fieret Fastelovend, macht et jot (ävver nit ze off) un
Kölle Alaaf!

Anna Theresa Hermanns (16 Jahre)

Kind sein oder Ditz* sein
(Übersetzung)

Ich war so gern ein Kind
würde es noch gerne sein
doch die Zeit die flieht
und in einem kurzen Augenblick
bin ich nicht mehr ich

Ich war so gern ein Kind
mit Sandschaufel und Matsch im Gesicht
doch die Zeit die flieht
und in einem kurzen Augenblick
war diese Zeit Geschichte

Möchte ich vielleicht ein Ditz* sein?
Ein Ditz*, welches viele Tränen weint
und auch noch in der Wiege liegt?
Oder ein Ditz*, welches arbeitet
und viel Kölsch trinkt wohlgemut

Wenn ich mir das so überlege
und den Mist dieser Erde anschaue
möchte ich gerne ein Stimmlein haben
und mit diesem Stimmlein sagen
nun seid doch einmal etwas anders verrückt und etwas brav
feiert Karneval, macht es gut (aber nicht zu häufig)
und Kölle Alaaf!

Anna Theresa Hermanns (16 Jahre)

* Ditz ist hier nicht übersetzt, da dieses Wort in diesem Gedicht zumeist doppeldeutig verwendet wird. Denn Ditz kann zum einen mit ‚Säugling' aber zum anderen auch als scherzhaftes Wort für ‚Erwachsener' übersetzt werden.

Der Tag, an dem ich erwachsen geworden bin.

Ich schaue zu, wie die strahlende Welt mit Glitzer grau wird.
Ich schaue zu, wie die Figuren Spongebob und Gumball verschwinden, weil es nur Figuren sind.
Ich schaue zu und sehe, dass es Menschen gibt, die nicht lachen.
Ich schaue zu und sehe Menschen, die nie lachen, stattdessen sehe ich Menschen, die lachen, wenn Blut fließt.
Ich schaue zu und sehe, dass die Bäume nicht mehr grün sind, denn sie werden mit giftigem Wasser gegossen.
Ich schaue und suche nach Einhörnern, doch
finde nur die Hörner.

Ich packe meine Siebensachen zusammen und verlass das Haus voller Erinnerungen und Träume.

Ich lerne, es gibt keinen, der mich abholt.
Ich lerne, allein zu gehen.
Ich lerne, hinter den Smileys vor ihre Gesichter zu schauen.
Ich lerne, jedes graue Stück in meinem Leben
durch ein buntes zu ersetzen und auf jedes Stück meines Gartens eine Pflanze zu setzen.

Nahla Qaidy (18 Jahre)

Unsere Welt, die zerbricht

Ihr fragt euch, was unser Problem ist?
Seht ihr nicht den Hass der Welt,
der uns voneinander abhält?
Menschen werden als „anders" bezeichnet,
weil sich ihre Hautfarbe nicht
an euer „Ideal" angleicht?
Akzeptanz ist ein Fremdwort heutzutage,
und mich plagt die Frage:
Wieso ist das so?

All diese Menschen verdienen so etwas nicht,
eure Blicke auf ihrer Hautfarbe, weil sie nicht
eurer entspricht.
Menschen anderer Kulturen erleben so viel Hass,
nur weil sie nicht eure Sprache sprechen,
und ihr wisst das.

Ihr sagt, ihr würdet niemanden hassen,
wieso teilt ihr euch dann ein in „Rassen"?
„Welche Hautfarbe du hast, bestimmt,
wer du bist." Gesagt in einer Welt,
in der Rassismus normalisiert ist.

Ihr fragt euch, was unser Problem ist?
Millionen von Menschen müssen fliehen,
weil die Weltmächte entscheiden,
in den Krieg zu ziehen.
Ruhe und Frieden sind längst vergessen.
Und ihr denkt, ihr müsstest euch messen?
In Ruhm und Wohlstand und Macht,
gebt aber aufeinander keine Acht.

Tausende Menschen gehen protestieren
auf die Straße, um zu agieren,
ihr verhaltet euch privilegiert.
Seht ihr denn nicht, was hier passiert?

Unschuldige sterben und alle schweigen,
doch bei Kulturunterschieden fangt ihr an,
mit dem Finger zu zeigen.
Wenn ihr denkt, so ein Verhalten ist normal,
dann ist eure Vorstellung von „Normalität“
surreal.

Ihr fragt euch, was unser Problem ist?
Wenn eine Frau Gleichberechtigung verlangt,
ist sie direkt gegen Männer.
Wenn sie sich nicht schick kleidet,
sieht sie aus wie ein „Penner“.
Wenn sie sich elegant anzieht,
ist sie der „Männer-Renner“.
Ich glaube, wir kommen
nicht ganz auf einen Nenner.

Nur weil eine Frau ihre Meinung vertritt,
ist sie nicht vorlaut.
Und es ist auch nicht „unmoralisch“,
zeigt sie etwas von ihrer Haut.
Ein bisschen Feminismus tut doch nicht weh,
es würde die Gesellschaft stärken,
so, wie ich das seh‘.

Wieso findet ihr es so wichtig, wen man liebt?
Wo ist das Problem, wenn ein Mann
einem anderen Mann Liebe gibt?
Nur weil ihr euch in eurer Männlichkeit
unsicher seid,
müsst ihr nicht hetzen gegen die Allgemeinheit.

Ihr fragt euch, was unser Problem ist?
Heutzutage ist die Sexualität wichtiger als
die Klimakrise.
Die Welt geht unter und es gibt nicht
noch so eine wie diese.
Kohle wird weiterhin abgebaut aus unserer Wiese,
und was ist nun die Devise?

All diese Probleme plagen uns nun,
und ich frage mich wieder: Was sollen wir tun?
Wenn auch ihr die Probleme anerkennt,
müssen wir nicht zusehen,
wie unsere Erde verbrennt
wegen Hass, Stolz und Ignoranz.
Lasst uns die Barrieren einreißen,
die Distanz lösen,
die uns von Frieden und Liebe fernhalten.
Lasst uns die Welt nun selbst gestalten
und lasst unseren Hass
nicht mehr das Leben aller zerstören.
Danke euch fürs Zuhören!

Emelie Werker (16 Jahre)

Zukunftsangst

Wo will ich hin?
Was ist der Lebenssinn?
Was will ich später machen?
Wie kann ich meine Zukunft gestalten?

Diese Fragen tauchen immer wieder auf
Doch niemand weiß eine Antwort darauf
Am meisten fürchte ich mich vor meiner Zukunft
Doch niemand gibt mir eine ausführliche Auskunft

Ich habe Angst vor morgen
Ich mache mir jedoch auch um das Jetzt Sorgen
All die Krisen und Konflikte, die jetzt passieren
Verhindern den Frieden, ein gewaltfreies Agieren

Ich bin wie ein Schiff, das steuerlos auf dem
Lebensmeer treibt
Ich weiß nicht, was kommt und wie viel Zeit
noch verbleibt
Vor mir vielleicht eine Küste, an der ich strande
Vielleicht auch ein Felsen, gegen den ich pralle

Ich weiß nicht, wohin meine Reise geht
Um das zu wissen, braucht's wohl einen Prophet
Meine Zukunft ist leer wie eine weiße Wand
Sie zu gestalten, liegt in meiner Hand

Pandemien, Klimawandel, Umweltverschmutzung
Mich darum zu sorgen, bin ich viel zu jung
Wenn ich aber pessimistisch in die Zukunft blicke
Entstehen auf der Welt noch mehr Missgeschicke

Ich wünsche, dass wir den Weltfrieden haben
Rassismus und Diskriminierung endgültig begraben
Dass ich auch morgen die Natur genießen kann
Dass ich erfolgreich im Leben komme voran

Drum lasst uns optimistisch sein
Ich weiß, ich bin nicht allein
Lasst uns miteinander kooperieren
Die zerstörte und niedergedrückte Welt reparieren

Jeder kann dazu einen Beitrag leisten
Dieses erhoffe ich mir am meisten
Ich möchte beginnen hier und jetzt
Die Hoffnung auf eine fantastische Zukunft
stirbt zuletzt

Thusara Mathivathanan (16 Jahre)

Kaleidoskop

Ein Kaleidoskop. Ein Objekt, das je nach Drehung und Winkel seine Form und Farben verändert und seinem jeweiligen Benutzer ein anderes Bild offenbart. Genauso wie beim Leben, es verändert sich mit jedem Wimpernschlag und bestimmt dein fortlaufendes Schicksal. Es zeigt dir nicht nur seine fröhlichen bunten Farben, sondern auch seine Schattenseiten. Realitätsverlust. Depressionen. Einsamkeit. So auch wie in seinem Leben. Seine Mutter krank, sein Job schlecht bezahlt, keine Freunde. Manchmal musste er sich zwischen einer warmen Mahlzeit und einer Busfahrt endscheiden. Er beschwerte sich nicht, auch wenn sein Leben nicht das beste war. Er wusste, manch andere hatten es schlimmer als er. Er nahm es so hin, denn er liebte seine Arbeit, auch wenn sie schlecht bezahlt war. Sie war sein Rückzugsort, sein Licht in der Dunkelheit. Denn dort traf er ihn.

Jenny Fiona Karding (17 Jahre)

Probleme über Probleme

Die Probleme heutzutage, jedenfalls der Jugendlichen, sind durch die Corona-Pandemie dieses Jahr ziemlich kurz drangekommen. Viele Probleme sind aufgrund von Corona ferngeblieben (ungewollte Schwangerschaften nach Club-Abenden, betrunkene Teenager, usw.). Weil die Clubs zu sind, wissen viele jedoch nicht, wie viel sie vertragen, und trinken dann bei Freundesabenden viel zu viel. So gesehen gibt es einige Probleme nicht. Übrig bleiben dann doch zu wenig Taschengeld für Designer-Klamotten und -Handtaschen, Stress mit der Schule und natürlich noch der alt-gut bekannte Feind: Noten. Aber auch die neuesten Handys und die neueste Technologie, genau wie die Follower-Anzahl, sind wichtig. Das sind doch die ‚normalen' Probleme, oder? Na ja. eigentlich nicht.
Eher sind es die Fragen: Wie sehe ich aus? Kann ich so raus? Oder bekomme ich dann wieder blöde Kommentare? Oft auch so etwas wie: Ich sollte abnehmen. – Mia/Sophie/Hanna (und wie sie alle noch heißen mögen) sind viel dünner als ich. Vielleicht beachtet Max/Paul/Alex (usw.) mich deswegen nicht. Sind meine Haare zu kurz? Sollte so etwas wirklich in den Köpfen so vieler Jungs und Mädchen sein? Darüber nachdenken zu müssen, was man tragen darf/muss, wie man reden muss, um akzeptiert und gemocht zu werden? Ist das nicht ein bisschen übertrieben? Schon allein ein falsches Kleidungsstück sorgt auf manchen Schulen für Ausgrenzungen und/oder Beleidigungen.
Schräg von der Seite jemanden anschauen, hast du bestimmt auch schon mal gemacht. Es tut der Person vielleicht weh. Solche Fragen haben im Kopf einer zwölf- bis achtzehnjährigen Person nix zu suchen. Niemand sollte wegen seiner Hautfarbe, seiner Sexualität, seines Kleidungsstils, seines Glaubens oder der Zahl, die die Waage zeigt, verurteilt werden. Leider gibt es noch viele, die ihre Selbstzweifel an anderen auslassen.

Aber auch wenn Eliano/Jan (usw.) etwas gegen dich sagen, das ist doch schnuppe. Lass nicht zu, dass sie mit ihrem Selbstzweifel dich zum Zweifeln bringen.
Es ist wichtig, sich selbst zu lieben, sonst kann man niemand anderen lieben. Also lass die anderen reden und sei du selbst! Nur dann kannst du glücklich sein. Wenn dir jemand auf die Nerven geht, weil er meint, du seist nicht gut genug, dann lass ihn links liegen! Und wenn Mama/Papa/usw. wieder mal sagen, es schädige ihrem Ruf, rede mit ihnen und vielleicht gibt es einen Kompromiss. Und wenn nicht, kannst du dich immer noch zu deinen Freunden verziehen und die Welt doofreden. Vielleicht geht es dir dann besser und du findest eine gute Lösung. (Wenn das bei dir zu Hause der Fall ist: Verliere nicht die Hoffnung!)
Aber ich möchte auch mal auf die unterschiedlichen Reaktionen von Menschen mit Selbstzweifeln eingehen. Die einen nehmen es hin und vertrauen sich jemandem an, die zweite Gruppe wiederum frisst alles in sich hinein. Während der Coronazeit konnten sich einige selten mit Freunden treffen und vertrauten sich deswegen keinem an. Die anderen wollen oder können es nicht (oft nur teilweise). Die Letzten wiederum lassen es an anderen aus und machen diese runter, um sich besser zu fühlen.
Der erste Schritt zur Selbstliebe ist, andere so zu akzeptieren, wie sie sind. Hilf anderen, damit sie dir helfen!

Lara Hübner (14 Jahre)

Vertrauensprobleme

Manchmal können einem Menschen, die man liebt und die einem wichtig sind, den Weg zum Wachsen blockieren, ohne dass sie es merken. So will man beispielsweise manchmal seine Freiheit haben, rausgehen, sich mit Freunden treffen, um zu sehen, wie das Leben so ist, ohne dass jemand hinterherrennt und guckt, dass einem nichts passiert. Denn das ist auch ein Schritt, um zu lernen, selbst auf sich aufzupassen, ohne dass die Eltern einem hinterherrennen.
Ich kann natürlich die Eltern verstehen, warum sie das machen. Es ist selbstverständlich, dass sie sich um ihr Kind sorgen und wollen, dass es ihm gut geht. Aber sie merken nicht, dass sie ihm den Weg zum Wachsen zerstören, indem sie es übertreiben.
Damit nicht alles komplett zerstört wird, kann man die Situation retten. Man kann mit den eigenen Eltern darüber reden, ihnen erklären, was das Problem ist, und mit ihnen einen Kompromiss finden. Zum Beispiel kann ich mit meiner Mutter darüber reden, dass dieses Hinterherrennen und Kontrollieren Vertrauensprobleme auslösen kann. Es schränkt die Selbstständigkeit ein.

Sara Saleh (14 Jahre)

12
Du neben mir!?

Was wirklich zählt

Es war mal wieder ein ganz normaler Montagmorgen, an dem ich wie immer völlig übermüdet und ohne jegliche Lust auf irgendwas aus dem Bett stieg. Ich ging runter in die Küche und begrüßte, wie so oft, nur meine Schwester Luisa, die die Einzige war, mit der ich es in dieser Wohnung noch aushielt. Unser Vater ist vor neun Jahren einfach so abgehauen, da er lieber seiner Spielsucht nachging, als mit seiner Familie Zeit zu verbringen. Seitdem ließ er sich nur noch blicken, wenn er Geld brauchte. Wir konnten ihm aber nie welches geben, da unsere Mutter schneller, als man gucken kann, alles für Alkohol ausgibt, was ihr logischerweise überhaupt nicht guttut und wodurch sie diesen Morgen mal wieder verschlafen hatte. Das machte mich aber eher glücklich, denn so konnte ich mir, ohne dass sie mich anschimpfte, mal wieder ein richtiges Frühstück gönnen, was in meinem Fall zwei Scheiben Brot mit sehr viel Käse war.

„Morgen, Juli", war das Erste, was meine Schwester zu mir an diesem Tag sagte. Sie wusste, dass ich diesen Spitznamen über alles hasste. „Morgen, Lulu", sagte ich, denn das war der Name, den auch sie hasste. „Du gönnst dir heute ja mal richtig was", kicherte sie, ihre Augen auf meinen Teller gerichtet. Ich schaute auf ihren Teller und sah das Frühstück, das wir sonst immer aßen. Na ja, ob man ein paar Haferflocken mit abgelaufener Milch Frühstück nennen kann? „Wenn die Alte mal wieder pennt, kann ich doch auch nichts machen", widersprach ich. „Hast schon recht. Aber wenn du später noch 'ne schlechte Note mitbringst, wird sie das nicht gerade glücklich machen", sagte Luise. Stimmt, da war ja was. Die Deutscharbeit, die unsere doofe Lehrerin mit ihrem noch dümmeren Namen schon vor Wochen zurückgeben wollte. Frau Lochstampfer, ja, den Namen gibt es wirklich, ist meine absolute Hasslehrerin, weil sie immer vor der ganzen Klasse Anspielungen auf meine schlechten Noten macht. Dann lachen mich immer alle aus. „Ach, die Arbeit hat die doch gar nicht auf dem Schirm. Ich fälsche einfach die Unterschrift“, antwortete ich gelassen. „Na ja, wenn du das für richtig hältst ...“, erwiderte Luisa dann. Hm, so was sagte sie sonst nie, wir waren uns eigentlich immer einig, dass dies keine Sünde sei, da man auf das Schulsystem hier eigentlich scheißen kann. Egal, ich aß genüsslich mein Käsebrot weiter und machte mich nach einer Weile auf den Weg zur Schule.

Auf dem Weg checkte ich noch einmal die Klassengruppe, was aber, wie erwartet, ein großer Fehler war. Wie jeden Tag wurden mal wieder Memes und Sticker von mir gesendet. Ich machte mein Handy wieder aus, fast schon zu spät, denn ich war gerade am Zebrastreifen angelangt. „Ey, pass doch auf!“, rief mir ein Mann aus seinem Cabrio zu, denn ich war schon mit einem Fuß auf der Straße. Ich bin einfach etwas neben der Spur in letzter Zeit, so was passiert mir öfter. Dann ging ich weiter zur Schule. Der Weg war ziemlich lang, fast 40 Minuten musste ich jeden Tag laufen. Geld für ein Busticket hatte ich natürlich nicht.

Als ich ein wenig später an der Schule ankam, sah ich sofort die ganzen Kleingruppen, die sich immer in den Pausen bilden. Jeder hier an der Schule gehörte zu so einer Gruppe, außer mir. Aber auf einmal fiel mir etwas auf. Ein kleiner, ziemlich pummeliger Junge stand mitten auf dem Schulhof. Ich schätzte ihn ein, vielleicht zwei Jahre jünger als ich. Als ich dann auch die Kleingruppen genauer betrachtete, fiel mir auf, dass sie ausnahmsweise gar nicht auf mich starrten und kicherten, sondern sie starrten auf den Jungen, der dort so allein stand, so verloren. Er tat mir schon etwas leid, als ich ihn so sah. Aber ich wollte nicht zu ihm gehen, denn es fühlte sich gut an, mal einen Tag lang nicht das Opfer in der Schule zu sein. Ich setzte mich also einfach ganz unauffällig dahin, wo ich immer in den Pausen und vor der Schule saß, denn dort, hinter der

Turnhalle, sah mich niemand. Ich setzte mich hin und dachte nach. Doch dabei wurde ich schnell unterbrochen. Der kleine pummelige Junge hatte mich gefunden, wie auch immer. „Hi, ich bin Linus“, grüßte er. Stille herrschte für einige Sekunden; ich wusste nicht, was ich sagen sollte. „H…, Hallo Linus“, brachte ich irgendwie aus mir heraus. „Wie heißt du?“, fragte er. Ich war überfordert, fragte mich immer noch, wieso er hier war. „Jul... Julian“, stotterte ich. „Cool! Kannst du mir vielleicht ein bisschen was zeigen hier? Ich kenne mich noch gar nicht aus“, fragte er. „Na ja, klar, ich zeige dir das Gebäude. Aber in welche Klasse gehst du überhaupt?“, fragte ich ihn verwundert. Ich dachte, er wäre um einiges jünger als ich. „In die neunte, genauer gesagt, in die 9 C“, antwortete er. Mir wurde sofort klar, dass ich es geschafft hatte. Schon seitdem ich auf diese Schule gehe, werde ich von allen gemobbt. Und seitdem war es auch mein Ziel, irgendwann nicht mehr das größte Opfer in der Klasse und auch in der Schule zu sein. Das würde nämlich ab jetzt er sein, denn er war klein, dick und auch nicht gerade gut aussehend. Aber dann fiel mir ein, dass er mich ja nach einem Rundgang durch die Schule gefragt hatte, wobei dann alle denken würden, dass wir uns kennen. Schnell überlegte ich mir eine Lüge und sagte: „Oh ja, die 9 C. Da kenne ich einen Jungen, sehr nett. Du findest ihn an den Tischtennisplatten. Er hat blonde Haare, ist sehr groß und meistens schwarz gekleidet. Er hilft dir bestimmt.“ Er bedankte sich und ging erst mal.

Puh, gerade noch so gerettet. Der Junge, zu dem ich ihn gebracht hatte, war Eckhard. Er war der Einzige, mit dem ich in den letzten Jahren eine Konversation geführt hatte, die keine Beleidigungen enthielt. Eckhard und ich kannten uns aus der Grundschule, wir waren gut befreundet. Allerdings fand er hier auf der Schule Anschluss, nicht so wie ich. Manchmal redeten wir kurz, wenn niemand in der Nähe war. Allerdings ließ er sich nicht gerne mit mir blicken, da die anderen sonst denken würden, er gehöre zu mir. Jedenfalls war Linus bei ihm am besten aufgehoben. Ich saß weiter hinter der Turnhalle und machte mich dann so langsam auf den Weg zu Frau Lochstampfer in den Deutschunterricht.

Endlich, es klingelte zur Pause. Die Stunde war wieder einmal total langweilig gewesen. Meine Fünf in der Arbeit machte alles nicht gerade besser. Ich ging wieder zurück hinter die Turnhalle, dorthin, wo ich mich am wohlsten fühlte. Doch als ich ankam, wurde ich wieder überrascht. An der Wand saß Linus ohne Jacke und mit Händen vor dem Kopf. Ich hörte ihn schluchzen. Ich ging zu ihm und fragte ihn, was passiert war. Er sagte mit weinender Stimme, dass Eckhard und seine Freunde ihm alles weggenommen und ihn weggetreten hätten. Er tat mir leid. Ich hatte so etwas schon oft erlebt, doch nie durch Eckhard. Aber es war klar, dass auch er irgendwann zu einem von denen wird, die ihre Stärke an Schwächeren ausnutzen. Ich versuchte ihn zu trösten, und irgendwie tat das gut, jemandem das Gefühl zu geben, dass man ihm gerade hilft. Wenn das bei den anderen auch so wäre, dann wäre diese Schule eine Oase, dachte ich.
Linus rappelte sich wieder auf und wir quatschten ein bisschen. Er erzählte mir, dass er, seitdem er die sechste Klasse übersprungen hatte, nur noch gemobbt wurde und dass dies deswegen schon seine vierte Schule war. Ich fühlte mich schlecht, weil ich ihn zu den anderen geschickt hatte. Ich wusste, wie sich Mobbing anfühlt. Und ich bereute meine Entscheidung, ihn wegzuschicken. Um das Ganze „wiedergutzumachen" lud ich ihn auf ein Eis nach der Schule ein, da ich zufällig ein paar Euro in meiner Tasche gefunden hatte. Mir war es egal, was die anderen dachten. Linus tat mir einfach leid, und ich war vermutlich der Einzige, der ihm hier helfen konnte.
Nachdem ich mich durch den Rest des Schultages geschlagen hatte, ging ich zusammen mit Linus in Richtung „Il Gelato", der

Eisdiele mit dem vermutlich besten Eis weit und breit, obwohl ich mir dort zuletzt vor mindestens fünf Monaten ein Eis geholt hatte. Auf dem Weg dahin kamen Linus und ich immer besser ins Gespräch, und mir fiel auf, wie sich meine Sicht auf ihn in ein paar Stunden schon verändert hatte. Heute Morgen dachte ich noch so wie alle anderen; ich wollte mich fernhalten von ihm, um besser dazustehen. Aber so etwas ist falsch, das habe ich in ein paar Stunden gelernt. Warum die anderen das nicht tun? Na ja, keine Ahnung. Jedenfalls waren Linus und ich seit diesem Treffen ziemlich gute Freunde. Und was die anderen darüber dachten? Egal! Und da fiel mir ein: Schon die nächste Sache dazugelernt. Es ist egal, was andere über einen denken, solange man glücklich ist.
Als ich später zu Hause ankam, war meine Mutter entweder noch oder wieder am Schlafen. Mir war es jedenfalls recht, ich konnte die Unterschrift ziemlich leicht fälschen. Luisa beobachtete mich dabei. Aber jetzt musste auch sie mir recht geben, dass dies keine Sünde sei, zumindest bei uns nicht. Beim Mittagessen, das aus Mikrowellenreis mit Ketchup bestand, erzählte ich ihr von diesem aufregenden Tag. Sie antwortete fast nie, und wenn, dann nur Worte wie „Ja“, „Stimmt“ oder „Okay“. Sie lächelte nur immer etwas. Es sah aus, als wäre sie stolz auf mich. Und das war ich auch.

Phileas Dorka (14 Jahre)

Mein Freund Ahmad

Mein Freund Ahmad kam vor zwei Jahren aus Palästina nach Deutschland. Aufgrund seiner Religion und seiner Kultur wurde er diskriminiert. Sein Vater war Arzt und seine Mutter Anwältin. Beide waren politisch aktiv und stellten sich gegen die Zionisten. Sie wurden verfolgt und mussten danach fliehen. In Deutschland hat man sie empfangen. Die Anfangszeit war hart, denn sie mussten in einem Camp schlafen. Es bestand immer die Angst, abgeschoben zu werden. Später konnte die Familie durch das Amt an eine Wohnung gelangen. Der Vater musste auf Baustellen aushelfen und die Mutter musste putzen. Obwohl es in Deutschland einen Ärztemangel gibt, wurde das nicht anerkannt. Ich persönlich verstehe das bis heute nicht. Auch das Jura-Studium der Mutter wurde nicht anerkannt. Beide haben die deutsche Sprache erlernt, jedoch bekamen sie keine Arbeitsstelle.

Mein Freund Ahmad ist, obwohl er zwei Jahre älter ist als ich, in meiner Klasse. Ich habe ihm die deutsche Sprache nahegebracht und viel Zeit mit ihm verbracht. Heute sind Ahmad und ich dicke Kumpel. Er spricht flüssig Deutsch und wir machen gemeinsam unser Abi. Ahmad kommt ganz nach seinen Eltern, denn er ist sehr intelligent. Er möchte, wenn er erwachsen ist, wie sein Vater Arzt werden. Die Mutter hat bereits ihr Studium aufgenommen und ist im zweiten Semester. Sein Vater arbeitet hauptsächlich als Verkäufer und hat einige Minijobs.

Yassin Soula (17 Jahre)

Unter den Rosensträuchern

Mit pfeifendem Atmen schlage ich die Hacke in die trockene Erde zwischen den Rosenbüschen vor mir. Der Boden ist hart und staubig, ausgetrocknet von der glühenden Sonne, die auch mir den Nacken und die Schultern versengt. Von meiner Stirn tropft der Schweiß, läuft in dünnen Rinnsalen die Augenbrauen entlang und brennt mir in den Augen. Meine Hände sind so schmutzig, dass es sinnlos wäre, mir damit die Augen zu reiben. Die Hacke kratzt durch die Erde und bricht die obere festgebrannte Schicht in flache Stücke, die wie Eisschollen auf einem staubig grauen Meer dahintreiben.

Ich packe eine der Unkrautpflanzen, die trotz der Trockenheit in hämischem Grün zwischen den Schollen emporragt, fest an ihrem drahtigen Stiel und ziehe sie mit mehr Kraftaufwand als erwartet aus dem Boden. Ihre weißen dünnen Wurzeln verhaken sich in der Erde, klammern sich fest, stemmen sich mir entgegen. Mit einem dumpfen Reißen gibt die Pflanze schließlich nach und hängt nun schwer und erderieselnd zwischen meinen Fingern. Ohne hinzuschauen, werfe ich sie in den bereits gut gefüllten Eimer neben mir.

Es waren genau diese Rosenbüsche, von denen sie mir die blassrosa Blüten gepflückt hatte, die noch immer, jetzt trocken, mit rostfarbenen Rändern an den Blütenblättern, auf meinem Nachttisch stehen. Aus dem Garten ihrer Mutter, verstohlen und mit glitzernden Augen. Es hatte sie nicht gestört, dass die Rosenzweige ihre Arme zerkratzten, als sie nach den vollsten und schönsten Blüten langte. Sie hielt sie mir unter die Nase und ich sog tief den pudrigen Duft ein, der leicht und kühl durch die stehende Sommerluft schwebte. Meine Lippen berührten die seidigen Blätter. Unsere Blicke hielten einander fest, weich und tief.

Zwei Mädchen, im Sommer vor ihrem letzten Jahr der Schule, erdrückt und überfordert, sich gegenseitig stützend. Sie hatte immer mehr Unterstützung gebraucht als ich, aber das war in Ordnung. Ich hielt gern ihre Hand, wenn sie sich weinend auf den Bettlaken in ihrem Dachzimmer zusammenrollte. Ich hielt einfach gern ihre Hand.

Damit hatte es auch angefangen, damit, dass ich bei einem Spaziergang durch den Park all meinen Mut zusammengenommen und meine Hand in ihre geschoben hatte. Hand in Hand hatte es uns wieder zu den Rosenbüschen geführt, unter denen jetzt das Unkraut wucherte. Wir saßen auf dem warmen Gras und berührten einander. Meine Fingerspitzen auf ihren nackten Schienbeinen, ihre auf meinen Unterarmen. Feine Härchen, die golden in der Sonne leuchteten. Ich hatte sie gefragt, ob ich sie küssen dürfe. Sie hatte ja gesagt. Ich hatte sie geküsst. Heimlich, geduckt hinter die Rosen, damit uns ihre Mutter nicht sah. Prickelnd vor Angst, entdeckt zu werden, denn sie war überzeugt, dass ihre Mutter sie aus dem Haus werfen würde, wenn sie von den Küssen hinter den Rosensträuchern erführe.

Wir hatten die heißer und stickiger werdenden Nächte in ihrem Dachzimmer unter dem offenen Fenster verbracht und hatten gespürt, wie uns mit jeder Stunde leichter ums Herz wurde. Irgendwann war es so warm, dass wir die Laken von den Bettdecken zogen und nur noch unsere Füße zudeckten, in der kindlichen Angst vor Händen, die unter dem Bett hervorlangten. Für mich gab es nur ihre Hände. Ihre weichen Haarspitzen kitzelten meinen Bauch und ich vergrub meine Finger tief in ihren Strähnen.

Eines Morgens hatte uns ihre Mutter gefunden, schlafend, sie in meinem Arm, nur unter dem Laken, unter dem ironischerweise unsere Füße hervorschauten. Entgegen unseren Erwartungen warf sie ihre Tochter nicht hinaus. Als wir an diesem Morgen zum Frühstück in die Küche kamen und sie uns sagte, dass sie die Wahrheit kannte, weinten wir alle drei. Sie nahm uns in den Arm und versicherte, dass es in Ordnung war und wir uns keine Sorgen machen müssten.

In den folgenden Tagen nahm die drückende Hitze ab und wir konnten endlich wieder freier atmen. Wir verbrachten weiterhin viele Nächte unter dem offenen Dachfenster und ihre Haare kitzelten meinen Bauch. Die Rosenkratzer auf ihren Armen verheilten unsichtbar und es kamen keine neuen hinzu. Irgendwann bezogen wir wieder die Bettdecke.

Als wir die Schule beendet hatten, zogen wir beide von zu Hause aus in eine gemeinsame Wohnung. Im Dachgeschoss. Unser Bett stand unter dem Dachfenster. Wir stützten einander immer noch, aber wir konnten jetzt auch allein stehen.

Der Morgen, an dem zwei Jahre später das Telefon schrillte, war wie jeder andere Morgen. Wir lagen im Bett und berührten uns. Meine Finger auf ihrem nackten Rücken, ihre in meinem Nacken. Das erste Klingeln ignorierten wir. Erst als es sofort, nachdem es verstummt war, wieder losging, erstarrten wir. Wir spürten es beide. Sie stand auf, tapste in den Flur und nahm ab. Erst war es ganz still. Auf dem Dach gurrte eine Taube. Ich setzte mich im Bett auf. Dann hörte ich aus dem Flur einen unbeschreiblichen Laut, den ich bis heute nicht vergessen konnte. Sie schrie aus solchem Schmerz, als würde sie von innen von Rosendornen zerrissen. Ich sprang auf und rannte zu ihr. Sie weinte in meine Schulter wie in die Bettlaken in ihrem Dachzimmer.

Für die Beerdigung ihrer Mutter pflückte ich Rosen von den Sträuchern im Garten. Die Dornen zerkratzten meine Arme. Sie konnte nicht zurück zum Haus ihrer Mutter, sie schaffte es einfach nicht, die Schwelle zu übertreten. Auch ich war froh, als ich den Garten wieder verlassen konnte. Auf dem Weg zur Haustür kam ich an der Küche vorbei, in der einmal alles in Ordnung gekommen war. Der Duft der Rosen zog pudrig durch die stillen Zimmer.

Ich packe das nächste Büschel Unkraut und reiße es aus dem staubigen Boden. Die Erde drückt unter meinen Fingernägeln. Während ich die Pflanze in den Eimer werfe, schweift mein Blick durch den Garten. Das Unkraut wächst und wuchert unaufhaltsam durch die einst so gepflegten Beete, bahnt sich mit seinen bleichen Wurzeln wie mit Geisterfingern den Weg durch die trockene Erde und erstickt die blühenden Zierpflanzen.

Seit dem Tod ihrer Mutter braucht sie wieder Halt. Ich versuche, ihn ihr zu geben, und halte ihre Hand, wenn sie nachts weint. Aber in mir wuchern Sorge und Angst – sie krallen sich mit weit verästelten Wurzeln in mir fest. Eine weitere Unkrautpflanze löst sich mit einem reißenden Geräusch aus der Erde. Dumpf stürzt sie in den Eimer. Erschöpft senke ich den Blick auf die aufgewühlte Erde und entdecke zwischen den Klumpen, Schollen und Steinen ein paar faserige Reste der Wurzeln. Die Pflanzen werden immer weiterwachsen, egal, wie oft ich den Boden aufhacke.

Carolin von Ohle (18 Jahre)

Tagebuch: Auf der Suche nach einem Lebenssinn

Hey, mein einziger Freund! Du weißt ja, ich habe keine Probleme. Ich bin doch eine Jugendliche. Was könnte ich denn für Probleme haben? Ich muss mich nicht finanziell um die Familie kümmern, muss nicht arbeiten oder den Haushalt machen. Was für Probleme könnte ich haben? Immer dieselbe Aussage: „Du bist noch ein Kind. Was könntest du denn für Probleme haben?“
Ich habe es wirklich satt. Alle Erwachsenen denken, Jugendliche hätten keine Probleme. Wir sind auch nur Menschen. Jeder Erwachsene sagt: „Konzentriere dich auf deine Noten und gut ist ...“ Natürlich sind gute Noten wichtig. Sie bestimmen unser zukünftiges Leben. Doch wir denken auch an andere Sachen, die auch zu unserem Leben gehören. Und das ist ziemlich normal.
Außerdem machen wir auch einiges durch, von dem kein Erwachsener etwas mitbekommt. Ganz allein. Ich mache ganz allein vieles in der Schule durch, was meine Eltern natürlich nicht wissen. Ich würde ihnen das gerne erzählen, jedoch ist mir das Ganze zu peinlich. Ich werde jeden Tag in der Schule von meiner Klasse gemobbt. Und das wegen meiner Pickel am ganzen Körper und meinem Gewicht. Ich habe eigentlich gar kein Problem mit meinem Körper. Ich fühle mich auch wohl mit meinem Speck und meinen Dehnungsstreifen. Ehrlich gesagt, juckt mich das Ganze auch nicht. Aber ich fühle mich immer kacke, wenn sich jeder darüber lustig macht, und werde traurig. Ach, übrigens, ich bin Aagelya und bin sechzehn Jahre alt. Meine Eltern sind leider, seit ich neun bin, getrennt. Wenn ich mich daran erinnere und andere glückliche Familien sehe, macht mich das umso trauriger. Außerdem habe ich drei ältere Brüder. Der eine ist achtzehn, der andere zwanzig und der letzte vierundzwanzig. Mein ältester Bruder ist verheiratet.
Meine Lieblingsfächer in der Schule sind Türkisch und Sport.

Ich liebe Tiere wirklich über alles. Ich würde gerne ein Zoobesitzer sein und alle Tiere streicheln können. Auf jeden Fall finde ich Tiere viel besser als Menschen. Sie sind einfach unschuldig und machen nichts, was jemanden brechen könnte, wie Menschen. Ich liebe meine Eltern wirklich über alles. Sie sind die Einzigen, die hinter mir stehen und an mich glauben. Doch manchmal nerven sie einfach. In ihren Augen muss ich ein bestimmtes Mädchen sein. Ich soll deren Traumtochter sein, denke ich. Sie versuchen mir deshalb auch die ganze Zeit Sachen einzureden, wie ich mich zu benehmen hätte und was ich anziehen müsste etc. Meine Eltern sind ziemlich religiös und wollen, dass ich die religiöse, richtige Tochter bin. Das bin ich nicht, und das haben sie auch bemerkt. Ich würde mich gerne so anziehen und benehmen, wie ich es will. Ohne Einschränkung. Mein Körper. Meine Entscheidung, oder nicht?
Ich denke, dass ich in den Augen meiner Eltern eine schlechte Tochter bin. Jedoch gibt es eine Sache, die mich trotzdem glücklich macht. Und zwar dass meine Eltern angefangen haben, mich zu respektieren und mich trotz allem liebten, lieben und lieben werden. Da ich aber meinen Eltern nicht erzählen kann, warum ich keine Freunde habe, mit denen ich reden kann, rede ich eben mit dir. Auch wenn ich alles Satz für Satz aufschreiben muss, erleichtert mich das sehr, dass ich das Ganze jemandem erzählen kann und ich nicht allein bin. Genau deshalb liebe ich es, in meiner eigenen Welt zu leben. In meinen Gedanken. Wenigstens bin ich dort glücklich. Keiner macht sich über mich lustig, keiner hat Erwartungen. Es ist dort eine Welt mit Feen und Tieren, in der alles schöner, ohne Diskriminierung und wundervoll ist. Eine Welt, die nie unsere echte Welt werden wird. Ohne Unterdrückung und Rassismus. Mit Frieden und Freunden. Wir Menschen werden nie wie Feen oder Tiere sein können. Das sind alles unschuldige Wesen. Deshalb ist es dort auch eine wundervolle Welt. Wir Menschen werden nie unschuldig sein. Einige Menschen sind

wirklich sehr schreckliche Menschen, die jemanden vergewaltigen, umbringen, diskriminieren oder eklig beleidigen.
Heutzutage gibt es leider sehr, sehr viele solcher Menschen, weswegen wir uns auf unserem eigenen Planeten nicht wohlfühlen. Vor allem Frauen. Frauen sind diejenigen, die am meisten unter dem Ganzen leiden. Und dann kommen auch Aussagen wie „Du bist eine Frau.“, „Du darfst dies nicht, solltest jenes nicht.“, etc. Da bekomme ich noch mehr die Krise.
Na ja, zum eigentlichen Thema: Meine Traumwelt ist deutlich schöner als diese Welt, in der wir leben. Außerdem sind wir Menschen, die die Umwelt zerstören. Ah, ich wollte dir auf jeden Fall noch was erzählen. Ich bin so aufgeregt. *Ich habe mich heute mit einem Typen kennengelernt*. Der ist so süß. Jetzt fragst du dich bestimmt woher. Meine Freundin Elisa hatte einen Link für eine Whatsapp-Gruppe erstellt. Sie hat ihn in ihre Insta-Bio getan. Er ist diesem Link dann zur Whatsappgruppe gefolgt. Am Anfang haben wir in der Gruppe geschrieben, aber danach auch privat. Wir haben uns erst mal kennengelernt und uns gegenseitig Fragen gestellt. Danach haben wir uns gegenseitig auch Bilder geschickt. Wir haben uns, ehrlich gesagt, richtig gut verstanden.
Ich musste das einfach loswerden. *Lerne mich zum ersten Mal mit einem Jungen kennen!* Ich bin so aufgeregt und glücklich. Das kann man einfach nicht beschreiben.

Zwei Wochen später
Ich muss dir wieder was erzählen. Haben ja seit zwei Wochen nicht mehr miteinander geredet. Zu dem Jungen, *mit dem ich mich kennengelernt habe*, muss ich so viel erzählen. Übrigens, der Junge heißt Kaan. Auf jeden Fall haben wir jeden Tag uns mindestens vier Stunden lang geschrieben oder miteinander telefoniert. Ich habe zum ersten Mal dieses Gefühl Liebe gefühlt, von dem alle reden. Ich habe mich zum ersten Mal so wohl bei jemandem gefühlt. Zum ersten Mal jemand, der mich

so liebt, wie ich bin. Zum ersten Mal kann ich ich sein, ohne mich verstellen zu müssen. Ich fühle mich einfach besonders. Ich habe einfach den Sinn meines Lebens gefunden, wonach ich seit Jahren gesucht habe. Ich glaube, ich habe mich verliebt ... Er hat mich nach einer Beziehung gefragt. Ich habe ja gesagt. Ich bin grad so glücklich. Ich kanns einfach nicht beschreiben. Er schreibt mir so oft am Tag, wie schön er mich findet. Zum ersten Mal jemand, der mein Äußeres mag. Alle lachen mich aus, aber er nicht. Er ist anders ... Ich gebe dir später noch Bescheid, falls es noch Sachen zum Erzählen gibt. Bis bald :).

Sechs Monate später ...
Mein Leben hat keinen Sinn mehr. Ich dachte, er liebt mich. Warum hat er dies gemacht? Ich verstehe das einfach nicht. Was habe ich ihm angetan? Ja, er hat mich verlassen. Ohne einen bestimmten Grund. Ich fühle mich wieder so allein wie am Anfang. Wieder ist keiner bei mir, der mich wohlfühlen lässt. Wieder keiner, der mir Liebe und Aufmerksamkeit schenkt. Ich bin wieder an dem Punkt angelangt, wo ich keinen Sinn zum Leben finde. Wofür lebe ich eigentlich?

Wieder etwas später
Ein neuer Tag, ein neues Glück, sag ich mal. Diese Aussage passt nicht zu mir. Aber was soll's! Heute sind meine Eltern zu mir gekommen und wollten mit mir reden. Ich habe mich zuerst gewundert, doch dann fragten sie, was los sei. Ich antwortete mit „Nichts. Was soll los sein?". Sie sagten: „Musst uns nichts verbergen. Uns ist bewusst, dass bei dir was *abgeht.*" Ich musste einfach mit jemandem reden. Ich kam allein nicht mehr mit den Sachen zurecht. Ich habs ihnen erzählt. Sie umarmten mich beide und sagten, dass ich ihnen alles erzählen könnte und sie für alles Verständnis zeigen würden. Sie seien immer da, sobald ich sie brauche. Genau da fiel mir ein Stein

vom Herzen, ich war erleichtert. Ich suchte diese Aufmerksamkeit im Weiten, während sie genau neben mir war. Da ist mir alles bewusst geworden. Ich habe das Ganze nicht gebraucht. Meine Eltern haben mich Tag für Tag versucht glücklich zu machen. Nach einiger Zeit habe ich gemerkt, dass das in meinen Augen große Problem zu einem winzigen Problem geworden war.

Sieben Jahre danach ...
Ich bins wieder. Es ist eine sehr lange Zeit vergangen, ich weiß. Habe nach so langer Zeit mal wieder Lust, mit dir zu reden. Ich habe in den sieben Jahren vieles gelernt, sehr vieles. Ich glaube, eines der größten Probleme in meinen Augen ist die Unterdrückung der Frau in der Gesellschaft. Das ist auch das größte Problem, mit dem ich es in den letzten Jahren zu tun hatte und immer noch zu tun habe. Es werden immer noch Frauen unterdrückt, indem man ihnen sagt, wie sie sich zu benehmen und sich anzuziehen haben. Und dies, obwohl wir im Jahr 2022 leben.
In diesen Jahren habe ich mich sehr entwickelt, muss ich sagen. Ich habe Biologie auf Lehramt studiert und bin eine selbstbewusste starke Frau geworden. Ich ziehe an, was ich will, und habe einen guten Lohn. Ich lebe allein und bin glücklich. Und heute versuche ich das alles meinen Schülerinnen und Schülern beizubringen. Dass sie alles anziehen sollen, was sie wollen! Selbstbewusst zu werden, damit sie keiner *runtermachen* kann. Dass sie einen guten Job finden sollen, damit sie von niemandem unterdrückt werden können! Dass sie von keinem abhängig sind! Dass sie glücklich werden, indem sie ihre Träume leben!

Esma Nur Aktürk (15 Jahre)

Coming of age

Er konnte sich nicht mehr erinnern, wann es begann und woher es kam; doch eines Tages entstand eine kleine weiße Wolke am Himmel, kaum erkennbar, doch da. Er hatte sich nie Sorgen um sie gemacht und dachte immer, dass sie irgendwann verschwinden würde. Jedoch passierte dies nie, sie wurde immer größer und dunkler, bis sie den blauen Himmel komplett verschlungen hatte. Er wusste nicht, was er tun sollte. Graue Wolken bedeckten das letzte bisschen Hoffnung in seinen Knochen, und das Gewitter in seinem Geist schmerzte. Gefangen in einem ständigen monotonen Kreislauf, der sich seit Jahren wiederholte und sich nicht brechen ließ. Jeden Morgen durch einen lauten Wecker aufwachen, fünf Minuten, bevor der Bus kommt, aufstehen, den Bus fast verpassen, in der Schule allein sein, den Lehrer anstarren und kein Wort verstehen, dann als Letztes nach Hause und schlafen. Am nächsten Morgen wiederholt sich alles. Die einzige Veränderung in seinem Leben, die Wolke Himmel.

Der Lehrer erzählte etwas von Mathe oder vielleicht Deutsch oder Geschichte; er wusste es nicht, nicht, dass es ihn interessierte. Sein Blick war aus dem Fenster gerichtet. Sie wurde von Tag zu Tag dunkler. Sie beobachtete ihn, sie verfolgte ihn, und egal, wo er war, da war sie auch. Er konnte seinen Gedanken nicht von ihr lassen, als hätte sie ihn verflucht. Wie sehr er sie hasste! Konnte sie ihn nicht einfach in Ruhe lassen? Er hatte schon genug Probleme.

„Ich hoffe, es regnet bald“, sagte eine Stimme neben ihm, es war ein blonder Junge. Obwohl er den blonden Jungen kannte, hatte er noch nie mit ihm gesprochen. Er war extrovertiert und hatte viele Freunde, er selbst war das komplette Gegenteil, leise und allein. Verwirrt blickte er den Jungen an und bemerkte seine himmelblauen Augen. Sehnsucht breitete sich in seinem Inneren aus. Der Blonde sprach weiter: „Ich mag es,

im Regen zu spazieren. Die meisten Leute sind zu Hause und es ist endlich mal ruhig. Außerdem nervt mich die Regenwolke." Er nickte zustimmend, und nicht wissend, was er sagen sollte, blieb er still. Die blauen Augen des Blonden strahlten, und er wandte seinen Blick zurück zum Lehrer. Er lächelte verlegen. Der Blonde hatte seinen Blick schon lange von ihm genommen, doch er strahlte ihn weiter an. Ein wenig Hoffnung breitete sich in seinen Knochen aus. Er sah zu ihr zurück. War sie heller geworden? Er schüttelte seinen Kopf. Sie wird nicht heller, das wird sie nie. Der Tag verging ganz normal, und als er endlich zu Hause war, ließ er sich in sein Bett fallen. Er war mal wieder allein zu Hause, doch das warme Gefühl, welches sein Inneres erblühen hatte lassen, machte keinen Platz für die normale Einsamkeit in ihm.
Die nächsten Tage vergingen wie die vorherigen. Keine große Veränderung der Wolke, doch auch kein Himmelblau, das ihm den Tag versüßte, und so keine Wärme, die ihn vor der Einsamkeit beschützte. Es war schon merkwürdig, wie eine Farbe so viel in ihm auslösen konnte. Wie immer kam er in ein leeres Haus nach Hause. Seine Eltern waren vermutlich noch bei der Arbeit oder vielleicht bei Freunden, nicht, dass sie ihm Bescheid sagen würden. Er legte seine Tasche ab und ging in sein Zimmer.
Die Wolke hatte den Himmel verschlungen und ein schwarzes Loch war entstanden. Das schwarze Loch schien sein Inneres zu spiegeln. Die Leere erfüllte ihn und es fühlte sich an, als würde ein Loch in seiner Brust entstehen. Mit zitternden Händen griff er sich an die Brust, sie war noch ganz. Doch für wie lange? Das schwarze Loch in ihm schien immer größer zu werden, wodurch sein Zimmer kleiner wurde. Die Decke und die Wände kamen auf ihn zu. Sein Atem wurde immer stockender. Er war allein, vollkommen allein. Niemand interessierte sich für ihn. Nicht einmal seine eigenen Eltern mochten ihn genug, um ihn zu begrüßen. Er war allein, so vollkommen allein, dass er nicht einmal mehr wusste, wie es war, Freunde

zu haben. Die Luft in seinen Lungen wurde immer geringer. Als würde sich jemand auf seinen Brustkorb stellen! Die Wände kamen näher auf ihn zu und seine Augen brannten. Durch lautes Donnern hindurch blickte er aus dem Fenster. Es regnete. Die Wolke zerriss und schüttete ihren Inhalt auf die Erde. Er fasste sich in sein Gesicht, welches von Tränen überströmt war. Sein Herz raste, und die Wände um ihn herum zogen sich immer weiter zusammen. Er musste hier raus. Mit schnellen Schritten verließ er sein Zimmer, zog sich seine Schuhe an und verließ das Haus.

Die ersten Regentropfen trafen auf seine Haut und vermischten sich mit seinen Tränen. Er schnappte nach Luft, welche langsam seine Lungen wieder füllte. Er hatte seit Wochen auf diesen Moment gewartet. Regen, den er so ersehnt hatte, das Versprechen von Sonne und Wärme, doch er war nicht glücklich, nicht einmal erleichtert. Sein Herz pochte immer noch und Trauer ersetzte die Leere in ihm. Er blickte hinauf zu ihr. Der Regen schien sie nicht zu verändern.

Langsam lief er durch die vereinsamten Straßen. Alle waren zu Hause und selbst die Vögel, die normalerweise auf Futtersuche waren, hatten sich in ihren Nestern versteckt. Er war allein, kalt und nass. Nichts veränderte sich in seinem Leben, er war verflucht, für immer allein und verfolgt von einer düsteren Wolke. Sein Blick war auf seine Füße gerichtet. Plötzlich hörte der Regen auf. Überrascht blickte er hoch ins Himmelblau. Hoffnung erfüllte ihn. War sein Fluch vorbei? Ein Lächeln bildete sich auf seinem Gesicht, er blickte in himmelblaue Augen. Es regnete immer noch, doch das Himmelblau, das er so ersehnt hatte, war da. „Hi!“, sagte der Blonde. Er hatte seinen Regenschirm über ihn gehalten. Sanft lächelte er zurück: „Hi!“ Der Blonde drückte sich näher gegen ihn, um auch unter dem Regenschirm zu stehen. „Was machst du im Regen ohne Regenschirm?“, fragte er. Er zuckte mit den Schultern. „Hab ich vergessen“, murmelte er.

Sein Gegenüber lachte.
Er blickte hoch zur Wolke. Es regnete immer noch und schien nicht zu Ende zu sein. Er blickte zurück ins Himmelblau und fragte: „Was ist, wenn der Regen zum Sturm wird?“ Der Blonde blickte leicht verwirrt, meinte dann aber: „Man kann es nicht verhindern, aber man sollte sich auch nicht zu viele Gedanken machen.“ Sein Blick war zurück auf dem Boden. „Was sollen wir machen?“, fragte sein Gegenüber, als hätte er die Trauer bemerkt. Er zuckte mit den Schultern. „Was magst du denn?“, fragte der Blonde. „Ich weiß es nicht.“ „Okay, dann lass es uns herausfinden“, sagte der Blonde und zog ihn mit einem Lächeln mit sich. Die Wolke brach leicht auf und vereinzelte Lichtstrahlen trafen auf den nassen Asphalt.
Die Tage vergingen und der Blonde nahm sich dieses als Aufgabe. Sie verbrachten fast jeden Tag zusammen. Er war so glücklich, dass er die Wolke vergaß. Und als er eine Woche später in den Himmel blickte, war die Wolke nur noch sehr klein, ihre graue Farbe war verschwunden. Ein Lächeln breitete sich auf seinem Gesicht aus. Sie hatte ihn nicht verlassen, doch sie störte ihn nicht mehr. Seine Sorgen waren immer noch ein Teil von ihm, doch sie dominierten sein Leben nicht mehr.
Es war Sommeranfang und er lag in seinem Garten auf der Wiese, die Hände schützend vor den Augen. Hellbau, so eine wunderschöne Farbe. Er hatte sie vermisst. Die Wolke war über die letzten Wochen hin verschwunden. Er war von ihr befreit, auch wenn er manchmal befürchtete, dass sie wiederkommen würde. Doch er musste sich keine Sorgen mehr machen. Denn selbst wenn der Himmel nicht blau war, hatte er immer jemanden, der ihn an den Himmel erinnerte. Er blickte zur Seite, wo der blonde Junge auf ihn zukam und nach seiner Hand griff.

Muriel Schwarz (17 Jahre)

Das wiederkehrende Glück

Jeden Tag das Gleiche: Mich anziehen, die Bahn nehmen und in die Schule gehen. Ich weiß, sehr langweilig, aber ich bin nun mal kein Star. Angekommen in der Schule, haben mich meine Freunde begrüßt. Sie redeten über diesen einen neuen Jungen. Ich hörte nur zu, weil ich wusste, ich hätte keine Chance. Sie hörten nicht auf, ihn zu bewundern. Einer meiner Freunde, um genauer zu sein Aliya, sagte, dass sie noch nie ein hübscheres Wesen gesehen hätte, was meiner Meinung nach echt übertrieben war. Vivian flüsterte uns panisch zu: „Da ist er, schaut." Ich schaute zum Tor und ich sah ihn, einen attraktiven, auffallend süßen Jungen. Alle Blicke waren auf ihn gerichtet. In dem Moment dachte ich nur eins: ‚Gott, lass ihn in unserer Klasse sein!'
Wir liefen in die Klasse und ich sah ihn nicht. Ich habe aber noch gehofft, dass er mit Herrn Weber hereinkommt. Da war er, er lief selbstbewusst, aber auch schüchtern in die Klasse. Die Klasse wurde von einem Fußballstadion zu einem ruhigen, angenehmen Ort. Nuri, der eingebildete Kerl, sah wie alle Mädchen auf den Jungen, von dem ich den Namen nicht kannte. Diese Eifersucht in seinen Augen war echt herrlich. Herr Weber sagte: „Erst mal wünsche ich euch einen guten Morgen! Wie ihr unschwer erkennen könnt, haben wir einen neuen Schüler." Er stellte sich vor: „Hey, ich bin Noah. Ich bin ein großer Fan vom Boxen und auch vom Fußball. Ich habe bisher in Berlin gelebt, aber meine Mutter hat hier einen ansprechenden Job gefunden, und jetzt bin ich hier, ein anderes Gefängnis." Alle lachten, außer Herrn Weber und Nuri, na ja war ja klar. Er war gut aussehend und gleichzeitig auch witzig. Aliya schrie sofort los: „Noah, du kannst dich neben mich setzen!" Herrn Weber gefiel das aber gar nicht, da Aliya sehr schnell anhänglich wird und die Jungs gerne ablenkt. Herr Weber sagte: „Du kannst dich neben Mayla setzen." Ich reagierte ganz

cool, doch innerlich schrie ich: ‚Das kann doch nicht wahr sein.' In dem Moment schaute ich zu Aliya rüber. Oh, Mann, wenn Blicke töten könnten, das hat ihr gar nicht gefallen, aber das war mir egal. Wir stellten uns während des Unterrichts vor. Er fragte, ob ich ihm vielleicht mal die Stadt zeigen könnte, und ich sagte freudig: „Ja!" Wir gingen direkt nach der Schule zum Kaiser-Wilhelm-Park, das war mein Lieblingspark in Essen. Es war so amüsant. Er war so lustig und er hat sich kein bisschen verstellt.
Am nächsten Tag stand ich mit meinen Freunden am Schultor. Er kam zu mir und umarmte mich. Ist das gerade echt passiert? Er hat mich vor allen umarmt. Wir liefen zusammen in die Klasse. Ich war schüchtern, aber er hatte zum Glück Themen angesprochen, die echt interessant waren. Er erzählte mir, dass er in einem Boxverein war und acht Pokale gewonnen hatte. Aber was kann man denn von so einem gut aussehenden Jungen erwarten? Ich war mir unsicher, aber ich habe ihn gefragt, ob wir vielleicht zusammen Fußball spielen können. Er sagte: „Ja!" Aliya rief mich zu sich. Ich sagte ihm, dass er einen Moment warten solle. Ich muss zugeben, ein bisschen Angst hatte ich schon, sie sah echt wütend aus. Ich fragte sie, was los sei, und sie antwortete: „Du hältst dich fern von Noah oder ..." Sie hörte auf zu reden und schaute beschämt nach hinten. Ich sah ebenfalls nach hinten, dort stand Noah. Er sagte ihr mit friedlichen Worten, dass wir nur Freunde seien, was auch stimmte. Sie schaute mich lächelnd an und verschwand.
Am Wochenende gingen wir dann zum Sportplatz in Altendorf. Ich sah Aliya, war aber etwas verwirrt, da sie Fußball verabscheute. Hatte sie uns etwa belauscht bei unserem Gespräch? Na ja, unwichtig. Wir spielten, lachten und hatten Spaß zusammen. So habe ich mich lange nicht mehr gefühlt. Seit Mamas Tod ist Papa abwesend, und er unternimmt nichts mehr mit mir. Das ist der beste Tag seit Langem. Nach dem

Spielen saßen wir auf der Bank und redeten. Ich erzählte ihm das mit meiner Mutter. Man sah in seinen Augen, wie viel Mitleid er hatte, aber das war überhaupt nicht meine Intention. Ich wollte einfach, dass wir uns besser kennenlernten. Plötzlich kam Aliya zu uns rüber und schubste mich zur Seite. Sie zwirbelte ihre Haare und sagte mit einer hohen Stimme zu Noah: „Hast du vielleicht Lust, mit mir zu essen?" Er schaute zu mir und lehnte dankend ab. Wow, war ich erleichtert, dieses Gefühl war unbeschreiblich. Diese Spannung in mir, es war wie Eifersucht.
Nach dem Spielen gingen wir nach Hause. Er brachte mich nach Hause. Wie ein Gentleman. Zur Verabschiedung gab es noch eine Umarmung. Ich ging ins Haus und sah meinen Vater am Fenster. Er fragte: „Wer war dieser Junge?", und ich sagte ihm, dass er nur ein Freund sei. Es schien mir so, als würde er sich Sorgen machen. Er sagte: „Bitte, pass auf und lass dich nicht ..." Ich unterbrach ihn und sagte: „Papa, wir sind nur Freunde." Um ehrlich zu sein, konnte ich mir selbst nicht glauben. Seitdem wir mehr unternommen haben, musste ich immer an ihn denken, Tag und Nacht. Ich konnte es kaum abwarten, bis die Schule endlich anfing. Bei ihm hatte ich ein Gefühl von Geborgenheit und Zuneigung, ein wundervolles Gefühl. Fühlte sich so etwa Liebe an?
Am nächsten Tag hatten wir endlich Schule. Ich beschloss, ihm meine Gefühle mitzuteilen. Es war ein großer Schritt, aber ich konnte nicht anders. Ich lief zu ihm hin und sagte ihm, dass ich mit ihm reden will, und fing einfach an zu reden: „Wir kennen uns nicht lange, aber bei dir fühle ich mich sicher. Jeden Tag muss ich an dich denken; wegen dir kann ich endlich wieder lachen. Noah, ich mag dich, ich mag dich sehr." Ich hatte Angst, dass er nicht das Gleiche wie ich empfindet und ich ihn verliere. Er sah auf den Boden und sagte: „Ich habe dich immer als gute Freundin gesehen." Wow! Das tat weh. Es war wie ein Messerstich in mein Herz. Ich schaute ihn verzweifelt

an und lief weg, irgendwohin, Hauptsache weg von der Menschheit. Auf dem Weg nach Hause war ich erleichtert, dass die Sommerferien bald anfingen, das war meine Rettung. Ich klopfte an die Haustür und Papa machte mir auf. Er fragte mich, wieso ich nicht in der Schule sei, und ich sagte, dass es mir nicht gut ginge.

Die anderen drei Tage war ich auch nicht in der Schule. Ich sagte Papa, dass ich Fieber hätte. Ich wollte ihm nicht die Wahrheit sagen. Würde er erfahren, dass ein Junge sein kleines Mädchen verletzt hatte, würde er den Jungen verletzen. Es hört sich brutal an, aber Papa sagt: „Keiner enttäuscht mein kleines Mädchen." Ich weiß, echt süß. Am letzten Tag vor den Sommerferien musste ich aber zur Schule. An dem Tag haben wir unsere Zeugnisse bekommen. Ich lief zu meinem Platz und schaute niemanden an. Endlich, Herr Weber teilte die Zeugnisse aus. Ich war echt zufrieden. Mein Durchschnitt war 1,4, aber etwas Schlechteres hatte ich auch nicht erwartet. Aliya kam zu mir und sagte mit einem Schmollmund: „Wo ist denn dein Verehrer?" Und ich antwortete ihr: „Anscheinend nicht bei dir." Was sie dann sagte, ließ mich erzittern: „Nicht nur dein Verehrer leistet dir keine Gesellschaft mehr, sondern deine Mutter ist auch weg, haha." Meine angeblichen Freunde lachten, wow, dass diese Menschen mal meine Freunde waren. Auf dem Nachhauseweg beschloss ich, Papa zu fragen, ob wir in den Urlaub fliegen könnten. Er sagte, dass es eine gute Idee sei, um den Kopf freizubekommen. In der zweiten Woche der Sommerferien ging es los, wir flogen nach Dubai. Es war wunderschön. Ich habe meinen Vater endlich wieder glücklich gesehen.

Nach unserem Urlaub waren die Ferien dann auch schon zu Ende. Die Zeit war wie im Flug vergangen. Ich wusste, ich sah anders aus als sonst. Ich war geschminkt, meine Haare waren bezaubernd und meine Kleidung war echt schick. In den Ferien bin ich über Noah hinweggekommen, worüber ich echt stolz bin. Ich marschierte in die Klasse. Alle sahen mich an. Aliya war auf einmal wieder nett. Woran das wohl lag? Ist doch klar, ich sah anders aus, also wurde ich auch anders behandelt. Wenig Zeit später kam auch Noah in die Klasse. Er starrte mich wie ein Verrückter an. In der Pause kam er zu mir und sagte, dass es ihm leid tue. Ich schaute ihn an und sagte: „Noah, was möchtest du? Du hast mich verletzt. Ich war nicht mehr ich selbst und bin es auch jetzt nicht mehr. Es tat weh! Du hast mich einfach laufen lassen. Ich habe Träne für Träne vergossen, für dich, ich dachte nur an dich, die ganze Zeit drehte sich meine Welt nur um dich. Noah, ich bin darüber hinweg. Ich liebe dich nicht mehr. Es tut mir leid." Er schaute mich erschrocken an und ging weg. Ich meine, er kann nicht einfach in mein Leben hereinspazieren und mich wieder hängen lassen. Ich habe gelernt, dass man keine Hoffnungen in einen Jungen haben sollte. Im Endeffekt endete es, wie es anfing. Zwei Freunde, die sich über den Weg liefen.

Die Jahre vergingen. Mit 20 habe ich mich entschlossen, Jura zu studieren. Ich fuhr zur Uni, um mich dort umzusehen. Auf dem Weg zur Uni fiel mir ein kleines Mädchen auf, welches verzweifelt auf der Straße stand. Ich fragte die Kleine, wo denn ihre Mama sei, und sie sagte, dass sie keine habe. Eine Stimme von hinten rief: „Mayla, ich bin hier!" Das Mädchen drehte sich zur gleichen Zeit wie ich um und rannte zu dem Mann. Während sie rannte, schrie sie: „Papa!" Ich konnte meinen Augen nicht trauen. Ich sah den Jungen aus meiner Schulzeit. Warte mal, hat er seine Tochter nach mir benannt? Er lief auf mich zu und wir plauderten über diesen unerwarteten und irgendwie magischen Zufall. Es war wie in alten Zeiten, wir lachten über unsere früheren Erlebnisse und verstanden uns perfekt. Wir tauschten unsere Nummern aus und blieben in Kontakt. Es war nichts Ernstes, nur zwei Freunde, die sich nach langer Zeit wiedergefunden hatten. Er war wie ein Bruder und seine Tochter wie eine Nichte für mich. Durch ihn verlor ich das Glück im Leben und durch ihn habe ich es wiedergefunden.

Raian Semmo (14 Jahre)

13
Ich hab' so meine Erfahrungen

Warum?

Erwachsenwerden oder Erwachsensein ist gar nicht so cool, wie man als Kind denkt. Als Erwachsener heiße es, dass deine Zeit gekommen ist, wie ein Roboter zu leben. Das Leben besteht aus Stress, Komplikationen, Arbeit, Problemen und noch mehr von solchen unnötigen Sachen. Warum aber all die Dinge, wenn wir doch sowieso nicht dauerhaft auf der Erde sind? Schon klar, all diese negativen Sachen im Leben sind ein Teil der Würde unserer Persönlichkeit. Persönlichkeitsfindung. Aber tun wir wirklich alles, um überhaupt zu lachen, um glücklich zu werden, um die Probleme loszuwerden? Erwachsene machen sich eher ständig Gedanken darüber, welche Probleme noch auf sie zukommen werden, und bekommen dadurch graue Haare. Aber als Kind hast du ein kunterbuntes Leben. Als Kind nimmst du die Probleme nicht zu ernst und verdirbst dir nicht deine Laune. Kinder sind stärker als Erwachsene. Sie tun alles, um ihre Probleme trotzdem nicht als Probleme zu betrachten, sondern einfach wegzugucken, um stattdessen eher zu lachen und Spaß zu haben. Denn sie wissen genau, dass das Leben zu kurz ist und ihr Spaß viel wichtiger ist als Probleme.
Erwachsene nehmen einfach alles viel zu ernst. Sie denken schon früh an die Zukunft, die Zukunft ihrer Kinder, vielleicht sogar ihrer noch nicht geborenen Kinder. Okay, es ist zwar wichtig zu planen, aber planen heißt nicht, dass Pläne das Leben bekommen, das sie sich wünschen. Wenn Erwachsene sehen, einiges läuft nicht nach ihren Plänen, dann ist für sie der Weltuntergang schon mal gekommen. Denn das ist ein großes Drama für sie.
Auch Erwachsene und Jugendliche, die erwachsen werden, müssen lernen, dass das Leben nicht so abläuft, wie man sich das erwünscht. Der eigene Plan läuft nie so ab, wie er ablaufen sollte. Denn wenn alles nach Plan ablaufen würde, hätte das

Leben doch gar keinen Geschmack mehr. Wir wären einfach nur wie Roboter, die jeden Tag dasselbe erleben. Und dadurch würde die eigentlich spannende Erde todlangweilig sein, und dann würde man sich als Erwachsener erst recht fragen, was denn eigentlich der Sinn des Lebens ist. Aber wenn unsere Pläne scheitern und unser Alltag mal ganz anders als sonst abläuft, wenn auf uns zwischendurch Probleme zukommen, die wir lösen müssen, dann wird doch das Leben wenigstens etwas spannender werden und einen Sinn für uns haben. Erst dann lohnt es sich wenigstens zu leben. Ich meine, wenn wir schon da sind oder da sein müssen, sollten wir das Leben effizient ausnutzen, sodass es sich lohnt. Beispielsweise Kinder: Sie tun einfach das Erste, was in ihren Köpfen ist, sofort, ohne dabei nachzudenken, welche negativen Folgen es haben könnte. Und wenn es mal solche Folgen hat, dann weinen sie im schlimmsten Fall und lachen nach dreißig Minuten wieder darüber hinweg. Genauso sollte es sein.
Tu einfach das Erste, das dir durch den Kopf geht!
Es gibt kein Richtig oder Falsch. Und wenn du nicht weißt, was du wirklich willst, dann denk an das, was du nicht willst.

Aleyna Ünsal (16 Jahre)

Man kann aus einem Apfelbaum keinen Birnenbaum machen

Manche würden sagen: „Jeder hat seine Bestimmung, weswegen er geboren wurde." Ich dachte lange Zeit, ich hätte meine gefunden – das Malen. Ich liebte es, ich wuchs damit auf, es erfüllte mich, doch irgendwann war dieses Gefühl weg. Ich wurde älter und mir wurde klar, dass ich mein ganzes bisheriges Leben der falschen Berufung, der Kunst nachgegangen war. Je älter ich wurde, desto besser verstand ich, dass mir die Kunst nicht wirklich lag. Ich ließ die Kunst hinter mir. Ich packte meine Malsachen in eine Box und tat diese in den Keller und malte nur noch gelegentlich. Es war so, als wäre ich ein Apfelbaum, obwohl ich jahrelang dachte, ich wäre ein Birnenbaum. Erst mit der Zeit verstand ich, dass an meinen Zweigen grüne Äpfel und nicht Birnen wuchsen, auch wenn ich sie jedes Jahr erwartet oder zumindest erhofft hatte. Ich war enttäuscht, ich war gebrochen, ich war kaputt und ich hätte mich am liebsten selbst gefällt und neu gepflanzt. Doch ich wusste: „Man kann aus einem Apfelbaum keinen Birnenbaum machen." Nicht mal rote Äpfel konnte ich bekommen. Eines Tages schüttelte ich alle grünen Äpfel ab, um sie nicht mehr ansehen zu müssen und um neue Hoffnung zu bekommen, dass Birnen daraus würden. Doch abermals wurde ich bitter enttäuscht.

Die Zeit heilt alle Wunden und nach einiger Zeit ließ ich die grünen Äpfel, die ich so sehr hasste wie sonst nichts, endlich zu. Ich akzeptierte sie zunächst, aber ich hätte niemals gedacht, dass ich anfangen würde, sie zu mögen! Doch zu meiner Überraschung tat ich es mit Leichtigkeit. Indem ich akzeptierte, dass Birnen kein Teil von mir waren, akzeptierte ich die Äpfel, die meine wahre Berufung zum Vorschein brachten. Und sie wurden der beste Teil von mir. Mein Baum hatte zuvor noch nie so viele und schöne Äpfel gehabt. Auf einmal schätzte man mich wegen meiner Musik, meinem Talent und

meiner Berufung. Es war okay für mich, kein Birnenbaum zu sein.
Als ich meinen Wunsch losließ, ein Birnenbaum zu sein, fiel auch eine riesige Anstrengung von mir ab und ich konnte mich mit Leichtigkeit und neuer Kraft dem Apfelbaum, MEINEM Apfelbaum widmen. Für diese Erkenntnis bin ich bis heute dankbar. Ich bin der glücklichste Mensch, wenn ich darüber nachdenke, ein grüner Apfelbaum zu sein. Diese Art von Entfaltung bedeutete für mich, in die Freiheit hinauszuwachsen.

Felicia Heix (13 Jahre)

Ich bin mir sicher, dass jeder Mensch einmal an den Punkt kommt, an dem er sich fragt, was eigentlich der Sinn des Lebens ist. Genauso unterschiedlich, wie wir Menschen sind, so sind auch die Antworten darauf. Die einen sehen den Sinn des Lebens in der Zeit mit den Liebsten, andere als Bestimmung und wieder andere bleiben immer auf der Suche. Der Sinn des Lebens bleibt grundsätzlich für immer ein Geheimnis, zu dem jeder seinen eigenen Schlüssel finden muss. Einen Generalschlüssel gibt es nicht!

Als Kleinkind nimmt man das Leben und die Welt so hin – man nimmt sie als selbstverständlich an. Dann kommt die schwierige Phase, in der man sich selbst findet: die Pubertät. In diesem Lebensabschnitt stellen sich die meisten Menschen die Frage nach dem Sinn des Lebens. Ich habe sie mir zu der Zeit auch gestellt. Es gab immer mal wieder Fragen auf meinem Lebensweg, aber keine beschäftigte mich so lange wie die Frage nach dem Sinn. Häufige Fragen waren: Warum trifft gerade mich das? Wie soll ich diese Hürde (zum Beispiel Abitur) meistern? Irgendwann ist man immer an dem Punkt, wo sich ein neuer Weg vor einer Hürde eröffnet oder bestenfalls hinter einer Hürde, die man zuvor gut überwinden konnte. Man kann den Sinn des Lebens auch in dem Bewältigen von Problemen und Hindernissen sehen. Ich hatte zum Beispiel Angst vor den Abiturprüfungen und manchmal habe ich mich wirklich gefragt, ob das für mich der richtige Weg ist. Nicht, weil es von den Leistungen nicht gepasst hätte, sondern von dem von mir selbst erzeugten Druck. Im Nachhinein finde ich die Hürde gar nicht mehr so groß. Als ich davorstand, schien sie viel größer zu sein.

Jetzt bin ich froh, dass ich das Abitur gemacht habe, denn nun stehen mir alle Möglichkeiten offen und ich habe ganz viel Zeit, um neue Erfahrungen zu sammeln. Momentan erhole ich

mich von den stressigen Jahren. Anschließend geht es dann weiter mit dem Studium. Zwischenzeitlich sehe ich den Sinn des Lebens auch darin, etwas für die Gesellschaft zu machen, indem ich später in der Forschung arbeiten möchte. Es gibt Zeiten, in denen diese Fragen einen ganz schön beschäftigen und fast von einer Klippe stürzen lassen. Wichtig ist dabei aber immer, dass man sich den Weg vor Augen hält und sich bewusst macht, dass ein Weg, der erst total steinig und steil aussieht, sich auch als harmloser entpuppen und auf eine wunderschöne Blumenwiese führen kann.
Ab und zu gehe ich auch wandern und passend dazu fällt mir folgendes Bild ein: Ich gehe einen Weg hinunter, den ich sehr steil finde. Mit Bedacht setze ich einen Fuß vor den anderen, bis ich eine Stelle erreiche, in die ein anderer Weg mündet. Ich gucke mir den anderen Weg an und denke, dass ich froh bin, den Weg nicht gegangen zu sein, da er noch steiler aussieht. Dann drehe ich mich noch mal zu meiner zurückgelegten Strecke um und stelle fest, dass der Weg auf jeden Fall nicht weniger steil ist als der andere. Und genau dieses Bild zeigt, dass es auf die Perspektive ankommt: Vorher kann der Weg sehr steil aussehen, aber unten sieht er dann noch steiler aus. Das ist der Moment, in dem man stolz auf sich sein kann für das, was man erreicht hat, und das auch zu Recht! Stolz ist wichtig, denn ohne ihn wird es schwer, die nächste Hürde zu nehmen. Mal kann man auch die eigenen Wege mit denen anderer vergleichen, aber man sollte darauf bedacht sein, dass es nicht überhandnimmt. Zu viele Vergleiche sind schädlich, da die Ansprüche an einen selbst immer höher werden und die Kraft immer geringer, wenn man sich für zu schlecht hält. Nur weil ein Weg leichter oder schwieriger aussieht, heißt es nicht, dass man schlechter ist, nur weil man den vermeintlich schwierigeren Weg nicht bewältigt und stattdessen seinen eigenen geht. Wege können oberflächlich einen gewissen Eindruck vermitteln. Aber man weiß nie, was einen auf dem Weg

erwartet. Überraschungen passieren immer und die lassen sich einfach nicht vergleichen.
Genauso wichtig ist es, dass man lernt, dass der Abiturdurchschnitt nichts über einen Menschen an sich aussagt. Kein Mensch ist aufgrund seiner Leistungen besser oder schlechter und ein Schnitt sagt auch nichts darüber aus, wie sehr jemand in der Freizeit familiär eingespannt ist, wie fürsorglich jemand ist und ob er zum Beispiel nebenbei noch arbeitet.
Tiere sind für mich sinngebend, da insbesondere Hunde mich immer zum Lächeln bringen und ein Hund ein so toller Gefährte sein kann. Zudem bewegt man sich beim Gassigehen viel und lange Spaziergänge sind garantiert. Auch der Kontakt mit anderen Hundebesitzern ist schön, da man immer wieder ins Gespräch kommt. Auch nicht zu vernachlässigen ist die dramatische Situation in den Tierheimen, die sich durch die Pandemie noch mehr zugespitzt hat. Es sind sehr viele Tiere im Tierheim, die gerne ein liebevolles Zuhause hätten. Hunde bilden für mich einen Teil auf die Antwort nach dem Sinn des Lebens. Ich habe noch keinen Hund, aber später möchte ich mir diesen Traum erfüllen.
Ich bin mir aber sicher, dass ich noch viel mehr Facetten des Lebens entdecken werde und immer nach weiteren auf der Suche bleibe.
Erfüllt euch eure Träume und kämpft für das, was euch wichtig ist! Gebt nicht auf, sondern haltet durch, wenn ihr euch einmal in einem Gefühlstief befindet!

Lisanne Geeven (18 Jahre)

Was mich voranbringt

Am meisten voran bringt mich auf jeden Fall mein Wille, meine Motivation und vor allem mein Traum. Ich unterscheide mich von vielen, weil ich weiß, was ich will. Ich will Fußballprofi werden. Für diesen Traum werde ich alles geben, selbst wenn es mal nicht so gut läuft, wie eigentlich geplant.
Da es bei mir oft schon so war, weiß ich, wovon ich spreche. Ich habe mir einmal einen kleinen Knochen unter meinem Knie gebrochen und konnte daher ungefähr ein Jahr lang keinen Fußball mehr spielen. Für mich war diese Zeit sehr hart, weil ich nicht wusste, was ich machen sollte. Natürlich war das auch unvorteilhaft für meinen Werdegang, da ich mich nicht weiterentwickeln konnte, so wie eigentlich geplant. Dennoch hat diese Verletzung mich zu dem gemacht, der ich jetzt bin. Denn sie hat mir klargemacht, dass man niemals aufgeben sollte, egal, was passiert.
Immer, wenn ich hart trainiere, frage ich mich, warum und für wen ich das überhaupt mache. Ich mache das für meine jetzige und meine zukünftige Familie, damit ich ihr das Beste bieten kann.

Malik Ben Soula (15 Jahre)

Vertraue nie den falschen Menschen!

Normale Tage, was war das schon? Jeden Tag passierte etwas Neues, Beleidigungen, Erniedrigungen und Ausgrenzung, doch das sind die Erlebnisse, an denen wir wachsen. Es kostete mich Überwindung, anderen meine Meinung über Dinge zu offenbaren, doch der alleinige Gedanke daran, brachte mich schon ein Stück weiter. „Das ist so nicht ganz richtig“ oder „Weißt du, dass du andere verletzt?“. Es tat sehr weh, doch im Nachhinein hätte ich es nicht anders gemacht. Falsche Freunde und hinterlistige Pläne, Beleidigungen und angeschrien werden, obwohl ich keinem etwas getan habe. Ich werde es nie verstehen, warum manche diese Sachen zu mir sagten und warum unsere Gesellschaft immer nach Anerkennung strebte. Mir wurde vor einiger Zeit, um genau zu sein vor circa vier Jahren gesagt, dass ich keine Meinung über gewisse Styles haben dürfe, weil meine Augenbrauen unsichtbar waren, um genau zu sein, so hell waren, dass man sie gar nicht sehen konnte. Daraufhin färbte ich sie, sogar vor den Augen der besagten Person. Einige Zeit später wurde ich als Aussätzige betitelt und mir wurde vorgeworfen, dass ich mich nur selbst bemitleidete. Doch immer, wenn ich mit anderen darüber redete, wie es mir ging, kam immer nur ein „Hab dich nicht so“ oder „Ach, die Zeit geht vorüber“. Ja, die Zeit wird vorübergehen, doch selbst wenn, dann tut es trotzdem weh in genau diesem Moment. In den Zeiten von social media, der Pubertät und von Krieg ist es nicht selbstverständlich, mit allem sofort klarzukommen. Es ist schwierig und genau deswegen schreibe ich dies gerade. Von einem kleinen Kommentar bis hin zu Erniedrigungen, all dies tut weh und ich frage mich immer wieder: „Warum tun sie das?“ „Warum gerade ich?“ Doch selbst wenn ich um Rat bat, kamen nur antworten wie „Nimm dir das nicht so zu Herzen“, „Die machen das nur, weil sie selbst Komplexe haben“. Doch selbst wenn, selbst wenn sie Kom-

plexe haben, was habe ich damit zu tun? Und mir vorzuwerfen, dass ich keine Meinung hätte, weil meine Augenbrauen fast unkenntlich sind, das ist regelrecht absurd.
Und was war meine Reaktion auf diese Aussagen? Ich habe meistens nicht einmal versucht mich zu wehren, denn selbst wenn, wäre mir das wieder nur vorgehalten worden. Es brachte nichts, wenn ich mich gegen sie wehrte, also bin ich einfach weggegangen und ja, ich habe geweint. Sehr, sehr oft und sehr, sehr lange. Dies zeigt mir nur wieder, wie verquer unsere Gesellschaft ist. Doch so oft, wie es mir gesagt wurde, dachte ich es selbst irgendwann. Ich dachte von mir selbst, dass ich fett und hässlich bin. Ich dachte, dass ich zu schlechte Noten habe und nicht singen konnte. Meine Eltern sagten immer wieder, wie gut meine Noten doch waren. Mein Gesangslehrer machte mir bewusst, dass ich sehr wohl singen konnte. Doch dass ich schön war, das sagt mir nie auch nur einer.
Meine beste Freundin war immer für mich da, auch als meine Oma im Krankenhaus war und es ihr selbst einmal nicht gut ging, als ich von all meinen anderen Freunden verlassen wurde. Doch durch solche Erlebnisse habe ich gemerkt, dass meine Freunde nicht wirklich meine Freunde waren. Sie haben kurz Gefallen an mir gefunden und mich danach einfach fallen gelassen. Ich war für einige Zeit allein, es tat gut, aber ich war nun mal allein. Ich lernte durch Enttäuschungen, was ich vielleicht falsch gemacht habe oder wie andere mich wahrnehmen. Ich war immer sehr laut, doch jetzt, ich erkenne mich selbst nicht wieder. Ich bin leise, vertraue niemandem und denke nicht mehr daran, ob es falsch ist oder nicht, wenn ich mich melde. Nicht einer, dem ich je etwas anvertraut habe, hat es für sich behalten oder mich einfach unterstützt. Ich erzählte es ihnen, um Unterstützung zu bekommen und weil ich einen Zuhörer brauchte. Sie antworteten mir nur mit Sachen, die ich ihrer Meinung nach falsch gemacht habe, oder „Ist ja kein Wunder, warum du keine Freunde mehr hast“. Es tat

weh, doch ich hatte nicht mal mehr einen, der mich in die Arme nahm, also suchte ich bei mir selbst Zuflucht.
Ich suchte nach mir selbst und nach den Gründen, warum ich so unzufrieden war und nun mal so war, wie ich bin. Doch wir wachsen an unseren Fehlern, genau wie wenn Vögel zum Beispiel Marienkäfer essen und bemerken, dass diese eher ungenießbar sind. Sie scheiden eine Flüssigkeit aus und durch ihre prägnante rote Farbe erkennen die Vögel, dass sie sich eher von Marienkäfern fernhalten sollten. Meine Gedanken, durch die ich einige schlaflose Nächte hatte, werden nicht vom einen auf den anderen Tag verschwinden, sie werden mit der Zeit verschwimmen, aber sich nicht völlig auflösen. In den heutigen Zeiten mag es normal sein, über Suizid nachzudenken, aber warum kam es überhaupt soweit? Ich konnte mich letztes Jahr nicht einmal über einen Notendurchschnitt von 1,4 freuen, obwohl dies mein bester überhaupt war. Andere sagten nur „Ach, schön für dich“. Danke, dass sich nicht einmal die eigenen Freunde darüber freuten, was war das für eine Freundschaft? Es war nun mal so, dass sie hochbegabt waren, aber Zeit für alle anderen Freunde außer mir hatten. Ja, ich war anders als andere, aber die anderen waren nicht besser als ich. Sie dachten von sich selbst oft, dass sie besser wären, und zeigten es, indem sie mit ihren Klausuren vor allen geprahlt haben. Eine 1, wow. Dieser Drang nach Anerkennung war nicht mehr als fehlendes Selbstbewusstsein. Ich merkte das alles viel zu spät. Als ich es bemerkte, war es schon so weit, dass ich ganz allein war. Es gab niemanden mehr außer meiner besten Freundin. Alle meine einstigen „Freunde“ hatten mich verlassen, aus welchen Gründen auch immer. War es, weil ich nicht gut genug und nicht schön genug war, dass sie mich „fettes Schwein“ nannten, oder dass ich nicht beliebt genug war und deswegen eine „Aussätzige“? Was war der Grund?
Eine „Freundin“ erzählte mir einmal, dass ihre Mutter ihr, als sie ein Kind war, sagte, dass sie viele Freunde haben würde,

wenn sie gut in der Schule wäre und immer nur gute Noten mit nach Hause bringen würde. Das ist kompletter Unsinn. Man hat nicht mehr Freunde, wenn man gute Noten hat. Das sind dann allerhöchstens falsche Freunde, genau wie sie es auch war. Sie verließ mich ebenso. Und ich war wieder allein. Es gab noch eine andere Freundin, sie war hochbegabt und erzählte mir immer, dass Noten nichts über einen aussagen. Selbst gab sie aber viel dafür, immer die Beste zu sein, sie war ganz schön hinterlistig, selbst wenn es niemand außer mir bemerkte und auch ich leider zu spät. Sie sprach außerdem von nichts anderem als sich selbst, andauernd wechselte sie von dem eigentlichen Thema zu ihr selbst. Sie hatte nie Zeit für mich und wies mich nur noch ab. Sie hatte nie „Zeit“ für mich, aber konnte sich mit anderen quasi jedes Wochenende treffen. Ich begriff nach einiger Zeit endlich, dass sie einfach nicht wollte, und zog mich zurück, von nun an war ich in der Schule völlig allein.
Noten sagen nichts über Menschen aus und dennoch ist es in Ordnung, immer sein Bestes geben zu wollen, und das bestmögliche Ergebnis ebenso. Es zählen keine Statusgüter wie Kleidung oder Accessoires. Das Einzige, was zählt, ist die Persönlichkeit. Ich lernte dies allerdings erst nach etlichen Niederlagen, Panikattacken und falschen Freunden. Ich mag vielleicht im Moment quasi niemanden haben, aber ich wachse und sollte versuchen, an mir selbst zu arbeiten und nicht immer die Fehler bei anderen zu suchen. So, wie die Schulzeit irgendwann vorübergeht, nimmt auch jede schlimme Zeit irgendwann ein Ende. Und selbst wenn meine Träume „lächerlich“ oder „unerreichbar“ sind, sind sie immer noch Gründe, dafür zu kämpfen und zu lernen.

Anna Sophia Mostersteg (17 Jahre)

Meine beste Freundin

Ein nettes, ruhiges Mädchen. Das ist, was du siehst. Von klein auf fantasievoll, hilfsbereit und immer lächelnd. Ach, Mädchen, wie bist du nur in eine solche Lage gekommen? Was ist aus diesem süßen Mädchen geworden?
Dünne Haut mit deutlich erkennbaren Adern und Knochen, Rippen, Wirbelsäule, alles erkennbar. Trockene Lippen, scharfe Wangenknochen, von Müdigkeit geprägte Augenringe mit Augen, die jeglichen Glanz verloren haben. Wer bist du? Was bist du? Was hast du mit Asmin gemacht? Hilfe, Mädchen, Hilfe, das ist das, was du brauchst!
Klamotten hängen schlapp herunter, als hätte sie niemand an. Solch ein zierlicher Körper, er gleicht einem Skelett.
Ist das Wachsen? Ist das erwachsen? Wenn ja, will ich für immer klein bleiben.

Vor zwei Jahren noch glücklich mit vielen Freunden shoppen und essen gegangen. Ach, wie befreiend.
Jetzt nur noch eine, eine Freundin neben mir.
Ana ist ihr Name.
Ob morgens, mittags oder abends, sie ist immer bei mir, steht zu mir und lässt mich niemals allein. Sie hilft mir Entscheidungen zu treffen und hat stets die Kontrolle in der Hand. Doch Ana ist toxisch. Sie ist gefährlich und teilt mich in zwei. Menschen warnen mich vor ihr, doch ich will's nicht wahrhaben.
Wie kann etwas, das sich gut anfühlt, schlecht für mich sein?
Ach, Ana, warum nur? Warum kenne ich dich? Können wir wieder zurück in die Vergangenheit? In die Vergangenheit ohne dich?
Ach, Ana, warum nur? Warum tust du mir das an?
Du schadest mir.
Du zerstörst mich,
auch wenn ich das nicht seh.

Ich kämpfe gegen dich an und werde alles beweisen, dass ich die bin, die die Kontrolle hat.
Jeder kennt dich. Jeder kennt dein wahres Gesicht.
Auch du, ja, du, du kennst Ana auch.
Anorexia, Anorexia nervosa.
So lautet ihr vollständiger Name.
Ein Teufel.
Ein Monster
mit schönem Gesicht.

Asmin Aycan (17 Jahre)

Der Tod einer „Fremden“

Hier geht es um meine dreitägige Bekanntschaft mit einer alten Dame in einer Senioren-WG. Sie entspricht der Realität, weswegen ich aus rechtlichen Gründen weder die Organisation noch die richtigen Namen nenne. Ich habe mich für dieses Thema entschieden, weil meiner Meinung nach viel zu oft darüber geschwiegen wird. Und alles begann mit einem Schokoladenpudding …

Nach dem Essen, an dem alle mobilen Mitbewohner teilnehmen, bietest du an, Christa den Nachtisch zu bringen. Du wirst kurz schockiert angesehen, zumal du sie füttern müsstest. Doch das ist dir egal, wenn du es machen darfst, dann willst du es ganz unbedingt. Also kriegst du den Schokoladenpudding und betrittst das Zimmer. Zum ersten Mal siehst du es bei Tageslicht, überall hängen Bilder von ihr, ihren Geschwistern, ihren Kindern und Enkeln. Zwei Wände sind davon komplett bekleidet. Du begibst dich in das Sichtfeld dieser kleinen, zarten Frau in einem Bett, das viel zu groß für sie wirkt. Nochmal stellst du dich vor, erklärst ihr, warum du da bist. Sie wendet den Blick von ihrem Fernseher langsam zu dir. Diese Augen. Ein Körper zu schwach, um Pudding allein zu essen; Arme so furchtbar dünn, alles alt und faltig. Doch ihre Augen sind so anders, sie wollen nicht zum Körper passen. Sie sind stark, wach. Sie lächelt dich müde an und die nächste halbe Stunde verbringst du damit, Christa mit Pudding zu füttern. Es geht nur sehr langsam, sie hat keine Zähne mehr und sträubt sich gegen ihr Gebiss. Jede Bewegung, jedes Schlucken, jeder Atemzug kostet sie unglaubliche Anstrengung. Aber sie isst und sie atmet.

Als der Pudding aufgegessen ist, fragst du sie, ob du wiederkommen oder lieber gehen sollst. Sie zeigt mit dem Finger energischer, als du es ihr zugetraut hättest, dass sie möchte, dass du bleibst. Du willst gerade gehen, um den leeren Pud-

dingbehälter zu entsorgen, als sie plötzlich spricht. Nur ein einziges Wort, aber es ist magisch. Es liegt so viel Ehrlichkeit, Dankbarkeit und irgendwie auch Abschied darin, Letzteres wird dir erst später klar werden. Denn dieses DANKE wird das einzige Wort bleiben, das du je von ihr gehört hast.
Du versicherst ihr, dass du es gern getan hast und gleich sofort wiederkommst. Lächelnd verlässt du das Zimmer. Du versicherst der Betreuerin, dass du dich wohlfühlst, und gehst zurück. Ab und zu schaut kurz jemand vorbei. Du erzählst Christa ein bisschen was von dir, sorgst dafür, dass sie genug trinkt. Irgendwann merkst du, dass du genug gesagt hast, erneut fragst du, ob du gehen oder bleiben sollst. Mit den Lippen formt sie „bleib" und das tust du auch. Als eine andere Pflegerin ins Zimmer kommt, ihre Schicht hat grade angefangen, ist es, als würde in Christa eine neue Kraft erwachen. Sie hebt sogar die Hand, um der Betreuerin, die sich hinabbeugt, über die Wange zu streichen. Es ist unglaublich. Doch sobald sie den Raum verlässt, siehst du, dass es Christa unglaubliche Kraft gekostet hat.
Feierabend, du wirst nach Hause geschickt und versprichst Christa wiederzukommen, sie lächelt leicht. Mit einem zufriedenen Grinsen verlässt du die WG.
Christa, schlafend, mit geöffnetem Mund, daneben die Pflegerin von gestern, eine Hand in Christas Haaren, leise summend. Das ist das Erste, was du heute von ihr siehst. Du lässt die beiden allein, und während du dir mit einem Betreuer alte Fotos anschaust, erwähnt er ganz nebenbei, dass Christa wohl sehr bald sterben wird. Kurz glaubst du, dich verhört zu haben. Doch er redet schon weiter, ganz so, als müsste er all das einfach mal loswerden. Christa habe Angst vor dem Tod, und sie hätte sich gewünscht, nicht allein sterben zu müssen. Er kennt sie seit acht Jahren. Seine Stimme, wenn er von ihr spricht, ist ganz anders. Von der Vergangenheit, in der sie eine gestandene Frau gewesen ist, spricht er wehmütig. Von der

Gegenwart, in der es sie quält zu leben, gleichzeitig aber auch zu sterben, spricht er, als würde er ihren Schmerz fühlen. Um ihn vielleicht ein bisschen aufzumuntern, versicherst du ihm, sie habe zumindest gestern keine Schmerzen gehabt. Das hattest du sie nämlich gefragt.
Nach einer Weile, in der Schweigen herrschte, was ihr beide irgendwie brauchtet, fragt er, ob du Angst vor der Frau hast. Er deutet dabei auf Christas Zimmertür. Nein, du hast keine Angst. Gemeinsam betretet ihr den Raum. An sich hat sich nicht viel verändert, eigentlich optisch gesehen gar nichts.
Schließlich warst du erst vor vier Stunden kurz bei ihr. Aber es riecht irgendwie komisch, und es ist sehr kalt. Und dann ist da noch Christa. Sie ist schon nicht mehr bei Bewusstsein, ihr Atem geht schwerfällig, aber regelmäßig. Du setzt dich neben sie und streichelst sanft ihren Arm, wie er es auf der anderen Seite tut. Kurz darauf hast du frei und darfst gehen. In Gedanken versprichst du Christa wiederzukommen.
Du sitzt bei Christa, ihr Atem lässt nach, wird schwächer, aber ist noch immer regelmäßig. Der heute zuständige Pfleger überprüft ihre Füße und schüttelt den Kopf. Der Raum ist so kalt, es ist, als stünde der Tod förmlich in einer Ecke des Raumes. Als würde er nur darauf warten, dass du gehst, um sie an der Hand wegzuführen. Sie macht mit den Händen Bewegungen, als wehrte sie sich gegen jemanden. Sanft nimmst du ihre Hand, sofort wird sie wieder ruhiger, und du befeuchtest ihr die trockenen Lippen. Doch dann wirst du gerufen. Nie hattest du weniger Lust, einen Raum zu verlassen. Du gibst Christa einen Kuss auf die Hand und versprichst ihr, gleich wieder bei ihr zu sein.
Gemeinsam mit dem Betreuer, der dir schon einiges über sie erzählt hat, gehst du zurück in Christas Zimmer. Ihr Atem hat sich verändert, es sind nur noch ganz kleine rasselnde Atemzüge, nicht mehr regelmäßig. Du weißt nicht, wie viel sie noch mitkriegt, ob sie hört, was du sagst. Aber du bist dir sicher,

dass sie spürt, dass ihr da seid, zumal du wieder ihre Hand hältst. Du fragst ihn, ob man ihr den Tod nicht irgendwie erleichtern kann. Er schaut sich ihre Füße an. Es wird nicht mehr lange dauern. Aber so sei es Quälerei für sie. Beide hofft ihr, dass es schnell geht. Um ihretwillen, nicht um euren. Du hast Feierabend und ganz tief in dir drin weißt du, dass das hier ein Abschied ist, nicht bis morgen, sondern für immer. Er verlässt kurz den Raum, angeblich weil eine andere Bewohnerin gerufen hätte, doch du hast nichts gehört. Er schließt die Tür und gibt dir somit den Raum, dich von der nun nur noch ganz flach atmenden Frau, die Bilder ihrer Kinder auf der Brust liegen hat, von denen keines an ihrem Sterbebett anzutreffen ist, zu verabschieden. In diesem Moment zu gehen, kostet einiges an Überwindung. Denn der Tod hat nun schon ihre Hände ergriffen, man kann es sehen.
Heute weißt du, dass sie eine Stunde und neununddreißig Minuten nachdem du gegangen warst, gestorben ist.
Als du die WG betrittst, weißt du es sofort. Crista ist tot. Du spürst es, bevor du das Trauergesteck überhaupt siehst. Die Atmosphäre ist angespannt, von einer Pflegerin erfährst du, was eine der Dementen heute Nacht angestellt hat, weswegen sie wahrscheinlich auch so müde ist. Sie hat in der Nacht der verstorbenen Christa eine Decke gebracht und ist dann bei ihr geblieben. Sie hat mit ihr geredet und ihre Hand gehalten. Die Nachtschicht sei wohl sehr besorgt gewesen, da demente Leute schließlich unberechenbar sind. Man weiß vorher eben nicht, was sie gleich so alles anstellen werden.
Sie hat sich also auf ihre eigene Weise von Christa verabschiedet, jeder hat das getan auf ganz unterschiedliche Art und Weise.
Und damit ist die Geschichte dieser wundervollen Frau nun fast zu Ende, fast, da sie in deinen Erinnerungen sowie in denen aller Menschen, die sie je gekannt haben, weiterlebt. Und vielleicht inspiriert dich diese Geschichte dazu, öfter danke zu

sagen, denn du weißt nicht, wie oft du noch die Gelegenheit dazu bekommen wirst.
Und in diesem Sinne:
Vielen Dank, dass du all das hier gelesen hast!

Leni Lohkamp (16 Jahre)

Der erweiterte Horizont

Jeder hat mal die Phase im Leben, in der viel an Selbstwertgefühl, an Mut und Selbstreflexion fehlt. Sie bringt uns entweder dazu, uns zu entfalten oder komplett aufzugeben und keinen Sinn mehr in der Existenz zu sehen. Wie dieser Prozess weiterläuft, ist jedem selbst überlassen. Wir haben die Macht über unsere emotionale Kontrolle.
Also bring deine Gefühlswerte in Ordnung, lass nicht zu, dass deine Empfindungen dich davon abhalten, dein Potenzial auszuschöpfen. Du musst deine Gedanken und dein Verhalten verändern, wenn du dich besser fühlen willst. Deswegen sei dir deiner Gedanken bewusst, mach dir deine Ansichten bewusst, die dich davon abhalten, etwas in die Tat umzusetzen, oder solche, die dich ermutigen, die Macht abzugeben und die Energie an Dinge zu verschwenden, die du nicht kontrollierst. Entwickle mentale Stärke, denn eines der wichtigsten Dinge, die diese Stärke mit sich bringt, ist, dass du dich dadurch immer an die eigenen Werte hältst, egal, was das Leben für dich gerade bereithält. Mental schwache Menschen halten sich nicht an ihre Werte. Stell dir ein Leben vor, in dem du ziemlich oft das Richtige tust, das nur, weil deine Werte gut sind und du dich daran hältst. Du brauchst Disziplin in deinen Werten und keinen jungen Kopf, der bei jedem Kompromiss an das Aufgeben und Versagen denkt. Du brauchst Kontrolle über dich selbst, erst geistig, dann auch physisch. Sobald dein Gefühlswert dich deinem Erfolg nähert, kannst du dich darauf gefasst machen, ein neues Kapitel zu öffnen.
Mit der Wahrheit zu leben, die eigenen Schilde davor zu senken, ehrlich zu sich selbst zu sein, Tatsachen in die Verteidigung eindringen zu lassen, die Illusionen zerstören zu lassen, bedeutet, ein wahres Leben zu führen. Ein Leben, das auf Lügen aufgebaut ist, ist wertlos. Lass dich nicht belügen und belüge an erster Stelle nicht dich selbst. Solchen vergänglichen

Trost wirst du nicht brauchen und dir nur für kurze Zeit einreden, dass das bloße Hoffen dich einigermaßen weiterbringe. Schwachsinn.
Durchschnittliche Menschen verhalten sich so, wie sie sich fühlen. Weise Menschen verhalten sich so, wie sie sich fühlen wollen. Der Geist muss stärker als die Emotionen sein. Und dafür musst du kämpfen. Der Kampf mit dir selbst. Entweder führt er zum Sieg und du unterscheidest das Wertvolle vom Vergänglichen, oder du versagst und bleibst noch ganz lange die Person, die du am Anfang gehasst hast.
Wenn du dich nicht bewusst dafür entscheidest, deine eigene Wissensgrundlage zu erstellen, und dabei genau weißt, in welche Richtung du gehen willst, wirst du vollständig von Input programmiert, dem du zufällig ausgeliefert bist. Sei dir darüber bewusst und handle dementsprechend professionell. Ich weiß, dass du müde bist. Ich bin auch müde. Und viele Menschen da draußen genauso. Aber leg dich nicht schlafen nur weil du müde bist, sondern geh dich erst dann ausruhen, wenn du auch wirklich fertig bist. Du darfst nicht aufhören, bevor du nicht fertig geworden bist. „Ich mache morgen weiter." Nein, wirst du nicht. Belüge dich nicht, um einige Stunden länger schlafen zu können. Menschen da draußen lachen gerade über dich. Zeig ihnen, dass du keine Witzfigur bist, oder findest du es okay, dass man mit dem Finger auf dich zeigt und dir sagt, dass du zu nichts taugst? Du bist besser als das und ich weiß, dass du mehr drauf hast. Also steh wieder auf. „Ich habe nicht genug Geld. Ich habe keine Zeit. Mir geht es nicht so gut." Schwachsinn. Hör auf, dich auf deine Komfortstimme einzulassen. Steh auf. Geh und schreib deine Hausarbeit. Steh auf. Geh zum Sport und hol dir endlich deinen Traumkörper. Oder hast du schon vergessen, warum du das alles hier machst? Zieh in den Krieg mit der Person im Spiegel und komm nicht zurück, bevor du nicht gewonnen hast. Auch wenn du verlieren wirst – und du wirst verlieren – steh wieder auf.

Wenn etwas Schlechtes passiert, ist es leichter, die eigene Meinung darüber zu ändern, anstatt bei etwas, das in der Vergangenheit geschehen ist. Über deine Meinung hast du die Macht, die kannst du ändern. Das, was in der Vergangenheit passiert ist, kannst du nicht ändern, sondern nur Lektionen entwickeln. Es ist immer einfacher, sich an die Vergangenheit zu klammern. Nur wer seinen Blick nach vorne richtet, kann sich weiterentwickeln. Aber genau an diesem Punkt geben die meisten auf und geben sich mit dem zufrieden, was das Leben gerade bereithält. Sie fokussieren sich nicht auf einen weiteren Horizont und hinterfragen kaum den Prozess. Es ist ihnen egal, wie sehr sie manipuliert, benutzt und verkauft werden. Motto, ich lebe.

Das Leben ist und war nie ein Wunschkonzert, schon gar nicht eins für Menschen in der Versagerrolle. Rumsitzen und auf eine Entwicklung zu hoffen, ist das Billigste, womit du deinen Selbstwert sättigen kannst. Reflektiere dich selbst, unterscheide zwischen Qualität und Quantität, werde die bessere Version deines Ichs.

Wenn man dich fragt, welcher Film dein liebster ist, antwortest du nur mit dem Namen oder erzählst du auch den Grund für diese Wahl? Wieso gefällt er dir? Was macht ihn besonders gegenüber allen anderen Filmen? Welche Lektion erteilt er dir? Oder ist er dein Lieblingsfilm, weil der doch so hübsche Schauspieler mitspielt? Wenn dein Grund Letzteres ist, so antworte lieber mit „Ich schaue keine Filme“, als dass du einen nennst. Solange du keine Reflexion und keinen Sinn durch den Film entwickelst, hast du dir bloß einen Bildschirm angeguckt.

In einigen Jahren, noch besser gesagt in fünf Jahren, wird dich keiner mehr fragen, ob du die teuerste Uhr besitzt, sondern wie du zur Uhr kamst. Wie du dir diese „Gönnung“ leisten konntest. Ob du mit einem „Ich habe hart für meine Zukunft gekämpft und mir diese Uhr als Verdienst geholt“ oder einem „Mein Vater gab sie mir“ antwortest, ist deinen Schritten von heute überlassen. So nimm deine Zukunft in die Hand und mache deine Ziele zur Priorität.

Mülhime Nur Itik (19 Jahre)

Meine Sorgen

Man hat viele Sorgen. Zum Beispiel machst du dir Sorgen, dass deine Freunde auf einmal deine Feinde sind. Ich habe Sorgen, dass meine Familie und meine Freunde nicht mehr gesund und glücklich sind, dass sie kein Interesse mehr an mir haben. Deswegen verbringe ich viel Zeit mit ihnen und denen, die mir noch wichtig sind. Wer weiß! Vielleicht sind sie irgendwann nicht mehr da! Du kannst sie nicht mehr anfassen oder umarmen und Zeit mit ihnen verbringen. Sie sind einfach weg. Und du denkst auf einmal: Wieso jetzt? Du wünschst dir, sie noch einmal sehen zu können. Du denkst, dein Leben ist vorbei. Aber nein! Man muss einfach den Kopf nach oben halten und sich nicht viele Sorgen machen.
Ich habe Freunde, aber auch Feinde. Die besten Freunde sind einfach die, die dir treu bleiben. Das geht an euch, Ella, Mira, Güzel, und alle anderen, die mir treu bleiben. Deswegen schützt eure Freunde und eure Familie!

Medina Berisha (11 Jahre)

14
Schulisch betrachtet

Stille

Ich bin in meinem Zimmer, und es existiert nur Stille. Sobald ich es verlasse, ist die Stille weg. Ich gehe runter in den Keller, und es ist wieder still, doch höre ich meinen Nachbarn kommen, und so ist es wieder nicht still. Es ist Abend. Also gehe ich ins Bett, schließe die Augen, und es ist wieder still. Auch in meinem Traum ist nur Ruhe wahrzunehmen.

Mein Wecker klingelt. Das wars wieder mit der angenehmen Stille, denn Schüler sind laut. Ich mache mich auf den Weg zur Schule. Die Menschen im Bus sind unruhig, alle reden. Nur eine Person ist still, nämlich ich. Die Stille ist beruhigend, gibt mir Platz zum Nachdenken in meinem Kopf. Ich betrete das Schulgebäude, warte aber am Eingang, bis es vollkommen still ist. Denn alle Schüler sind schon in ihren Klassen. Ich stehe noch hier, genieße diese Stille, doch nun bin ich zu spät. Ich gehe auf einen Raum zu und höre schon die Unruhe. Ich öffne die Tür und es wird still. Alle starren mich an mit fragenden Blicken. Ich bewege mich nicht, ich genieße die Stille. Ich bin im falschen Raum.

Es ist Montag. Ich will nicht hier sein, denn die Schule ist zu laut. Ich kann meine eigenen Gedanken nicht wahrnehmen. Der Lehrer schaut mich erwartungsvoll an. Er ist sichtlich verwirrt, doch er sieht auch so aus, als wäre er glücklich über die Stille. Ich habe Angst, dass ich, wenn ich etwas sage und die Schüler ihre Antwort haben, wieder die Unruhe einbringe. Ich muss aber endlich etwas sagen, denn schweigend kann ich nicht gehen. Ich entschuldige mich nur und gehe. Noch bevor die Tür ins Schloss fällt, hört man schon Schreie, wie wenn ein Tier grade auf der Jagd ist oder gejagt wird. So muss sich wohl der Lehrer fühlen, umgeben von Raubtieren, die ihn fertigmachen wollen. Ich finde meinen Raum, er ist voll mit schreibenden Schülern. Alle sind still, sie sollen ihre Gedanken in Worte fassen. Die richtige Aufgabe für mich, sollte man meinen.

Doch alles, was ich schreibe, ist: Ich will nicht hier sein, umgeben von lauten, nervenden Menschen.
Mein Blatt gebe ich ab, die Schule ist aus, also gehe ich. Der Bus voller nerviger Kinder, der Weg nach Hause voller Menschen, die nichts Besseres zu tun haben, als ihre Freizeit damit zu verbringen, mir im Weg zu stehen. Ich gehe rein, durch den Flur in mein Zimmer. Stille, das, was ich mag, meine Gedanken. Andere Menschen sind okay, solange sie in meine Gedanken passen. Doch die aus meinem Alltag will ich nicht.

Christiane Schleicher (18 Jahre)

Das WC

Eines Tages, an einem Dienstag, fragte ich meine Lehrerin, ob ich auf die Toilette darf. Sie antwortete mir: „Ja, geh! Aber du hast nur drei Minuten.“ Als ich ihre Antwort bekommen hatte, rannte ich ganz schnell raus. Als ich die knarrende Tür aufmachte, hörte ich als Erstes lautes Klopfen. Es hörte sich so an, als ob jemand ganz fest auf die Toilettentür haute. Ich ging langsam dahin und fragte, ob da jemand sei. Aber niemand antwortete. Ich habe ein paar Mal gefragt, aber immer noch keine Antwort. Doch dann duckte ich mich und auf einmal sah ich ein Mädchen. Aber nur ihren Kopf! Ich war in einem ganz großen Schock. Ich konnte nicht mehr aufstehen!
Es waren fünf Minuten vergangen, aber niemand war da. Plötzlich hat es geklingelt, und viele Schülerinnen kamen rein und sahen, dass ich auf dem Boden lag. Sie riefen die Lehrerinnen und die Lehrer. Sie hoben mich auf, und PLÖTZLICH gingen alle Lichter aus. Dann wachte ich auf und merkte, dass das ein Albtraum gewesen war. Schließlich fasste jemand meine Schultern an. Als ich meinen Kopf dahin drehte, sah ich, dass eine schwarze Kreatur mit roten Augen neben mir stand ...

Ecenas Sönmez (11 Jahre)

Wie man mit dem Leben umgehen muss

Es war an einem Tag, einem schlechten Tag. Das Leben hatte keinen Sinn mehr, und das hatte Lukas auch verstanden. Lukas war dreizehn Jahre alt. Er lebte mit seiner Mutter in Frankfurt in einem Block mit vielen Ausländern. Ein Ort, an dem man Griechen, Türken, Libanesen und Russen finden konnte. Der Ort, der Block, in dem Lukas lebte, war schlimm, voller Kriminalität. Lukas hatte Freunde, doch im vergangenen Jahr war sein bester Freund Ahmet gestorben. Er kam schwer darüber hinweg. Er wurde depressiv. Seine Mutter konnte ihm nicht helfen, nicht einmal die Ärzte konnten es. Lukas hatte Angst rauszugehen und sogar aus seinem Fenster zu schauen. Nun musste seine Mutter eine Entscheidung treffen, entweder ihr Leben aufgeben und ihren Job oder Lukas. Sie zogen um, dafür entschied sie sich. Und so zogen Lukas und seine Mutter nach Hamburg, in die Stadt der Träume, und mieteten sich dort ein Haus. Es war schön, so schön, dass sie in Tränen waren.
Diese Wendung veränderte Lukas' Leben. Er hatte so eine Art von Straße und Haus bis dahin noch nicht gekannt. Alles war ihm neu. Sie zogen ein und schliefen zunächst ein. Am nächsten Tag musste Lukas auf seine neue Schule. Sie war voll mit Schülern, die einen Migrationshintergrund hatten. Lukas stellte sich nur eine Frage: „Wie schlimm wird es?" Doch seine Klasse sah gut aus. Er setzte sich nach hinten und war fremd. Er fühlte sich unwohl, angestarrt von Blicken, die verwirrt und zum Teil vor Wut in Feuer waren. Später in der Pause stellten sich die Mitschüler vor. Lukas fühlte sich etwas wohler. Doch plötzlich kam ein Junge und boxte ihn auf die Schulter. Der Junge sagte: „Verzieh dich, du deutsche Kartoffel!" Lukas ging weg und rannte nach Hause. Zu Hause legte er sich auf sein Bett und weinte. Seine Mutter sagte zu ihm: „Sei stark! Du musst gewinnen. Mit Abhauen erreichst du

nichts." Lukas wurde sich dessen bewusst und machte in der Schule eine Ansage. Seine Mitschüler fingen an, ihn zu respektieren.

Şahin Barak (15 Jahre)

Die Gesellschaft von heute

Mein Name ist Mustafa Samed Karasöl. Ich bin vierzehn Jahre alt und gehe in die neunte Klasse. Als Kind wollte ich immer Arzt werden. Doch mit der Zeit merkte ich, dass dies etwas unrealistisch war. Jetzt habe ich mir das Ziel gesteckt, Polizist zu werden, sogar Kriminalpolizist. Ich habe meinen Traum, Arzt zu werden, aufgegeben, da meine Noten nicht gut genug sind. Zurzeit fehlt mir etwas die Motivation. Jetzt fragst du dich bestimmt, wofür fehlt dir die Motivation? Das kann ich dir sagen, einfach für alles. Ich weiß nicht, ob das einfach nur die pulsierenden Hormone sind oder ob ich einfach alles manchmal zu sehr überdenke. Kann aber auch sein, dass ich zu schnell erwachsen geworden bin. Das mag vielleicht etwas egoistisch klingen, aber ich finde, ich bin zum Beispiel auch viel empathischer als andere (das bezieht sich jetzt nicht nur auf meine Altersgruppe). Doch ich glaube, jeder denkt das über sich selbst. Ich werde manchmal auch nicht verstanden. Manchmal bekomme ich keine Gelegenheit, mein erstes Ich zu zeigen. Das denken sicher auch viele über sich selbst.

Ich glaube, das hat sich so in der Gesellschaft entwickelt, weil viele einen guten ersten Eindruck machen wollen. Dann zeigen sie nicht ihr wahres Ich und beim nächsten Mal auch nicht und so weiter. Kann sein, dass das ein bisschen kompliziert klingt. Aber stell dir einfach vor, dass sich zwei Leute kennenlernen und sich verstellen, damit sie sich verstehen. Dann fühlen sie sich am Ende des Tages bedrängt. Dabei wären sie gut miteinander klargekommen, wenn sie ihr wahres Ich gezeigt hätten.

Ach, was labere ich da! Ich bin doch nur ein vierzehnjähriger Schüler. Auf jeden Fall wünsche ich dir noch einen schönen Tag!

Mustafa Samed Karaçöl (14 Jahre)

Der Tag

Was für ein Scheißtag. Morgen wieder Schule. Kein Bock. Morgen habe ich wenigstens Mathe und sehe das Mädchen, das ich mag. Das sind die zwei Gründe, weshalb ich zur Schule gehe. Mein Mathelehrer, so ein alter, dauernd nerviger Typ. Er kann uns die Aufgaben nicht erklären und erwartet von uns, dass wir das einfach so schaffen. Unsere vorherigen Lehrer waren viel besser und angenehmer. Ich meine, ich war mal ein Einser-Schüler. Dann kam der Opa und brachte mich auf eine Drei. Dummer Opa! Es war immer mein Traum, Lehrer zu werden, und ist es immer noch.
Ich hasse den Sonntag. Meine Familie ist nicht da, ich bin allein. Ich hasse Schule eigentlich nicht so, nur Deutsch und Englisch. Ich meine, ich kann fließend Deutsch, Türkisch, Englisch und Italienisch. Ach, kein Bock mehr! Ciao.

Emre Demirörs (15 Jahre)

Die Schülerin, die nicht mehr weiterweiß

Hi, ich bin Lexy, ein sehr verrücktes Mädchen. Es begann, als ich auf eine neue Schule ging, auf ein Gymnasium. Ich wusste, dass es sehr schwer werden würde wegen meines Kopftuchs. Ich war wie ein Außenseiter, und da war auch der erste Schultag nach den Sommerferien. Ich zitterte ein bisschen. Und dann war es so weit, ich betrat mein neues Klassenzimmer. Ich sah meine beiden Klassenlehrerinnen. Ich freute mich aber auch.
Als Erstes war alles so aufregend. Ich kannte nur drei Personen, ein Mädchen und zwei Jungs. Es lief, wie ich es erwartet hatte, nämlich schlecht. Ich wurde schon nach drei Tagen dumm angemacht, aber ich versuchte es zu ignorieren. Es ging fast ein ganzes Jahr lang so. Als ich wusste, dass ich es nicht mehr aushalten würde, ging ich zu meiner Klassenlehrerin und redete mit ihr. Sie sagte es in der Klassenleitungsstunde, und es funktionierte. Ich wurde nicht mehr gemobbt und gedemütigt. Ich freute mich.
Was ich sagen will: Ich habe eine Freundin, die mich immer unterstützt, mich aufgemuntert und mich zur Realität gebracht hat, Ecrin. Ich verstand nämlich durch sie, dass man sich auch Hilfe suchen soll, wenn man nicht mehr weiterweiß. Das kann ich jedem mitgeben aus eigener Erfahrung.
Update: Mittlerweile habe ich viele Freunde und werde nicht mehr angemeckert. Yay!

Alexya Marcus (12 Jahre)

15
Von meiner Hoffnung auf Zukunft

Ein unbeschwerter Ort

Ein Ort voller Freunde, wo wird der sein?
Die Erde, oh nein, die ist nicht rein
Ich schaute aus meinem Fenster
und sah weit und breit nur Gespenster

Ich sitze hier und weiß nicht weiter
Oh, dort sitzt ein Begleiter, ein Fighter
Einen Freund in die Arme zu schließen
Oh Mann, das lass ich über mich ergießen

Ich weiß nicht wohin mit mir
All diese Gedanken
Bringen mich ins Schwanken
Voll mit rasenden Ranken
Eine unbeschwerte Welt

Weit hinaus sehe ich raus
Im Mandelmeer so unbeschwert
sah ich mich mit Freunden spielen
Ohne Sorgen, ohne Mienen

Eine unbeschwerte Welt, wo ist die nur?
Trag mich dothin, wo Wölfe mit Schafen spielen
Und die Hyänen mit mir spazieren
In eine weite, weite Welt, in der Frieden einkehrt

Anna Sophia Mostersteg (17 Jahre)

Meine Gefühle sind ein Komposthaufen

Meine Gefühle sind ein Komposthaufen.
Und ich selbst bin die Fliege, die sich seit mittlerweile sieben Tagen darauf ausruht.
In dem Geräusch meines eigenen Summens vereinen sich alle Gefühle und
Gedankenkarusselle der letzten Zeiten.
So lang und breit, dass ich selbst es als
nervend empfinde.

Ich stecke.
Und das ganz tief.
In einem Wust aus unerfüllten Erwartungen
und Hoffnungen aufs Leben.
Ich stecke fest.
Ob in mir oder meiner isolierten Situation,
kann ich nicht sagen.
Aber es wird mir klar wie ein Fakt, dass ich
selbst energielos bin.
Dass ich mich mitreißen lasse und
nicht selbst animiere.
Zumindest nicht in der Art und Weise,
wie ich mir das bei meiner Person wünsche.

Ich stecke wieder in mir fest.
Aber diesmal liegt der Entschluss zur Bewegung nicht in einer unmittelbaren Problematik.
Sie liegt tiefer.
Sie liegt darin, mit graben zu beginnen.
Schicht um Schicht und Torf um Torf.
Sie liegt im Loslassen,
sich selbst auffassen und nicht im Vergleichen.

Ich will, dass der vergessene Abfall wieder blüht.
Ich will Meinung haben und Menschen sehen
und dabei diese Welt immer mehr verstehen.
Und ich muss gehen lassen.
Die Teile, die keine gute Erde mehr sind.
Die nichts mehr taugen.
Das Verkrampfte, das Verbitterte,
das Beweisende.
Aber wie?
Wie werde ich Teile los, die so weit
Fundament bilden und unangetastet
ihr Dasein gefristet haben?
Die so doll angstbeladen sind?

Das tu ich im Zurücknehmen.
Von Vergleichen, von Meinungen und vor allem meiner selbst.
Das tu ich im Willen Formen.
Im Zukunft Anvisieren
und auf das Ungewisse Freuen.
Im Chancen Sehen, mich weiter zu formen.
Denn wir sind jetzt an einem Punkt,
da ist das möglich!
Das wage ich zu sagen.
Und das tu ich im Fallenlassen.
Denn wenn da niemand fängt und stoppt,
hört der Fall auch nicht mehr auf.

Ich will zu allem „ja“ und zu nichts „Amen“ sagen.
Ich will Träume erlauben und um die Hilfe fragen,
die ich dafür brauche.
Schluss mit dem Verbissensein!

Jetzt folgt die Ära der Offenheit.
Für den Menschen, der ich jetzt werde.
Und für alle Wesen, die ich
auf dem Weg treffe auch.
Also nehme ich mir einen Spaten an die Hand
und beginne Stich für Stich das Aufgestaute abzugraben.
Damit ein grades Feld entsteht,
auf dem gepflanzt werden kann.
Meine Gefühle sollen in ihrer vollen Berechtigung im Garten stehen und
kein Teil des Abfalls sein.
Ich will jetzt die Ideen zum Umbau haben.
Mir nicht mehr auf die Zunge beißen
und Perfektion den Kampf ansagen.
Denn sie löst nie etwas aus, sondern
schränkt nur ein.

Ich will wieder atmend werden!
Denn das ist die Arbeit allemal wert.
Ich will mich von mir selbst freischaufeln,
damit ich letztendlich auch frei sein kann.

Und wir fangen genau jetzt, mit diesem
„Heute gibt's kein Morgen!“ an!

Birte Stolte (18 Jahre)

Büyümek

Hayatımdaki en heyecanlı noktalardan, net

beni her karşılayan duvarda, sabret

Bana hep derler, büyüyünce anlarsın

peki büyümek istemezsem?

Her geçen günle beraber, farklı rüyalar

Her gün aydınlığın getirdiği yeni şanslar

Ama benim elimde bunları gerçekleştirmek

peki değişmek istemezsem?

Sude Uzun (16 Jahre)

Chancen

Manch einer bekommt sie.

Manch einer kämpft für sie.

Leider ist Geld die leitende Kraft,

die Macht zieht ihr nach.

Männer in Führung spielen Schach,

während die Erde, unser Dach,

in Stücke zerfällt
wie alter Lack.

Wissenschaftler wollen die verdeckte Wahrheit sagen.
Nackt, aber wir kehren ihnen den
Rücken zu, das ist ein Fakt, aber
hey, trinken wir
weiter vom Scheinheiligentrank?

Sude Uzun (16 Jahre)

Das bin ich

Jeder von uns ist davon betroffen.
Jeder hat seine Erfahrung gemacht.
Trotzdem ist sie bei jedem anders,
Hängt wohl auch mit der Zeit zusammen.
Die Jugend wird leichter und schwerer zugleich.
Das muss man verstehen, am besten sogleich.

Nun werden viele sagen, dass dies nicht stimmt,
Doch aus eigener Erfahrung kann ich sagen,
Dass das wahre Worte sind,
Denn diese Entwicklung wird jeden plagen.
Es ist teilweise leicht und wunderbar.
Man darf es nicht unterschätzen – das ist klar?!

Ich habe das besonders gespürt.
Mit zwei Kulturen in Berührung
Wurde ich an das Leben herangeführt.
Mit meinen großen Brüdern an der Seite
Meisterten wir jede Hürde, jedes Problem,
Welches sich uns in den Weg gestellt.

Nicht nur Brüder, sondern auch Freunde
Teilen mit mir diesen Weg.
Vor allem meine beste Freundin
Ist seit 13 Jahren mein Privileg.
Seit dem Kindergarten stark verbunden,
Verbrachten zusammen unzählige Stunden.

Mit dem Älterwerden
Kommt auch mehr Verantwortung.
Ist das mein Verderben?
Oder bringt es nur Veränderung?
Was kann durch den Druck passieren?
Ich hab Angst, mich zu verlieren!

Mehr Entscheidungen muss ich treffen,
Dabei mit mir kämpfen jeden Tag.
Keiner kann mir helfen.
Pädagogik oder Bio LK?
Was will ich überhaupt machen?
Kann ich meine Leidenschaft entfachen?

Trotz aller Zweifel weiß ich, was ich hab.
Freunde, mit denen ich immer reden kann,
Eine Familie, die mich nie aufgab.
Mein Hobby, Zeit mit meinen Pferden,
Die mir zeigten, wie schön die Ruhe sein kann.
All das lässt mich täglich dankbarer werden.

Will kein Reihenhaus, kein Nine to Five Beruf,
Das weiß ich mit Sicherheit.
Ich erhoff mir mehr
Und will tun, was mir gefällt.
Will keinen Krieg, kein Flammenmeer,
Will was bewirken auf dieser Welt.

Dascha Bespalov (16 Jahre)

You should not judge a book by its cover!

Hey, du! Ja, genau du! Mit diesem Eintrag möchte ich mit dir ein Thema teilen, das mich in letzter Zeit einfach nicht loslassen will, nämlich das Thema „Menschenrechte“. Das liegt daran, dass ich ständig Sätze zu Ohren bekomme wie „Frau Y konnte aufgrund ihres Kopftuchs nicht bei diesem Unternehmen eingestellt werden“ oder „Herr X und Frau Y haben die gleiche Arbeit, jedoch bekommt Herr X monatlich einhundert Euro mehr als sie“. Eigentlich ist das doch totaler Quatsch, findest du nicht? Was mir bei dem Ganzen ebenfalls Sorgen bereitet ist, dass es solche Situationen selbst bei uns im Ruhrgebiet gibt, obwohl es die Allgemeine Erklärung der Menschenrechte gibt, welche eindeutig bestätigt, dass Menschenrechte (unter anderem das Recht auf Gleichberechtigung) zu unseren Grundbedürfnissen gehören. Selbst wenn wir unterschiedliche politische, sexuelle, religiöse ... Orientierungen haben, anders aussehen oder Mann beziehungsweise Frau sind! Jeder hat das Recht, akzeptiert, respektiert und gesehen zu werden! Deshalb kann ich so gut wie gar nicht verstehen, warum man einigen Menschen das Gefühl geben muss, weniger wert zu sein, obwohl das überhaupt nicht der Fall ist. Ich persönlich bin fest davon überzeugt, dass wir Menschen dazu da sind, die Harmonie mit anderen zu lieben. Wir sind uns doch in unseren geistigen und körperlichen Fähigkeiten recht ähnlich. Zusammengefasst heißt das, dass wir uns gegenseitig immer brauchen. Beispielsweise braucht der Bäcker den Schmied, der Schmied den Arzt und andersherum.

Nun bin ich jedoch etwas verwirrt. Denn wenn dieses schöne harmonische Gemeinschaftsgefühl bereits existiert – wieso muss es denn mit Diskriminierung und der Verbreitung von Hass zerstört werden? Warum muss ich mir als junge Person, welche nach Deutschland floh, um den Frieden zu finden, Sorgen darüber machen, später trotz eines guten Studiums nicht

eingestellt zu werden? Und das nur, weil ich das Kopftuch trage! Weißt du, als junges Mädchen oder auch „die Zukunft" vertrete ich die Ansicht, dass die Persönlichkeit eines Menschen schon von der Kindheit an geformt wird. Deshalb sollte man diese Zeit gut nutzen, um kleinen Kindern beizubringen, dass die Grundbedürfnisse eines Menschen, zu welchen Akzeptanz, Respekt und Wertschätzung gehören, nicht unterschätzt werden dürfen, auch wenn man „anders" ist! Die Herkunft, die Religion, die Sexualität, das Aussehen beziehungsweise die Hautfarbe, die Figur sagen noch lange nichts aus, was im Inneren eines Menschen steckt! Auch wir sollten nicht schweigen, wenn wir mitbekommen, dass einem Unrecht getan wird, weil er/sie „anders" ist! Durch diesen Akt des Zusammenhalts können wir in Zukunft die Rassismus-Rate im Ruhrgebiet senken und den Frieden stärken. Zusammen schaffen wir das! So, nun habe ich schon ganz viele Gedanken mit dir geteilt und fühle mich auch schon viel besser. Trotzdem möchte ich meinen Eintrag mit einem Zitat abschließen:
„You shouldn't jugde a book by its cover."

Fidaa Malli (14 Jahre)

Hoffnung

Das Erste, was ich hörte, als ich die Augen aufschlug, war das unverwechselbare Geräusch vom Einschlagen der Bomben, welche mein Leben für immer verändern sollten. Rauch schlängelte sich an den Trümmern zerstörter Heime nach oben hinauf und nahm vor dem Licht der aufgehenden Sonne einen gefährlich wirkenden Farbton an. Es war genau dieser Moment, als ich wie eingefroren vor meinem geöffneten Fenster stand, als ich realisierte, dass all die Ängste, all die Albträume der letzten Tage und Wochen sich in Realität verwandelt hatten. Russland ließ Bomben wie Regentropfen auf Kiew fallen, zerstörte all das Schöne in meiner liebsten Stadt. Und ich mit meiner Familie war mittendrin. „Alina! Weg von den Fenstern!“, rief meine Mutter auf Ukrainisch, als sie panisch in mein Zimmer gerannt kam und versuchte mich von dem Bösen, das draußen lungerte, wegzuzerren. Mit schnellen Bewegungen verriegelte sie die Fenster. Etwas, das wir seit Jahren nicht mehr gemacht hatten. Ich liebte es, wenn sie offen oder angelehnt waren, und ich war mit der festen Überzeugung aufgewachsen, sie nie schließen zu müssen.
Ich erinnere mich nicht mehr genau an das, was meine Mutter schrie, aber ich beeilte mich damit, mich anzuziehen, während sie anfing, zwei Taschen zu packen. Immer noch versteinert, stand ich nun in der Küche, lauschte dem ohrenbetäubenden Lärm der Warnanlagen und fühlte, wie etwas Kleines nach meiner Hand griff. Mein kleiner Bruder Artem stand neben mir, seine großen Augen drückten nichts als pure Angst aus. Eben genau diese waren es, die mich aus meinem Schock rissen und Geräusche außerhalb der Sirenen erkennen ließen. Mein Vater, der in die Küche stürmte und mich mit Panik in der Stimme dazu aufforderte, mit Artem sofort in den Keller zu gehen. In diesem Moment dachte ich nicht mehr nach. Ich hatte nur noch das eingebrannte Bild fallender Bomben und

explodierender Gebäude vor meinen Augen, welches sich mit dem meines kleinen, hilflosen Bruders mischte. Also packte ich seine Hand so fest, wie ich konnte, und zog ihn mit mir die Stufen hinunter, immer weiter und weiter, bis wir das Kellergewölbe erreichten. Voller Angst merkte ich, dass unsere Eltern nicht hinter uns waren. Der Raum war voller alter Geräte wie dem Fahrrad, welches mein Dad mir zum fünfzehnten Geburtstag geschenkt hatte, damit wir gemeinsam auch die längeren Strecken zum Park zurücklegen könnten. Das war nun schon zwei Jahre her. Ich zog Artem an dem Fahrrad vorbei in eine Ecke und zog ihn in meine Arme, bedeckte ihn mit meinem Körper, während um uns herum die Erschütterungen durch die Gemäuer hindurchdrangen. Ich spürte Artems heiße Tränen und fing mit geschlossenen Augen an zu beten.

Die nächsten zwei Tage vergingen, ohne dass ich sie wirklich wahrnahm. Unsere Eltern versuchten beruhigend auf uns einzureden, aber auch sie konnten die Angst in ihren Stimmen nicht verbergen. Artem weigerte sich, den Keller zu verlassen, also blieb ich bei ihm. Mutter brachte jeden Tag Essen nach unten, bis sie eines Tages anstatt des Brots mit zwei Taschen kam. Ich wusste, wofür sie waren. Und ich wusste auch, dass unsere Eltern uns nicht begleiten würden. Es war nur eine Frage der Zeit gewesen und dennoch zog sich mein Inneres bei dem Gedanken an eine Flucht zusammen. Gleichzeitig wusste ich, dass ich niemals würde Nein sagen können. Nicht, wenn sich Artem immer noch mit unmenschlicher Kraft an meinen Arm klammerte. Nicht, wenn ich in seine Augen sah und Todesangst erblickte. Ein Ausdruck, den ein Elfjähriger niemals haben sollte. Also brachte ich es irgendwie über mich, meiner Mutter unter tränenverschwommenen Augen zuzunicken. Artem war nicht der Einzige, der sich in den Schlaf geweint hatte in den letzten Tagen.

Ich weiß nicht, woher ich die Kraft nahm, aber nach Tagen auf dem Boden richtete ich mich mit Artem in den Armen auf. Für

uns beide würde ich jetzt stark sein müssen. Aber wie verabschiedet man sich von seinen Eltern im Ungewissen, ob man sie je wiedersehen würde? Mein Vater würde zu den Waffen greifen und unser Land verteidigen. Und meine Mutter würde bleiben, um im Lazarett zu dienen. Freiwillig. Sie würde unseren Vater nicht zurücklassen. Aber wir würden es tun. Ich würde es tun müssen. Wegen dem kleinen Kind auf meinem Arm und dem Gedanken daran, dass man ihm in seiner Heimat kein Leben mehr bieten konnte. Worte waren bei einem Abschied nicht genug. Ich schwor mir, ihre Gesichter in meinen Gedanken einzubrennen, damit ich sie nie vergessen würde. Ich hätte ewig in ihren Armen liegen können. Und auch Artem wollte die beiden gar nicht mehr loslassen. Zum Schluss musste ich ihn und die beiden Rucksäcke tragen, als wir uns in die endlos lange Schlange an Flüchtenden eingliederten. Unsere Eltern standen immer noch am Rand der Straße. Ich konnte ihre Blicke in meinem Rücken spüren, aber ich drehte mich nicht um. Hätte ich das getan, hätte ich sie vielleicht auf Knien angefleht, mit uns zu kommen. Aber mir war klar, dass ich meine Heimat jetzt hinter mir lassen musste. Dass es hier keine Zukunft mehr gab! Nicht für uns. Nicht in diesem Moment. Artems Tränen tränkten mein Shirt und erinnerten mich durchgehend an das, was wir verloren hatten. In nur einer Nacht. Die Erkenntnis traf mich wie ein Blitz. Wir ließen unser Zuhause und unsere Familie hinter uns, da wir versuchten zu überleben. Mit jedem Schritt spürte ich es deutlicher. Ab jetzt waren mein Bruder und ich Flüchtlinge.
Wir liefen tagelang. Wann immer der Alarm ertönte, versuchten wir irgendwo Schutz zu finden. Manchmal liefen auch ukrainische Soldaten an uns vorbei; und auch wenn ich wusste, dass er nicht unter ihnen war, hielt ich trotzdem bei jedem Trupp nach meinem Vater Ausschau. Artem fragte andauernd, was passiert sei. Warum man uns angriff. Was wir getan hatten, damit wir das verdienten. Im Kopf eines Elfjährigen macht

Krieg nicht viel Sinn. Und wenn ich ehrlich bin, in meinem auch nicht. Aber was hätte ich antworten können? Ich wusste es nie, also schwieg ich. Abends, wenn wir uns am Straßenrand unter unseren Decken aneinanderkuschelten, erzählte ich ihm, während wir zu den Sternen hinaufsahen, Geschichten. Über unser Zuhause, unsere Familie und Freunde, aber auch über unser Land. Ich wollte auf keinen Fall, dass er es in Trümmern in Erinnerung behielt.

Tagsüber liefen wir. Und ich ließ seine Hand nie los. Kein einziges Mal. Um uns herum liefen Hunderte andere Familien, die flüchteten, und ich war froh darüber, dass wir nicht allein waren. Das machte alles ein kleines Stückchen einfacher. Auf unserem Weg begleiteten mich Erinnerungen, aber ich versuchte sie zu verdrängen. Das Geräusch von Schreien, Schüssen und Bomben half dabei. Ich musste mich darauf konzentrieren, meinen Bruder hier rauszubringen. Alles, was danach kam, war ungewiss.

Nach vier Tagen kamen wir an die polnische Grenze. Mein Vater hatte uns eine Karte zur Orientierung gegeben, aber die brauchten wir nicht. Die Reihe an Flüchtlingen, zu denen wir gehörten, kannte nur ein gemeinsames Ziel. Die Grenze. Zäune und aufgebrachte Stimmen empfingen uns. Wir waren die letzte Nacht durchgelaufen, da ich Artem so schnell wie möglich aus der Ukraine bringen wollte. Außerdem gingen uns unsere Vorräte aus. Aus diesem Grund kamen wir in den frühen Morgenstunden an. Es waren noch nicht so viele andere Menschen da wie befürchtet, und dennoch erinnerte mich die Menge an ein überfülltes Kaufhaus an einem Samstag. Helfer standen in leuchtenden Westen überall und riefen in einer Sprache, die ich nicht verstand. Hinter ihnen war die Fläche gefüllt mit Dutzenden von Bussen, in welchen sich die Menschen nun drängelten. Je näher wir den Bussen kamen, desto stärker drängte uns die Menge hinter uns. Ellbogen stießen mir in die Seite und eine Schulter traf mich so hart, dass ich

und Artem auseinandergerissen wurden. Das Gefühl seiner Hand, welche aus meiner glitt, war das Schlimmste überhaupt. Ich wurde zu Boden gerissen, und als ich mich wieder aufrichtete, konnte ich meinen kleinen Bruder mit seinem Rucksack nirgendwo erkennen. Panik stieg in mir auf und ich fing an, seinen Namen zu rufen und mich durch die Menge zu bewegen. Aber immer mehr Menschen strömten Richtung Busse und so wurde ich von ihnen mitgezogen. Ich schrie Artems Namen immer und immer wieder, aber er ging in den Stimmen der anderen unter. Einer der Menschen in den leuchtenden Westen sprach mich an, aber ich verstand seine Worte nicht. Hektisch sah ich mich nach meinem Bruder um, drehte mich immer wieder im Kreis, stieß Leute aus dem Weg, als ich ihn endlich sah. An einem der Busse. Einer der Helfer lotste ihn hinein und ich fing an zu rennen. „Artem!", rief ich so laut, wie meine Lungen es mir erlaubten, aber ich war noch zu weit weg. Ich konnte sehen, wie sich die Türen des Busses schlossen, und beschleunigte meine Schritte in dem Wissen, dass ich dennoch zu spät sein würde. Ein Mann stoppte mich in meinem Sprint, indem er nach meinem Arm griff und so zum Stehen zwang. Erneut rannen mir Tränen übers Gesicht. Ich konnte Artem doch nicht auch noch verlieren. Er war alles, was ich noch hatte. Ich versuchte mich von dem Mann in der Weste loszumachen, während ich beobachtete, wie der Bus abfuhr und mit ihm alles, was mir von zu Hause noch geblieben war. Irgendwann wurde ich in einen anderen Bus gebracht. In mir breitete sich eine Leere aus, schlimmer als jeder Schmerz, den ich je in meinem Leben verspürt hatte. Vor einer Woche war mein Leben noch ganz unperfekt perfekt gewesen. Jetzt hatte ich meine gesamte Familie und meine Freunde verloren. Der Krieg hatte sie mir genommen.
Später erfuhr ich, dass die Busse uns nach Deutschland bringen sollten. In sogenannte Flüchtlingslager. Ich klammerte mich an dem Gedanken fest, dass irgendwo in diesem Meer

aus Bussen mein Bruder war. Er war nicht allein und er war genau wie ich auf dem Weg nach Deutschland. Wir flohen immer noch, nur nicht mehr zusammen. Ich sagte mir, dass es nicht so wichtig sei, ob er bei mir war, wenn es ihm gut ginge. Dennoch vermisste ich jede Sekunde lang die Wärme seiner Hand in meiner.

Wir fuhren einen halben Tag lang. In Deutschland angekommen, teilten sich die Busse langsam auf und mir wurde klar, dass es vielleicht sehr lange dauern würde, bis ich meinen Bruder wiedersah. Aber im Moment waren mir alle Hände gebunden. Unser Bus brachte mich in eine Stadt mit einem Namen, den ich nicht aussprechen konnte, mit einem Lager, das bereits aus allen Nähten platzte. Trotzdem nahm man uns auf. Man wies mir eine Pritsche ganz am Ende der riesigen Halle zu. Noch immer verstand ich kaum, was gesprochen wurde, aber mir war klar, dass es sich jetzt um eine andere Sprache handelte. Vielleicht Deutsch. Ich wusste es nicht. Es interessierte mich auch nicht. Alles, was ich wollte war, meinen Bruder zu finden. Aber er war nicht hier. Und auch nicht in dem nächsten Lager, in das man uns brachte. Und auch nicht in dem darauf. Langsam verlor ich alle Hoffnung, ihn je wiederzusehen. Ich konnte nur jede Nacht für ihn, meine Mutter und meinen Vater beten.

Zwei Jahre später schlage ich die Augen auf und werde direkt von den Strahlen der Sonne geblendet. Ein Lächeln breitet sich auf meinem Gesicht aus. Heute ist es so weit. Zwei Jahre des Wartens. Ich kann es kaum erwarten. Mit etwas zu viel Schwung verlasse ich das Bett und greife nach meinen Klamotten. Es ist ein guter Tag. Denn heute ist der Tag, an dem ich nach Hause gehen werde. Nach meiner Ankunft in Deutschland vor zwei Jahren habe ich mich Monate lang in Flüchtlingslagern befunden, bevor mich Frau Tatjana Petrow bei sich aufgenommen hat. Sie war in Russland geboren, lebte jedoch bereits seit dreißig Jahren hier. Sie brachte mir Deutsch bei und schickte mich auf eine Schule, damit ich meinen Abschluss machen konnte. Es war nicht leicht, aber sie hatte mich doch immer unterstützt. Sie ist es auch, von der ich mich jetzt verabschiede. Tatjana schließt mich in eine herrliche Umarmung und drückt mich so fest, dass ich beinahe glaube, sie lässt mich nicht mehr los. In den letzten Jahren hat sie mir geholfen, nach Artem zu suchen, jedoch ohne Erfolg. „Viel Glück, Kleines. Und pass gut auf dich auf." Sie winkt mir zum Abschied, bevor ich in den Bus steige und Deutschland genauso verlasse, wie ich vor so langer Zeit gekommen bin. In einem Bus über die polnische Grenze. Zurück in die Ukraine. Zurück nach Hause. Ich bin nicht mehr das verängstigte Mädchen von damals, welches mit seinem Bruder vor einem Krieg flüchten musste. Ich bin älter und stärker geworden.

Monatelang habe ich mich auf diesen Moment vorbereitet und doch überkommt mich eine Gänsehaut, als wir die ukrainische Grenze überqueren. Der Bus bringt mich und einundzwanzig andere direkt nach Kiew. Einige sind hier, um zu helfen, andere suchen nach ihren Familien, die sie zurückgelassen haben. Ich bin aus beiden Gründen hier. Wir fahren an Ruinen und Trümmern vorbei und unwillkürlich erinnere ich mich an das Geräusch vom Einschlag der Bomben oder das von Maschinengewehren. Monate danach litt ich immer noch an einer Angst vor lauten Geräuschen und zuckte bei allem zusammen. Es dauert mehrere Stunden bis wir Kiew erreichen, doch als wir endlich da sind, werde ich mit Vorfreude und Angst durchflutet. So viele Jahre waren die Straßen meine Heimat, nun erkenne ich sie kaum wieder. Dennoch weiß ich sofort instinktiv, welchen Weg ich zu unserem alten Haus einschlagen muss. Überall um mich herum sind Menschen. Allerdings ist es anders als vor zwei Jahren. Dieses Mal kommen sie von überall her, um zu helfen, wieder aufzubauen, was einst zerstört wurde.

Ein warmes Gefühl breitet sich in meiner Brust aus, als ich sie betrachte. Man hat uns nicht im Stich gelassen, denke ich, als ich um die Ecke biege und direkt stehen bleibe. Unser Haus ist wie viele andere zerstört. Es sind nur noch Umrisse im Boden zu erkennen. Doch das ist nicht der Grund, weswegen mein Herz plötzlich stehen bleibt, nur um dann in doppelter Geschwindigkeit weiterzuschlagen. Denn dort in den Trümmern steht ein Junge. Er ist größer geworden und doch erkenne ich ihn sofort. Artem ruft meinen Namen und kommt mit schnellen Schritten auf mich zugerannt. Und ich laufe ihm entgegen. So schnell wie noch nie. Tränen schießen mir in die Augen, als ich die Arme ausbreite und das erste Mal seit zwei Jahren seinen warmen Körper an meinem fühle. Er ist jetzt dreizehn und ich bin neunzehn. Dennoch fühle ich mich in der Zeit zurückversetzt. „Ich habe dich so sehr vermisst", flüstere ich auf Ukrainisch, unserer Muttersprache. „Und ich verspreche, dass ich dich nie wieder loslassen werde."
Über Artems Schulter hinweg sehe ich eine weitere Gestalt. Sie humpelt, als sie auf uns zukommt, und ich schluchze auf, als unsere Mutter sich unserer Umarmung anschließt. Mein Vater ist nicht hier. Nicht körperlich zumindest. Aber ich spüre seine Blicke auf uns und ich könnte schwören, sein Lachen zu hören.
Zwei Jahre ist es her, dass ich das hier hinter mir gelassen habe. Meine Eltern, meinen kleinen Bruder und meine Heimat. Heute ist der Tag, an dem ich alles zurückbekomme.

Cassandra Banner (17 Jahre)

„Future will be better“

Es gab eine Zeit, in der ich mich so sehr auf die Zukunft verlassen und mir besonders in schlechten Zeiten eingeredet habe, wie toll sie ist. So sehr, dass ich vergessen hatte, in der Gegenwart zu leben. Ich habe mir immer nur gesagt: „Future will be better, ich komme!“ Ich habe gelernt, dass diese Aussage falsch ist. Ich habe mir immer meine perfekte Zukunft erträumt, in der ich mein Bestes gab; auch damit lag ich falsch. Ich denke nicht mehr so oft an die Zukunft, und das ist gut so. Man muss aufhören, in der Zukunft zu leben, und anfangen, sich in diesem Moment zu lieben. Jetzt, diese Sekunde, die nächste Sekunde, immer. Und nicht die Sekunden zählen, bis man in der Zukunft angekommen ist. Denn befinden wir uns nicht eigentlich schon mittendrin? Ich habe nicht gelernt, dass man sich in der Zukunft nicht lieben soll, sondern ich habe gelernt, mich IMMER zu lieben und auch manchmal das Vertrauen zu haben, mein Inneres wachsen zu lassen.
Lebe jetzt, liebe jetzt und sei einfach dafür bereit, was kommt! Es gibt keine perfekte Zukunft. Wir alle haben Erwartungen, doch manchmal gehen sie schief. Statt in der Zukunft zu leben, muss man jetzt leben und das Beste aus der Gegenwart machen. Egal, wie gut die Zukunft wird, der größte Faktor sind weder dein Umfeld noch die Menschen, mit denen du Zeit verbringst. Nein, der größte Faktor bist DU und das, was DU daraus machst. Also, gib dein Bestmögliches und genieße dich in jeder einzelnen Sekunde. Denn so wirst du dich immer lieben können.
Statt sein zukünftiges Ich zu lieben und zu hoffen, dass die Zukunft es schon schaffen wird, gib der Zukunft einen Grund, dich zu lieben und stolz auf dich zu sein.

Felicia Heix (13 Jahre)

Nachwort

Vom Wachsen und Werden!? Erste Anmerkungen

Auffällig ist zunächst einmal, dass viele Texte, die die Kinder und Jugendlichen geschrieben haben, wie in den Jahren zuvor eine hohe Qualität haben. Sie sind authentisch und spiegeln auf je eigene Weise literarisierend und literarisch das, was in den Schreiberinnen und Schreibern vor sich geht. Dabei fällt auf, wie gut sie ihre Positionen zwischen ihren Kulturen nutzen, um ihr eigenes Schreiben zu entwickeln. Da sind zum einen die vielen biografisch angelegten Geschichten, in denen sie ganz realistisch versuchen, Familiengeschichten oder andere persönliche Erlebnisse wiederzugeben. Solche realistischen Schreibansätze finden sich in vielen Kulturen. In der Regel schildern die Kinder und Jugendlichen Erfahrungen, die dem persönlichen Leben eine besondere Wendung gegeben haben, oft sogar eine neue Richtung, so etwa in den Beiträgen „Mitten im Meer" von Nahla Qaidy (18 Jahre), „Wo satt, hier is Heimat" von Meltem Sak (13 Jahre) oder „Unter den Rosensträuchern" von Carolin von Ohle (18 Jahre). Sie alle drei nutzen die Stilmittel realistischen Schreibens, um ihren Leserinnen und Lesern Wege zu eröffnen, wie sie in ihre Geschichten eintauchen, wie sie verstehen können, was genau passiert ist. Was ihnen zugutekommt, ist sicherlich, dass diese Form realistischen Erzählens tatsächlich grundsätzlich interkulturell angelegt ist, dass die Jungautorinnen und -autoren also an die Tradition ihrer jeweiligen Kultur anknüpfen können. Bei Nahla Qaidy ist es die syrische, bei Meltem Sak die türkische und bei Carolin von Ohle die deutsche. Das baut Brücken.

I Zwischen Moral und Moral

Mehr denn je haben Kinder und Jugendliche in diesem Jahr prosaische Kurzformen gewählt, um das auszudrücken, was ihnen auf der Seele brennt. Es handelt sich dabei um Anekdoten, kleine Fabeln, Märchen und andere Kurzformen des Er-

zählens. Die Geschichten sind in der Regel traditionell aufgebaut und enden zumeist mit einer kleinen Moral oder einer Spruchweisheit. Das kann eine allgemeine Lebensweisheit sein oder der Ausspruch eines bekannten orientalischen Philosophen oder eines Weisheitslehrers. Auf diese Weise wollen die Schreiberinnen und Schreiber ihren Leserinnen und Lesern Orientierung bieten im Alltag und ihnen Halt geben. Auch hier knüpfen sie an interkulturell gewachsene Traditionen an, und zwar an die der volkstümlichen Weisheitsliteratur, wie sie überall seit Jahrtausenden zu finden ist. Dieser Rückgriff scheint ihnen bis ins eigene Schreiben hinein zu helfen.
Zu fragen ist natürlich, ob eine solche Orientierung ausreicht, um mit den komplizierten Vorgängen unserer Gesellschaft zurechtzukommen. Oft sind es jedoch jüngere Kinder und Jugendliche, die diese Formate nutzen, die noch eher im Märchenalter verhaftet sind. Für sie gehören Geschichten dieser Art entwicklungsmäßig einfach noch dazu.

2 Wider die allgemeine Verunsicherung

Allerdings sind inzwischen unter diesen Texten auch Beiträge zu finden, die die Leserinnen und Leser moralisch unter Druck setzen. Sie schildern die Situation eines „Zu-Spät", in der der Protagonist oder die Protagonistin eine bestimmte Handlungsweise bereut, weil sie nicht wieder gutzumachen ist. Besonders deutlich zeigt das die Geschichte von Elif Defne Balkan (18 Jahre) mit dem Titel „Ögüt" beziehungsweise „Der Ratschlag", in der eine Tochter nicht auf ihre Mutter hört und dies später bitterlich bereut. Sie kann sich nicht mehr bei ihr entschuldigen, weil sie gestorben ist. Sie konstatiert, dass etwas in ihr stirbt, will aber gleichwohl von jetzt an auf den Rat ihrer Mutter hören. Den Leserinnen und Lesern wird auf diese Weise die Endgültigkeit eines möglichen Todes vor Augen geführt, um sie dazu anzuleiten, auf die Ratschläge der Eltern zu hören, um nicht in eine ähnliche aussichtslose Situation hinein-

zukommen, auch wenn man sich dabei persönlich zurücknehmen muss.
Dass nun solche Texte auftauchen, sogar von schon fast erwachsenen Schreiberinnen und Schreibern, spiegelt auch hier wider, wie verunsichert viele von ihnen sind. Diejenigen, die solche Geschichten erzählen, haben ganz offensichtlich die Sorge, dass sie die persönliche Orientierung, ihren inneren Kompass, verlieren. Deshalb üben sie verstärkt moralischen Druck aus. Das können Erwachsene sein mit einer eher strengen konservativ-religiösen Haltung, aber auch Kinder und Jugendliche, die sich auf diesem Weg ihrer Eltern (wieder) versichern wollen, um eigene Verlustängste zu überwinden. Die dargestellte Elternposition muss dabei nicht unbedingt real sein; denkbar ist auch, dass sie nur eine vorgestellte ist.
Zurzeit stammen diese Texte vornehmlich aus dem türkisch-deutschen Milieu, das muss aber nicht immer so sein. Ob und inwieweit diese Geschichten einen realen Kern haben, ist nicht ganz klar. Wahrscheinlich aber eher nicht, denn dazu sind sie viel zu schablonenartig erzählt. Gleichwohl sind sie ernst zu nehmen und aufzuarbeiten. Zum einen, wenn Eltern tatsächlich einen solchen moralischen Druck aufbauen, um ihre Kinder „bei der Stange“ zu halten! Zum anderen aber, wenn Kinder und Jugendliche selbst anfangen, sich unter moralischen Druck zu setzen, sich in ihrer Persönlichkeitsentfaltung zurücknehmen und dadurch ihre freie Entwicklung infrage stellen! Dem sollte auf jeden Fall begegnet und entgegengewirkt werden. Vielleicht müssen solche Jugendlichen stärker in ihrem Umfeld eingebunden werden, um möglichen inneren Zwängen begegnen zu können.

3 Verstärktes Engagement
Viele Kinder und Jugendliche im Revier fangen verstärkt an, sich für ihre Belange zu engagieren: gegen den Klimawandel, für Umweltschutz, für Frieden, gegen den Hunger in der Welt,

für persönliche Freiheiten. Das ist ja auch in der Öffentlichkeit wahrzunehmen. Dabei nehmen sie immer wieder auch die Konsumorientierung unserer Gesellschaft aufs Korn. Das geschieht häufiger als bisher in Poetry-Slam-Texten. Vor allem ältere Jugendliche nutzen diese freie Form der Bühnenpoesie gerne, um ihr Anliegen ihrem Publikum nahezubringen. Mit ihr können sie lyrische, prosaische und szenische Mittel miteinander kombinieren, um etwas zuzuspitzen oder zu veranschaulichen. Ganz, wie sie wollen! Und das ist ihnen vor allem wichtig, wenn es ihnen darum geht, auf Missstände hinzuweisen oder politische Forderungen zu formulieren, so etwa Laura Ochler (19 Jahre) mit „Wie werde ich einmal sein?", Emelie Werker (16 Jahre) mit „Unsere Welt, die zerbricht" oder Birte Stolte (18 Jahre) mit „Meine Gefühle sind ein Komposthaufen". Die Titel sprechen für sich. Die Probleme werden klar benannt, da gibt es kein Zurück. Die Kinder und Jugendlichen wollen vorankommen und positionieren sich deshalb deutlich. Es ist ihre Art, die eigene Verunsicherung zu überwinden.

4 Die genaue Beobachtung des Umfelds

Bemerkenswert ist immer wieder auch, wie genau die Kinder und Jugendlichen ihr Umfeld beobachten, eine Voraussetzung dafür, Probleme richtig benennen und Missstände aufdecken zu können. Sie wissen, was los ist, und schauen hinter die Kulissen. Die Erwachsenengeneration kann sich vor ihnen also nicht mehr verstecken. Bis in kleine Details hinein schildern sie, wie sich Menschen verhalten und was sie daran problematisch finden. Beispielhaft dafür stehen „Der Tod einer ‚Fremden'" von Leni Lohkamp (16 Jahre), die Geschichte eines einsamen Sterbens in einer SeniorInnen-WG, und „Konsum ohne Grenzen" von Lilli Eberhard (15 Jahre), ein Beitrag, der unser Konsumverhalten anprangert. Dabei zeigen die beiden Jungautorinnen durchaus nicht einfach nur mit dem Finger auf andere, sondern schließen sich selbstkritisch mit ein. Sie sehen, welche Rollen sie selbst innehaben, reflektieren diese und versuchen auch eigene Fehler aufzuarbeiten. Das ist gut.

5 Das Problem „magischen" Denkens

Auffällig ist allerdings, dass sich die Kinder und Jugendlichen im Revier vermehrt auch mit dem Thema Magie auseinandersetzen. Bei den Jüngeren unter ihnen hat das schon immer eine Rolle gespielt, wenn sie ihre Märchen, Fabeln und Anekdoten geschrieben haben. Nun aber scheint sich das zu verschieben, denn auch etwas Ältere beschäftigen sich mit dieser Thematik. Sie greifen in ihren Geschichten auf Formen des „magischen" Wunderglaubens zurück, oft ohne zu reflektieren, wie „die Dinge" zusammenhängen und sich in Wirklichkeit darstellen. Darauf deuten Texte wie „Das Wunder des Glaubens" von Lara Fentina Hoffmeister (12 Jahre) oder „Er hat sich selbstständig gemacht" von Ayman Soula (18 Jahre) hin. Ob sie damit eine Entwicklung spiegeln, die auch gesamtgesellschaftlich zu beobachten ist?

Bedenklich ist jedenfalls immer wieder, wie sehr in diesen Geschichten Realitäten ausgeblendet werden, der Diskurs miteinander entwertet und stattdessen unkritisch ein schicksalhafter Glaube beschworen wird, von dem mehr oder weniger allein der Erfolg oder der Misserfolg abhängt. Sicherlich ist diese Entwicklung der Corona-Pandemie geschuldet, die ja echte Dialoge von Angesicht zu Angesicht phasenweise ausgebremst hat, doch sollte dem im Interesse einer gedeihlichen Entwicklung dringend entgegengewirkt werden. Es gehört zum gesellschaftlichen Kitt unseres demokratischen Zusammenlebens, dass wir nach den Fakten fragen und vor ihrem Hintergrund miteinander das Gespräch, ja, den Diskurs suchen.

6 Plädoyer für eine gesunde Ich-Entwicklung

Die meisten Kinder und Jugendlichen betonen, wie wichtig ihnen eine gesunde Ich-Entwicklung ist. Danach fragen sie, und um sie sorgen sie sich. Das ist kein Wunder nach den Verwerfungen der Corona-Krise, bei den unübersehbaren Problemen des Klimawandels und den Verunsicherungen durch den Ukraine-Krieg! Melike Demirtaş bringt es mit ihren 17 Jahren auf den Punkt:

> „... da ich nur ein Kind bin, werden Aktionen, ja, Demonstrationen nicht ernst genommen. Fridays for Future: ein Weg, um Schule zu schwänzen, ohne schlechtes Gewissen. Eine Ausrede, um unsere Stimmen nicht zu hören. Doch wenn wir jetzt nichts machen, wann dann? Wann sorgen wir für Gerechtigkeit? Wann hören wir auf, die Verantwortung, sogar die Schuld auf andere zu schieben? Denn eins steht fest – ich bin zwar nur ein Kind, aber es ist meine Zukunft, um die es hier geht."

Und Cassandra Banner, ebenfalls 17 Jahre, konstatiert sozusagen ergänzend:

> „Und auf einmal, da begreife ich. Vielleicht geht es nicht um mich. Es geht nicht darum, wer ich war oder wer ich eines Tages sein werde. Nur um mich. Nur Ich. Es geht darum, wer ich sein will. Nicht um anderer Leute Gedanken."

Beide benennen die Probleme glasklar und schonungslos, auch sich selbst gegenüber, um dann die Konsequenz zu formulieren. Man merkt sehr deutlich, wie sehr für die beiden eine Grenze erreicht ist, die ihnen keine andere Wahl mehr lässt. Da die Erwachsenenwelt diese Probleme ganz offensichtlich nicht sehen will oder kann, nehmen sie ihr Schicksal selbst in die Hand. Sie möchten – endlich – ernst genommen werden. Es ist für sie eine Frage des Wollens, sie haben keine Wahl.

Dabei sehen sie in der Entwicklung eines gesunden Ichs die Voraussetzung für ein Wir-Sein, das diesen Namen verdient. Schwierig ist, dass viele Kinder und Jugendliche die Schule dabei nicht als Teil der Lösung, sondern als Teil des Problems wahrnehmen. Sie scheint der Ort, der zu wenig Raum für Stille bietet, wo man „Platz zum Nachdenken" hat, so Christiane Schleicher (18 Jahre). Für andere wiederum ist sie der Ort der Auseinandersetzung, an dem sie sich durchsetzen müssen, etwa gegen Mobbing, wie es zum Beispiel Şahin Barak (15 Jahre) schildert. Und dann ist sie auch noch der Ort, an dem sie bewertet werden, gerecht oder ungerecht, wie Emre Demirörs (15 Jahre) in seiner Geschichte anzeigt. Sie ist der Ort, der über ihr Wohl und Wehe entscheidet, und das erzeugt bei ihnen Druck anstelle von Vertrauen.
Eine nicht ganz einfache Gemengelage, da das Schulische ja für die Kinder und Jugendlichen die Brücke ins Künftige ist. Es wäre daher für alle Beteiligten gut, wenn die Schule, pauschal gesagt, Teil der Lösung werden würde. Aber dafür müsste sie sich wohl deutlich ändern. Immerhin gibt es Ansätze, wie Alexya Marcus (11 Jahre) schildert. Mobbing beispielsweise kann abgestellt werden, wenn man sich an die zuständige Lehrkraft wendet. Es ist also auch nötig, die Hilfen in Anspruch zu nehmen, die einem geboten werden.

7 Partnerschaftlichkeit. Vom Selbstverständlichen

In den Prozess des Erwachsenwerdens gehört für die Kinder und Jugendlichen aus dem Ruhrgebiet auch die Frage von Freundschaft und Partnerschaft. Das hat sich im Laufe der Jahre nicht verändert, und sie heben sie in dieser Anthologie wieder deutlich hervor. Dabei geht es ihnen nicht um irgendwelche lockeren Facebook-Freundschaften, sondern immer wieder um echte, vertraute Beziehungen, die stabil sind und sie tragen. Sie sind Teil ihres Lebenskonzepts über etwaige kulturelle Grenzen hinweg, ohne sie jedoch zu überhöhen oder gar zu idealisieren. Aber es ist ihnen wichtig, jemanden zu haben, dem gegenüber sie sich öffnen und dem sie vertrauen können, auch die Basis für ein (späteres) Zusammenleben. Das stabilisiert und trägt sie. Gleichgeschlechtliche Partnerschaften beziehen sie dabei auf die selbstverständlichste Art und Weise mit ein. Das zeigen die Texte „Unter den Rosensträuchern" von Carolin von Ohle (18 Jahre) und „Coming of age" von Muriel Schwarz (17 Jahre). Sie meiden Klischees und wirken berührend bis in ihre ausgesprochen zärtliche Sprache hinein.

8 Trotz alledem Hoffnung

Das Allerwichtigste und Schönste ist aber, dass die Kinder und Jugendlichen im Revier noch immer mit einer guten Portion Selbstvertrauen in die Zukunft blicken. Und das trotz Corona-Pandemie, Ukraine-Krieg und aller anderen Schwierigkeiten, die sie haben! Sie lassen sich ihre Träume nicht nehmen. Sie setzen auf Offenheit und Wahrhaftigkeit und ein freies, selbstbestimmtes Leben, das ihnen Räume gibt, sich einzubringen und gleichzeitig eigene Wege zu gehen. Dascha Bespalov (16 Jahre) erklärt zum Beispiel:

> „Will kein Reihenhaus, keinen Nine to Five Beruf,
> das weiß ich mit Sicherheit.
> Ich erhoff mir mehr
> und will tun, was mir gefällt.
> Will keinen Krieg, kein Flammenmeer,
> will was bewirken auf dieser Welt."

Wenn das keine Hoffnung macht! Der Anspruch ist deutlich. Es sind keine irgendwie gearteten Träumereien, die hier formuliert werden, sondern es werden Leitplanken gesetzt, die die Protagonistin oder den Protagonisten in die Zukunft tragen sollen. Fragt sich nur noch, wie die Erwachsenenwelt mit diesen Jungautorinnen und -autoren, ja, mit den Kindern und Jugendlichen insgesamt umgeht, welche Chancen sie ihnen tatsächlich gibt! Schauen wir mal ...!

artur nickel
(Herausgeber)

Dank

Ganz herzlich möchte ich mich bei allen bedanken, die mitgeholfen haben, dass dieses Buch entstanden ist. Es sind neben vielen unbekannten Multiplikatorinnen und Multiplikatoren vor allem Hacer Akgün (Grillo-Gymnasium Gelsenkirchen, Marc Breburda (Alfred-Krupp-Schule Essen), Simone Lohf sowie Gesa Sebbel (Petrinum Recklinghausen), Gemma Russo-Bierke, Markus Meyer sowie Thomas Witton (Kulturzentrum Grend Essen), Katrin Martens (Vorsitzende des Essener Lesebündnisses), Semra Uzun-Önder und Fatma Uzun (Festivalteam Literaturdistrikt/Literatürk Essen), Dr. Ali Sak (Vorsitzender des Elternverbands Ruhr Essen), Antje Deistler (Vorsitzende des Literaturbüros Ruhr), Ronja Kokott und Marc Franz (Netzwerk Literaturgebiet Ruhr), Heike Funcke (Literaturbüro NRW-Junges Literaturbüro), Nikolaos Georgakis (Volkshochschule Essen), Frank Hartung (Medienkompetenzcenter Ruhr) und Nadja Wallraff (Programmmanagerin der Ruhrtalente). Sie haben Flyer verteilt, Jugendliche in ihrem Umfeld angesprochen, sie beraten, ermuntert, Lesungen organisiert, Rundfunksendungen veranstaltet, selber aus den Anthologien gelesen, und ... und ... und ...

Hacer Akgün (Grillo-Gymnasium Gelsenkirchen), Gabi Senge-Ballesteros (Erich Kästner Gesamtschule Essen) und Wolfgang Niedecken (Popgruppe BAP Köln) haben freundlicherweise die anderssprachigen Texte Korrektur gelesen. Esra Ali hat sogar einen übersetzt. Danke dafür! Auch das ist eine Herausforderung, selbst wenn es um Kölsch geht, bei dem ich gelernt habe, dass es tatsächlich in jedem Kölner Stadtteil anders gesprochen wird.

Einschließen in den Dank möchte ich die Eltern der Jugendlichen und ihre Freundinnen und Freunde. Was sie an Unterstützung leisten, ist in seiner Bedeutung für die jungen Autorinnen und Autoren nicht zu unterschätzen. Gerade in dieser Zeit von Corona, dem Klimawandel und dem Ukraine-Krieg.

Ein besonderer Dank geht an das Festivalteam Literaturdistrikt/Literatürk und an das Essener Lesebündnis. Sie haben sich für das Projekt finanziell engagiert. Sonst wäre es gar nicht möglich, den vielen Jungautorinnen und -autoren ihr Belegexemplar umsonst zur Verfügung zu stellen. Ein Eckstein des Projekts.

Etwas Besonderes hat sich das Literaturbüro Ruhr mit Antje Deistler an der Spitze in diesem Jahr einfallen lassen. Es hat den Jungautorinnen und -autoren, die bei der neuen Essener Anthologie mitgeschrieben haben, ein Tagesseminar zum Thema „Vom Wachsen und Werden mit Haltung und Stimme" angeboten. Durchgeführt hat es die Schauspielerin und Auftritts-Coachin Maria Wolf im Kulturzentrum Grend. Die Jugendlichen haben das Angebot, wie erste Rückmeldungen zeigen, begeistert wahrgenommen. Vielen Dank!

Gemma Russo-Bierke, der Geschäftsführerin vom Kulturzentrum Grend, gebührt ein außerordentliches Dankeschön für ihr einfühlsames Grußwort. Die Perspektive, die sie in ihrer Funktion und gleichzeitig als Mutter eingenommen hat, ist eine ganz besondere und außerordentlich wichtig.

Durchführen lässt sich solch ein ehrenamtliches Projekt nicht, wenn es nicht Menschen gibt, die sich in besonderer Weise dafür verantwortlich fühlen. Dies sind vor allem Inge Witzlau und Alfred Büngen vom Geest-Verlag Vechta. Danke für die großartige Unterstützung, bei der Begleitung dieses Projekts von seinen Anfängen über das Korrekturlesen und das Einrichten des Skripts bis zur Premiere und darüber hinaus!

Entscheidend jedoch seid ihr, liebe Kinder und Jugendliche aus dem Revier. Ohne euch geht das alles nicht. Gerade in diesem Jahr haben wieder unglaublich viele von euch dieses Schreibforum genutzt und ihre Texte eingeschickt. Das ist toll und macht mich sprachlos. Denn wie ihr euch einbringt, das ist einfach klasse! Eure Texte beeindrucken in ihrer Kraft, ihrer Vielseitigkeit und ihrer Tiefe. Alle sind wichtig. Die, die nicht veröffentlicht werden konnten! Die, die es in die neue Ausgabe geschafft haben! Ich möchte sie nicht missen. Danke dafür! Bleibt, wie ihr seid! Schreibt weiter! Bringt euch mit euren Möglichkeiten ein!

artur nickel

Essen, im November 2022

Der Herausgeber Artur Nickel

Geboren 1955 in Marburg an der Lahn. Lebt in Bochum. Autor (Lyrik und Prosa), Literaturvermittler.
Seit 1976 erste Veröffentlichungen von Gedichten in Zeitungen und Zeitschriften. Seit 2005 Herausgabe der Essener Anthologien, einer jährlichen Buchreihe für zehn- bis zwanzigjährige Schreibende aus dem Ruhrgebiet.
Seit 2020 Mitglied der Jury des Förderpreises vom Literaturpreis Ruhr.
2021 Verleihung des Literaturtalers durch den LiteraturRat NRW für herausragende Verdienste auf dem Gebiet der Literaturförderung.
www.arturnickel.de

Unter anderem sind erschienen:

farbgespinste flussabwärts. gedichte.
Vechta 2012
ISBN 978-3-86685-355-3

ruhreinw/ärts / verdichtet.
Vechta 2016
ISBN 978-3-86685-574-8

perspektiven / wechsel. gedichte.
Vechta 2021
ISBN 978-3-86685-856-5

Inhaltsverzeichnis

Register